KB261778

상징의 숲

우리 시의 상징과 자아 동일성

김수복 (金秀福)

1953년 경남 함양에서 출생하여 단국대 국문과 및 동대학원을 졸업(문학박사)하였다. 1975
년『한국문학』신인상으로 등단하여 시집『智異山 타령』『낮에 나온 반달』『새를 기다리며』
『기도하는 나무』『또다른 사월』『모든 길들은 노래를 부른다』를 펴냈으며, 저서로는『정신의
부드러운 힘;우리 시의 표정과 상징』『별의 노래』등 몇 권이 있다. 현재 단국대 한국학부 교
수로 재직중이다.

청동거울 문화점검 ❼

상징의 숲

우리 시의 상징과 자아 동일성

1999년 8월 20일 1판 1쇄 인쇄 / 1999년 8월 25일 1판 1쇄 발행

지은이 김수복 / 펴낸이 임은주 / 펴낸곳 도서출판 청동거울 / 출판등록 1998년 5월 14일 제13-532호
주소 (135-080)서울 강남구 역삼동 832-52 상봉빌딩 301호 / 전화 564-1091~2
팩스 569-9889 / 하이텔I.D. 청동 / 전자우편 cheong21@netsgo.com

편집장 조태림 / 편집 성기준, 박경호 / 북디자인 배영옥

값 11,000원

잘못된 책은 바꾸어 드립니다.
지은이와의 협의에 의해 인지를 붙이지 않습니다.
무단 전재 및 무단 복제를 금합니다.
© 1999 김수복

Copyright © 1999 CHEONGDONGKEOWOOL Publishing Co.
Text Copyright © 1999 KIM, SU BOG.
All right reserved.
First published in Korea in 1999 by CHEONGDONGKEOWOOL Publishing Co.
Printed in Korea.

ISBN 89-88286-14-6

청동거울 문화점검 ❼

상징의 숲

우리 시의 상징과 자아 동일성

김수복 시론집

청동거울

시와 상징의 숲을 거닐며

　나는 우리 시를 읽으면서 마치 울창한 숲 속을 거닐며 인간의 근원적인 존재의 숨결을 들으려고 노력해 왔다. 시의 상징의 숲 속은 자아의 주체적 의식들이 가득 차 있는 서정의 공간이다. 이 공간은 자아의 화해로운 장소이며, 자아 분열을 극복할 수 있는 세계 인식이 자리잡고 있는 따뜻한 곳이다. 그러나 우리의 현실은 이 화해로운 삶을 억압하는 방향으로 작용해 온다. 상징의 숲을 이루고 있는 시의 자아 의식들은 이러한 외부의 억압으로부터 대응하여 존재의 완전한 몸을 꿈꾸는 주체적 흐름을 형성해 왔다.

　그러나 지금 우리는 주체가 흔들리는 한 세기의 끝에 살고 있다. 세기말의 문화적 인식은 종말의 불안과 존재의 끝없는 방황의 정서가 지배한다. 우리가 경험한 19세기 말에도 데카당스한 문화적 불안과 가치의 혼란 속에서 방황하고 도전하는 예술적 몸짓의 난무가 있었다. 퇴폐와 고독, 불안의 정서가 가득 차 있던 세기말의 가치 혼란은 점차 존재의 근원과 상상력, 사회와의 관계를 지향하고자 하는 질서를 형성하고 의미화되는 존재의 인식으로 자리잡아 왔다.

　그 결과 20세기는 크게 사회와의 관계 지향을 꿈꾸는 리얼리즘과 인간 정신의 자유로운 표현을 통한 세계 인식을 지향하는 모더니즘적 사고가 새로운 물결을 이루는 지배적인 사조였다. 이러한 사회와의 관계

지향의 인간관과, 사회와 문화를 해석 표현하는 모더니즘적 인간관도
이제는 도전을 받고 저항의 대상으로 밀려나는 문화적 상황에 직면하
게 되었다.

지금 우리 주변에서 일어나는 대중문화의 거센 물결은 이미 우리의 인
간성과 존재의 근원을 뒤흔드는 수위에까지 올라와 있다. 한 세기의 문
화적 기틀을 이루어왔던 리얼리즘적 인간 이해와, 모더니즘적 해석의
권위는 도전을 받고 문화 해석의 낡은 방법론으로 인식되는 비애를 맛
보고 있다. 이제 그 밀물처럼 밀려나간 굳건하던 문화의 자리에 새로운
문화 기호의 숲이 새로운 의미의 그늘을 드리우려 한다.

어느 젊은 문화비평가는 대중문화의 목소리가 비록 허구의 목소리이
지만 현실적인 실재로서 더욱 은밀하고 상상적인 힘으로 현대인을 이
끌고 있다고 진단하고 있다. 그는 만주 벌판의 거친 바람 속을 달리다
가 올려다본 차가운 겨울 하늘, 윤동주의 '별'은 이제 더 이상 현대인
의 별이 되지 못한다고 한다. 모든 사람이 잠든 어두운 거실, 냉장고
소리만 웅웅거리며 신음소리를 내는 어둠의 방 안에서 반짝이며 빛을
내는 비디오의 화면만이 현대인에게 남은 유일한 '별'이라고 한다. 현
대인들은 관음증 환자처럼 밤중에 일어나 '그들의 별'을 쳐다본다는
것이다. 컴컴한 골방 안에서 깜빡거리는 커서만을 보면서 통신하는 사

람들도 익명의 공간 속에서 I D라는 하나의 기호로 떠도는 부표들로
서, 어둠 속으로 난 구멍으로 하나의 현장을 즐기고 있을 뿐이라고 하
였다.

이 젊은 비평가의 지적에서 현대 소비문화에서의 문화적 징후를 읽
을 수 있다. 현대의 소비자들은 자신을 타인과 구별짓는 표식, 즉 기호
를 소비하고, 문화도 이러한 유행의 물결에 지배를 받고 있다. 물결은
오늘 우리 주위에서 일어나고 있는 문화적 현실 속에도 깊이 있게 흐
르고 있다. 즉, 권위, 합리성 등의 문화구조에 도전하고 해체하여 억압
의 배후를 없애고 자유로운 발상과 해방을 만끽하려는 의도를 담고 있
다.

그러나 이러한 문화의 표정들은 지나치게 기표화된 유희의 태도를
담고 있고, 이제는 주체가 없는 문화의 껍질이 되어 버렸다. 시대가 어
려울 때 시대를 고뇌하는 반시적 표정들과는 다른, 배경의 긴장이 사
라진 문맥으로의 해체적 표정은 시적 긴장을 잃어가고 있다.

한 세기의 벼랑은 인간 존재의 위기, 자아 상실의 위기, 완전한 자아
의 몸체가 부서지는 아픔을 느끼는 위기, 시간의 벼랑이 아닐까. 이러
한 문화적 위기를 극복하기 위한 문화의 표정은 '주체'의 회복을 통한
자아의 통합, 자아 동일성의 완전한 몸의 문화학, 자아의 상처를 치유

하는 '상징의 문화학'으로서의 모습으로 나타나야 한다.

　상업적 · 과학적 이해를 신봉하는 문화적 상황에서 우리는 비인간화된 자아 상실의 아픔을 얼마나 맛보았는가. 인간이 자연과 우주 안에서 고립되고, 추방당하여 자연과 우주와의 일체감을 상실하고, 상품적 가치와 물리적 기호로 전락한 현실의 상처를 치유하기 위해서, 우리는 자연과 우주로의 귀환을 통한 자아 동일성의 상징적 현실을 구현하지 않으면 안 된다. 이러한 문화적 위기를 극복하고 우리들은 자연과 우주 속으로의 화해로운 존재 의식으로, 자아의 근원적인 무의식의 시간 속으로 귀환하려는 상징적 의식을 가질 때 그 문화에는 인간적 향기를 담아낼 수 있을 것이다.

　이 시론집 『상징의 숲; 우리 시의 상징과 자아 동일성』은 이러한 문화 인식을 바탕으로 우리 시 읽기의 한 방법으로 이루어졌다. 시 속으로 난 상징의 숲 속을 걸어가는 부끄러운 발걸음에 지나지 않는다. 이 시론집이 세상에 나올 수 있도록 온갖 애정을 쏟아준 청동거울 식구들께 감사드린다.

1999년 8월 10일

김수복

차례

제2부 상징과 서정의 힘

제1부

상징과 자아 동일성의 시론

윤동주 시의 세계 인식과 자아 동일성

1. 머리말

시인의 자아 의식과 세계 인식은 시의 상징과 형상을 통하여 표현된다. 윤동주의 시에 있어서 상징적 이미지들은 그의 시가 담고 있는 정신적 태도나 의식 세계를 이해하는 데 중요한 통로가 된다. 즉, C. G. 융의 표현을 빌면 시인의 본능적 의식은 문화적 정신적 가치로 물길을 트는 작업이기 때문이다.[1] 따라서 윤동주의 시에 있어서 내재적으로 투영된 자아의 세계 인식과 자아 동일성의 상상력의 세계는 그가 살았던 암울한 시대 상황 속에서의 자아의 세계에 대한 문화적 정신사적 의의를 해명할 수 있는 통로가 되기도 한다.

그의 시는 고통과 억압 아래서의 자아의 세계 상실을 '방황과 쫓김'의 정서적 상황으로 상징화하였다. 그러나 그는 그러한 상황 아래서

---

[1] C. Jung 외, 『융 심리학 해설』(선영사, 1986), p.173.

좌절과 회의에 빠지지 않고, 자아의 반성과 실존의 문제를 깊이 있게 인식함으로써 자아의 동일성을 추구하려 하였다. 자아의 동일성 의식은 현실을 뛰어넘어 시적 진실을 추구하는 정신적 태도로 나타난다. 따라서 그의 시에 나타난 자아의 반성적 성찰은 시대와 민족이 처한 상황에 대응하기 위한 자아 정립의 한 모습이다. 여기서 자아 동일성의 상상력은 세계와의 화해를 통해 인간의 공통성과 보편적 가치를 지키려는 정신으로 나타난다.[2]

윤동주는 민족의 어두운 현실을 세계 상실의 구조로 인식하면서 자아의 동일성 상실을 극복하려는 정신적 태도를 지니고 있다. 그의 시가 자아의 동일성을 확립하고 정신적 지표를 지키려는 의식은 바로 세계와의 화해를 통한 현실의 고통과 억압을 극복하는 정신적 모습을 담고 있다. 따라서 이 글은 윤동주 시에 나타난 자아의 세계 인식과 자아 동일성의 상상력의 구조를 해명하고, 그의 시가 지닌 정신사적 의미를 살펴보는 데 그 의의가 있다.

2. 자아와 세계 인식

시인의 세계 인식은 내적 세계와 외적 대상을 상호 관련시키는 의식의 체험으로 재현되어 나타난다. 이 의식의 체험은 시인의 상상력 체계 속에서 이루어지며, 여기서 상상력은 "인간 정신과 세계와의 상호 작용"[3]으로 나타난다. 즉, 서정적 자아의 상상력의 세계는 세계와의 상호 작용을 이루려는 '공존성(共存性)', '공동성(共同性)'의 관계에 의해 결합되어 있다. 따라서 시인의 세계 인식은 감각적인 대상화를 통

---

2) 신오현, 『자아의 철학』(문학과지성사, 1987), pp.61~63. 참조.
3) 김준오, 『시론』(문장사, 1982), p.19.

해 일체성을 경험하려는 의식의 지향성을 추구한다. 다음의 시를 통해
윤동주의 세계인식의 의식 지향을 살펴볼 수 있다.

季節이 지나가는 하늘에는
가을로 가득 차 있읍니다.

나는 아무 걱정도 없이
가을 속의 별들을 다 헤일듯 합니다.

가슴 속에 하나 둘 새겨지는 별을
이제 다 못헤는 것은
쉬이 아침이 오는 까닭이요,
來日 밤이 남은 까닭이요,
아직 나의 靑春이 다하지 않은 까닭입니다.

별하나에 追憶과
별하나에 사랑과
별하나에 쓸쓸함과
별하나에 憧憬과
별하나에 詩와
별하나에 어머니, 어머니,

어머님, 나는 별하나에 아름다운 말 한마디씩 불러봅니다. 小學校때 冊床
을 같이 했던 아이들의 이름과, 佩, 鏡, 玉 이런 異國 少女들의 이름과, 벌써
애기 어머니 된 계집애들의 이름과, 가난한 이웃 사람들의 이름과, 비둘기,
강아지, 토끼, 노새, 노루, 프랑시스 잠, 라이너 마리아 릴케, 이런 詩人의

이름을 불러봅니다.

—「별헤는 밤」 일부분[4]

　위의 「별헤는 밤」을 비롯한 「자화상」, 「참회록」, 「흰그림자」, 「또 다른 고향」, 「십자가」 등 일련의 작품에서 보여주는 세계 인식은 내향적 세계관을 담고 있다. 그것은 자아의 동일성을 이루려는 자아의 세계관으로서 시대 상황에 직면한 존재의 실존 의식과 삶의 방향성을 모색하려는 세계 인식의 태도라 할 수 있다. 윤동주는 민족이 처한 시대 현실 속에서 자아의 동일성을 추구하는 것은 곧 그 시대가 억누르는 고통을 이겨낼 수 있는 정신적 방법으로 인식하였다. 따라서 그는 자아의 본질적 세계와 화해로운 삶의 공간을 형상화함으로써 현실이 가져다 주는 중압감을 초월하려는 세계 인식의 태도를 지향하였다. 이「별헤는 밤」에서의 '추억'과 '동경'과 '어머니'의 화해로운 삶의 이미지들은 바로 삶의 억압된 현실로부터 초월하기 위한 의도적 시간과 공간이라 할 수 있다. 윤동주는 현실의 시간과 공간을, 역사적 진실, 혹은 민족의 전통성과는 단절된 세계로 인식하면서 자아의 동일성의 세계를 형상화함으로써 삶의 '공동성'과 '공존성'을 회복하려는 세계 인식을 보여주고 있다. 이러한 그의 세계 인식은 내향성으로 나타나며, 이 내향적 세계관을 통하여 현실 속에서의 자아의 동일성을 지키려 하였다. 그의 시간과 공간 의식은 바로 이러한 내향적 세계관에서 비롯된 것이다.

　윤동주의 시간 의식은 현재적 시간 인식을 중심으로 과거로의 회향과 미래로의 지향을 담고 있는 의식 체계를 보여준다. 이러한 의식 지향은 "부정적인 현재적 상황으로부터 화해롭던 과거를 추구하려던 의식이 그 불가능함을 인식하고 결국 미래에로 지향해 가게 되는 과정"[5]

---

4) 작품 인용은 윤동주 전시집, 『하늘과 바람과 별과 詩』, 개정판(정음사, 1984)에 의함.

의 세계 인식이다.

위의 「별헤는 밤」에서의 세계 인식도 바로 이러한 내면성의 공간 의식을 담고 있다. 여기서 내면성의 공간 의식이란 "당대의 상황 속에 깃든 모든 국면들을 면밀히 주시하며 또 자기 앞에 나타난 모든 현존하는 것에 대한 철학적 사색에 몰두함으로써 사유의 추상적 정형화의 상태"[6]를 맞이하려는 의식 지향성을 의미한다. 이러한 내적 지향은 당대의 고정된 현실을 부재화함으로써 이를 전체적인 흐름 속에서 역사의 연속성을 회복하려는 자아의 자기 운동성, 즉 원형성

윤동주 3주기를 맞아 간행된 『하늘과 바람과 별과 詩』 초간본(1948. 3. 1). 윤동주는 세상의 어둠을 시의 별빛으로 밝히고자 한, 순결한 영혼의 소유자였다.

을 의식하는 정신적 체계[7]를 형성한다. 「별헤는 밤」에서의 내면적 세계 인식은 '가을'과 '별'을 대상화하면서 내향성을 표출하고 있다. 이러한 내향성은 자아의 다양한 정서의 국면들을 내면적 의식의 흐름 속에서 결합하여 유기적 전체성을 이루려는 세계관을 보여준다.

따라서 윤동주의 내향적 세계 인식은 현재의 부재적 상황을 우주 질서의 전체적 흐름 속에 투영함으로써 자아의 동일성을 인식하려는 계기를 획득한다. 이러한 자아 동일성의 미래 지향은 실존적 자아로의 모색으로 나타나며, 이를 통해 현재적 정서의 갈등을 극복하고 있다. 그것은 「별헤는 밤」의 "그러나 겨울이 지나고 나의 별에도 봄이 오면/

---

5) 이상호, 「한국현대시에 나타난 자아의식에 관한 연구」(동국대 대학원 박사학위 논문, 1988), p.95.
6) Hegel, 임석진 역, 『정신현상학 I 』(지식산업사, 1988), p.93.
7) 위의 책, p.34.

무덤위에 파란 잔디가 피어나듯이/내 이름자 묻힌 언덕위에도/자랑처럼 풀이 무성할 게외다"라는 인식의 태도 속에 함축되어 있다.

　　여기저기서 단풍잎 같은 슬픈 가을이 뚝뚝 떨어진다. 단풍잎 떨어져 나온 자리마다 봄을 마련해 놓고 나뭇가지 위에 하늘이 펼쳐 있다. 가만히 하늘을 들여다보려면 눈섭에 파란 물감이 든다. 두 손으로 따뜻한 볼을 쓸어보면 손바닥에도 파란 물감이 묻어난다. 다시 손바닥을 들여다본다. 손금에는 맑은 강물이 흐르고, 맑은 강물이 흐르고, 강물속에는 사랑처럼 슬픈 얼굴—아름다운 順伊의 얼굴이 어린다. 少年은 황홀히 눈을 감아 본다. 그래도 맑은 강물은 흘러 사랑처럼 슬픈 얼굴—아름다운 順伊의 얼굴은 어린다.

—「少年」 전문

　　위의 「소년」에 나타난 그의 내향적 세계 인식은 의식의 흐름이라는 시간 양상과 자아의 인식 지향이 상상력의 세계 속에서 연속감, 동일감, 통일감을 형성하려는 상호 체계를 보여준다. 즉 그것은 이 작품의 상상력의 질서가, 첫 행 "여기저기서 단풍잎 같은 슬픈 가을이 뚝뚝 떨어진다"에서, 끝 행 "그래도 맑은 강물은 흘러 사랑처럼 슬픈 얼굴—아름다운 순이의 얼굴은 어린다"의 시행으로 연상적 관계망을 형성하면서 연속성의 구조를 보여주면서 자아의 내면적 조응을 이루고 있다. 이러한 의식의 조응은 서정적 자아의 의식 지향이 연상적 패턴을 이루면서 다양성 속의 통일성을 형성하는 상상력 체계를 보여준다. 이러한 의식의 조응을 이루는 인식 체계를 살펴보면 다음과 같다.

① 단풍잎 같은 슬픈 가을	⑤ 맑은 강물이 흐르는 손금
↓	↓
② 봄을 마련해 놓은 가지 위의 하늘	⑥ 사랑처럼 슬픈 순이의 얼굴

	↓
③ 눈섭에 드는 파란 물감	⑦ 황홀히 눈을 감아보는 소년
	↓
④ 파란 물감이 든 손바닥	⑧ 강물에 어리는 사랑처럼 슬픈 순이의 얼굴

여기서 자아와 대상과의 상상력의 체계는 ①→②→③→④→⑤→⑥→⑦→⑧의 연상적 상상력을 형성하면서, '단풍잎 같은 가을'의 이미지로부터 '사랑처럼 슬픈 순이의 얼굴'을 인식하는 의식의 내향적 구조를 보여준다. 또한 이러한 연상적 상상력의 구조가 ①↔⑧, ②↔⑦, ③↔⑥, ④↔⑤ 등의 대응 구조를 형성하면서 통일성을 이루고 있다. 이 상상력의 통일성은 '가을'이 환기하는 '슬픔'의 이미지와 '소년'의 '순이'에 대한 '사랑처럼 슬픈' 감정 양상에 밀접하게 연관되어 있다.

윤동주의 이러한 자아의 대상 인식의 태도는 「병원」에서는 "살구나무 그늘로 얼굴을 가리고, 병원 뒤뜰에 누워 일광욕을 하는 가슴 앓는 여자"에 대한 객관적 대상 인식에서, "나는 그 여자의 건강이 아니 내 건강도 속히 회복되기를 바라며 그가 누웠던 자리에 누워본다"는 화자의 의식 태도로 연상적 상상력을 통한 대상과의 동일성을 이루려는 인식을 담고 있다. 그의 내향적 세계 인식을 통한 동일성 추구는 「간」에서도 다음과 같이 나타난다.

바닷가 햇빛 바른 바위위에
습한 肝을 펴서 말리우자,

코카사스山中에서 도망해온 토끼처럼

둘러리를 빙빙 돌며 肝을 지키자,

내가 오래 기르던 여윈 독수리야!
와서 뜯어 먹어라, 시름없이

너는 살찌고
나는 여위어야지, 그러나,

거북이야!
다시는 龍宮의 誘惑에 안떨어진다.

프로메테우스 불쌍한 프로메테우스
불 도적한 죄로 목에 맷돌을 달고
끝없이 沈澱하는 프로메테우스.

—「肝」 전문

　　여기서 윤동주의 자아의 세계 인식은 '간'이 상징하는 바의 자아의
동일성을 지키려는 의식을 지니면서, "끝없이 침전하는 프로메테우스"
로의 적극적 자아상을 모색하려는 의식을 보여준다. 비록 "너는 살찌
고/나는 여위"더라도 다시는 용궁의 유혹이라는 '시대적 현실의 억압
에 굴복'하지 않겠다는 것은 자아의 동일성을 지키려는 세계관의 표명
이라 하겠다. 이러한 윤동주의 세계 인식은 「참회록」에서는 "슬픈 사
람의 뒷모양"으로의 참회의 의식을 지닌 자아의 재생적 세계관으로,
「서시」 등 일련의 신념적 자아 의식을 보여 주는 작품에서는 자아의 시
대적·역사적 인식의 정신적 지표를 지향하려는 태도를 보이고 있다.

3. 자아 동일성 상실과 부재 의식

　민족이 위기 상황에 처한 시대 현실 속에서는 자아 동일성의 상상력은 민족의 보편적 정신을 추구하려는 의식 지향을 보인다. 이는 자아를 에워싸고 있는 현실이 억압되고, 자아를 분열시키려는 시대적 의도에 대응하여 자아를 구성하려는 내적 요소들이 정당화하려는 의식 지향을 나타낸다. 즉, 자아의 동일성이 손상되거나 파괴되는 현실적 상황 속에서는 자아 동일성 상실과 회복을 위한 시인의 상상력은 더욱 '세계에 대한 자아화'의 의식 태도를 보인다.[8] 이는 역사적 연속성의 상실이 '동일성'의 상실로 인식되고, 동일성의 자아 인식은 곧 역사적 연속성을 회복하려는 정신사적 의미를 지니는 것이다.[9] 그러면 이러한 동일성 상실과 회복이라는 상상력의 체계 속에 함축된 윤동주의 자아의 동일성 상실과 회복의 태도를 살펴보기로 한다. 이를 위해 앞에서 검토한 윤동주의 세계 인식에서 나타난 자아의 불연속적 인식과 단절 의식을 통해 동일성 상실의 구조를 검토해 보기로 하자.

> 　그러나 겨울이 지나고 나의 별에도 봄이 오면
> 무덤위에 파란 잔디가 피어나듯이
> 내 이름자 묻힌 언덕위에도
> 자랑처럼 풀이 무성할 게외다.
>
> —「별헤는 밤」 끝연

　봄은 다 가고―東京郊外 어느 조용한 下宿房에서, 옛거리에 남은 나를 希望과 사랑처럼 그리워 한다.

---

8) H. Meyerhoff, 김준오 역, 『문학과 시간현상학』(삼영사, 1987), p.76 참조.
9) E. Erikson, *Identity*, 조대경 역, 『아이덴티티』(삼성출판사, 1981), p.191.

오늘도 汽車는 몇번이나 無意味하게 지나가고,

오늘도 나는 누구를 기다려 停車場 가차운 언덕에서 서성거릴게다.

—아아 젊음은 오래 거기 남아 있거라.

—「사랑스런 追憶」일부분

　　윤동주는 미래 지향적 태도를 지니면서 현실적 삶의 상실 의식을 뛰어넘으려는 의식을 지닌 시인이다. 이 「별헤는 밤」끝연에서의 "그러나 겨울이 지나고 나의 별에도 봄이 오면/무덤위에 파란 잔디가 피어나듯이/내 이름자 묻힌 언덕위에도/자랑처럼 풀이 무성할 게외다"라는 문맥 속에 함축된 바대로 현실적 상황에서의 동일성 상실의 고통을 극복하고자 한다. 이러한 윤동주의 동일성 상실의 극복은 「사랑스런 추억」에서도 현실에서의 자아는 "봄은 다 가고—동경교외 어느 조용한 하숙방에서, 옛거리에 남은 나를 희망과 사랑처럼 그리워 한다"는 과거 속에의 희망과 사랑을 그리워하는 회향적 성향을 지니면서, 현재적 삶에 대해 부정한다. 그것은 현재적 삶의 무의미함을 "오늘도 기차는 몇번이나 무의미하게 지나가고"로 언술하면서, 이러한 무의미한 현실을 극복하려는 자아 인식은 "누구를 기다려 정차장 가까운 언덕에서 서성거릴게다"라는 만남을 통한 동일성 상실을 회복하려는 태도로 나타난다.
　　윤동주의 동일성 상실의 상상력은 자아의 현재적 시간의 부재 의식을 바탕에 깔고 있음을 볼 수 있다.

　　산모퉁이를 돌아 논가 외딴우물을 홀로 찾아가선

가만히 들여다 봅니다.

우물속에는 달이 밝고 구름이 흐르고 하늘이 펼치고
파아란 바람이 불고 가을이 있읍니다.

그리고 한 사나이가 있읍니다.
어쩐지 그 사나이가 미워져 돌아갑니다.

돌아가다 생각하니 그 사나이가 가엾어집니다.
도로 가 들여다 보니 사나이는 그대로 있읍니다.

다시 그 사나이가 미워져 돌아갑니다.
돌아가다 생각하니 그 사나이가 그리워집니다.

우물속에는 달이 밝고 구름이 흐르고 하늘이 펼치고 파아란
바람이 불고 가을이 흐르고 追憶처럼 사나이가 있읍니다.

—「自畵像」 전문

윤동주의 시간의 부재 인식은 「자화상」에서는 "추억처럼 사나이가
있읍니다"라는 시행 속에 담겨 있다. 그의 서정적 자아는 '추억'의 과
거로 돌아가려는 정서 지향을 보이면서 현재의 억압적 현실을 초월하
려는 태도를 지닌다. 현재의 상황은 "손들어 표할 하늘도 없는" 절망적
상황의 '무서운 시간'이며, 이를 절대적 삶의 가치를 실현할 수 없는
시간으로 판단한다. 이러한 현재적 시간의 부재 인식은 과거의 화해로
운 삶의 질서로 돌아가려는 태도로 나타나거나, 미래 지향적 세계의
계시적 상황으로 나아가 현재의 삶의 고통을 이겨내려는 정신 지향을

보인다. 그것은 「별혜는 밤」의 '북간도'의 어린 시절이나, 「자화상」의
"달이 밝고 구름이 흐르고 하늘이 펼치고 파아란 바람이 불고 가을이"
있는 우물 속의 '추억'처럼 고여 있는 '자아 의식'의 시간이거나, 「돌
아와 보는 밤」에서의 "사상이 능금처럼 저절로 익어가는" 신념적 삶의
인식이 자리잡고 있는 미래 지향의 정신적 태도 속에 함축되어 있다.

　이러한 현재의 무시간 의식은 서정적 자아의 무의식의 표현이며, 이
무의식 속의 자아는 시간의 경과에 전혀 영향을 받지 않으며, '통합적
선험 형식'의 투사로 나타난다.[10] 따라서 윤동주의 현재의 부재 인식은
현실을 초월하려는 시간 의식으로 과거 지향의 태도를 보인다. 이는
과거로의 통합적 선험적 형식으로의 자아의 화해로운 세계 지향으로
회복되려는 정신 지향을 함의하고 있다.

　이상과 같은 현재적 시간의 부재 인식을 통한 동일성 상실의 자아 인
식과 함께 공간의 부재 의식 또한 자아와 세계와의 단절 의식을 드러
낸다.

　　한번도 손들어 보지 못한 나를
　　손들어 표할 하늘도 없는 나를

　　어디에 내 한몸 둘 하늘이 있어
　　나를 부르는 것이오.

　　일을 마치고 내 죽는 날 아침에는
　　서럽지도 않은 가랑잎이 떨어질 텐데……

---

10) M. Bonaparte, *Time and the Unconscious*(The International Journal of Psychology Analysis,
　　1984, 10), p.466. 여기서 보나파르트는 시간의 심리적 문화적 철학적 양상을 논하면서 '무시간성'의
　　세 가지 의미를 ① 무의식은 시간을 의식하지 않는다, ② 무의식은 시간의 경과에 전혀 영향을 받지
　　않는다, ③ 무의식은 시간을 지각하지 않는다고 명시하고 있다(M. Meyerhoff, 김준오 역, 앞의 책,
　　p.86. 주 59 참조).

나를 부르지 마오.

—「무서운 時間」 일부분

志操 높은 개는
밤을 새워 어둠을 짖는다.
어둠을 짖는 개는
나를 쫓는 것일게다.

가자 가자
쫓기우는 사람처럼 가자
白骨 몰래
아름다운 또 다른 故鄕에 가자.

—「또 다른 故鄕」 일부분

    윤동주의 공간의 부재 의식은 현실을 "손들어 표할 하늘도 없는" 암울한 현실로 인식한다. 「무서운 시간」에서의 "어디에 내 한몸 둘 하늘이 있어/나를 부르는 것이오"에 담긴 자아의 현실 인식에도 "내 한몸 둘 하늘"도 없는 공간적 부재 의식이 함축되어 있다. 이러한 암울한 현실에 대한 부재 의식의 표현은 「또 다른 고향」의 "쫓기우는 사람처럼 가자/백골 몰래/아름다운 또 다른 고향에 가자"라는 시적 진술로 나타난다. 여기서의 현실 상황은 "백골이 따라와 한방에 누운" 현실의 죽음이 압박해 오는 상징적 상황이며, "쫓기우는 사람처럼" 또 다른 고향으로 가야 할 현실의 극한 상황이 지배하는 곳으로 언표되어 있다. 윤동주의 이러한 현실의 부재 인식에 대한 화자의 정서적 태도는 "내 이름자를 써 보고/흙으로 덮어 버리"(「별헤는 밤」)며, "내 얼굴이 남아 있는

것은/어느 왕조의 유물이기에/이다지도 욕될까"(「참회록」)라는 부끄러
움의 인식과 자성의 태도로 나타난다. 따라서 윤동주의 공간의 부재
인식을 통한 동일성 상실의 인식 구조는 현재적 삶의 극한 정황 속에
서 부끄러움의 인식과 신념 있는 자아로의 모색을 이루는 정신 지향을
추구한다.

이제까지 윤동주의 자아 동일성 상실은 자아의 분열과 시간의 부재
의식, 공간의 부재 의식으로 나타나고 있음을 살펴보았다. 이러한 동
일성 상실의 인식은 자아의 갈등 양상을 통해 화해의 세계로 지향하려
는 자아 의식을 보여준다. 현실 속에서의 갈등적 자아는 시간의 부재
의식을 통해 '추억'이나 '유년 시절'의 화해로운 정서 속으로 들어가
갈등을 해소하려는 의식 지향의 태도를 보이거나, 아니면 "사상이 능
금처럼 익어가는" 자아의 신념을 다지면서 "나한테 주어진 길을 걸어
가야겠다"는 시대적 · 역사적 자아로의 미래 지향적 태도를 보여준다.
또한 그의 공간의 부재 의식은 "손들어 표할 하늘도 없는 곳"의 억압적
상황을 깊이 인식하면서 역사적 소명을 다하지 못한 부끄러움과 새로
운 삶의 세계을 회원하는 신앙적 · 시대적 자아로의 모색 공간으로 자
리잡고 있음을 확인할 수 있었다. 이와 같은 윤동주의 자아 동일성 상
실의 태도는 '통합적 선험적 경험'의 세계 표상의 동일성 회복의 세계
인식으로 나아간다.

4. 자아의 동일성 회복과 세계 인식

앞에서 윤동주의 시에 나타난 동일성 상실의 태도를 분열과 갈등의
자아 인식, 현재적 시간의 부재 의식, 현실 공간의 부재 의식 등으로
대별하여 자아의 정신 지향을 살펴보았다. 그 결과, 이들은 다같이 시

대 현실을 부재적 상황으로 인식하고 이를 초월하려는 태도를 지니면서 과거와의 연속성을 회복하거나 미래 지향의 상상력의 세계 속에서 현실의 분열과 갈등의 정서들을 드러내고 있음을 확인할 수 있었다. 이러한 자아의 분열과 갈등의 양상들은 시대 현실의 불연속적 세계관의 표출로서 민족의 시대적 상황 속의 보편적 정신 체계를 수용하고 있다는 점에 주목할 수 있다. 그것은 이들의 시에 나타난 자아의 동일성 상실의 태도가 불연속적 상황 속에서의 갈등과 분열을 드러내고 있으면서도 현실적 삶의 고통과 억압을 초월하려는 상상력의 태도를 지니고 있기 때문이다.

또한 시대 현실의 상황을 불연속적 정황으로 인식하면서 현실의 중압감과 대응하려는 자아의 동일성 회복의 정신 지향은 이들 시에 내포된 의식 체계를 이해하는 데 중요한 의미를 보여준다. 이러한 동일성 회복을 위한 적극적인 자아의 의식 지향은 현재적 삶의 외적 억압과 정서적으로 대응하면서 불연속적 정황을 자아의 통시적 세계와의 연속적 질서로 회복하려는 상상력의 세계를 지향한다. 이는 서정적 자아의 "주체와 객체의 화해된 종합의 상태, 즉 자아와 세계가 구분되지 않는, 이런 조화적인 동일성의 경지"[11]를 획득하려는 적극적 자아 의식을 지니고 있음을 의미한다. 적극적 자아 동일성의 기능은, 동일성 상실의, 자아와 세계와의 대립이라는 상반된 의식들을 결합하여 심리적 총화의 원형적 이미지를 형성하며, 초월적 기능의 의식 지향을 보여준다.[12] 이런 의식 지향은 시간의 변화에 따른 현실적 체험들을 유기적 통일체로 종합하려는 의식 작용을 지니며 다양한 현실적 감정들을 통합하면서 연속성을 회복하려는 자아 의식으로 나타난다.[13]

---

11) 김준오, 앞의 책, p.43.
12) J. Jacobi, *The Psychology of C. G. Jung*, 이태동 역, 『칼 융의 심리학』(성문각, 1978), pp.220~221 참조.
13) 김준오, 앞의 책, 같은 곳.

　　윤동주의 시에 나타난 자아 동일성 상실의 태도는 분열과 갈등의 세
계를 넘어서서 자아 동일성 획득의 의식 지향으로 전환되면서 자아와
세계와의 화해로운 질서 속으로 나아간다.

　　　나는 나의 懺悔의 글을 한 줄에 줄이자
　　　─滿二十四年一個月을
　　　　무슨 기쁨을 바라 살아 왔던가

　　　내일이나 모래나 그 어느 즐거운 날에
　　　나는 또 한 줄의 懺悔錄을 써야 한다.
　　　─그때 그 젊은 나이에
　　　　왜 그런 부끄런 告白을 했던가

　　　밤이면 밤마다 나의 거울을
　　　손바닥으로 발바닥으로 닦아 보자.

　　　그러면 어느 隕石밑으로 홀로 걸어가는
　　　슬픈 사람의 뒷모양이
　　　거울 속에 나타나온다.

─「懺悔錄」 일부분

　　윤동주의 자아 동일성 회복의 태도는 투철한 자아 인식을 보여주면
서 현실적 상황을 극복하려는 적극적 자아를 모색하려는 정신 지향을
담고 있다. 「참회록」에서의 "밤이면 밤마다 나의 거울을/손바닥으로
발바닥으로 닦아 보"는 자아의 실존적 삶의 태도는 '밤'이란 시대적 상
황의 어둠을 투철히 인식하면서, 자아의 의식을 강화하는 전환적 계기

를 열고자 하는 의식 지향을 보여준다. 현실의 어둠을 극복하기 위한 실존적 자아는 "슬픈 사람의 뒷모양이/거울 속에 나타나온다"는 적극적 자아로의 동일성을 획득한다. 여기서 '슬픈 사람의 뒷모양'의 자아는 '밤마다 거울을 손바닥으로 발바닥으로 닦아' 보면서 실존적 삶의 세계를 추구하려는 자아의 동일성의 회복의 태도를 지니고 있다. 이는 거울 속으로 '퇴행'하려는 자아가 아니라 현실적 상황 속으로 나아가는 자아이다. 그것은 "슬픈 사람의 뒷모양이/거울 속에 나타나온다"는 시행에 나타난 바대로 자아의 적극적 동일성 추구의 '거울을 닦는' 화자의 행위 속에 함축되어 있다.

윤동주의 동일성 회복의 자아 의식은 자아의 전환적 의식을 지향하면서 내적 갈등을 극복하고 시대 상황에 대응하는 자세로 강화된다.

六疊房은 남의 나라
窓밖에 밤비가 속살거리는데,

등불을 밝혀 어둠을 조금 내몰고,
時代처럼 올 아침을 기다리는 最後의 나,

나는 나에게 작은 손을 내밀어
눈물과 慰安으로 잡는 最初의 握手.

—「쉽게 씌어진 詩」 일부분

내 모든 것을 돌려보낸 뒤
허전히 뒷골목을 돌아
黃昏처럼 물드는 내방으로 돌아오면

信念이 깊은 으젓한 羊처럼

하루종일 시름없이 풀포기나 뜯자.

—「흰 그림자」 일부분

　위 「쉽게 씌어진 시」의 자아 동일성 회복의 태도는 '나'와 '나'의 담
화 체계를 통해 '눈물과 위안의 악수'를 통하여 "시대처럼 올 아침을
기다리는" 시대적 자아로의 정신 지향으로 나타난다. 「흰 그림자」에서
도 '모든 것을 돌려보낸 내'가 "신념이 깊은 으젓한 양처럼/하루종일
시름없이 풀포기나 뜯자"는 내적 지향을 추구하면서 신념을 지키려는
정신적 지향으로 나타난다.

　이러한 윤동주의 내적 자아로의 정신적 지향에는 '방'의 공간 의식
이 작용되어 있다. 즉 '황혼처럼 물드는 내방'의 자아 동일성의 공간
의식이 그것이다. '나'의 현실 속에서의 갈등과 불안을 극복하고, 화해
와 위안의 세계를 향한 공간 의식을 지향한다. 이러한 공간 의식에
'봄'이나 '병원', '방' 등의 이미지들이 깊게 연관되어 있다. 이들 이미
지에는 재생 의식을 통하여 시대 상황을 초월하여 삶의 연속성을 회복
하고 자아의 동일성을 회복하고자 한다.

죽는 날까지 하늘을 우러러

한점 부끄럼이 없기를,

잎새에 이는 바람에도

나는 괴로와했다.

별을 노래하는 마음으로

모든 죽어가는 것을 사랑해야지

그리고 나한테 주어진 길을

걸어가야겠다.

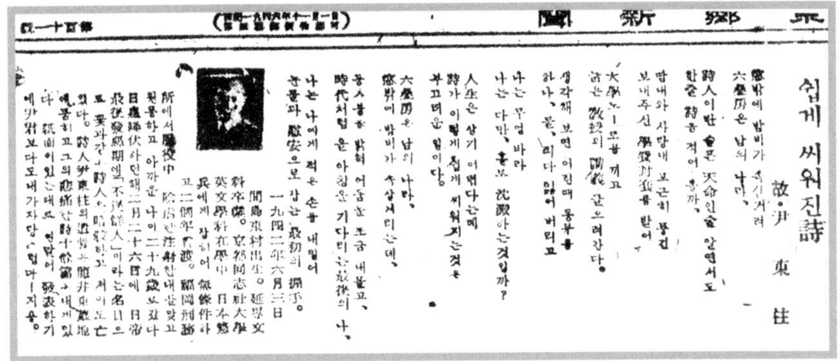

해방 뒤 최초로 소개된 윤동주의 시. 시인 정지용이 윤동주의 생애를 소개하는 짧은 글을 보탰다. 윤동주의 시와 생애는 이런 식으로 세상에 널리 알려지기 시작했다.

오늘밤에도 별이 바람에 스치운다.

—「序詩」 전문

빨리

봄이 오면

罪를 짓고

눈이

밝아

이브가 解産하는 수고를 다하면

無花果 잎사귀로 부끄런 데를 가리고

나는 이마에 땀을 흘려야겠다.

—「또 太初의 아침」 일부분

괴로왔던 사나이,

幸福한 예수 그리스도에게

처럼

十字架가 許諾된다면

모가지를 드리우고

꽃처럼 피어나는 피를

어두워가는 하늘 밑에

조용히 흘리겠읍니다.

—「十字架」 일부분

　　윤동주의 동일성 회복의 자아 의식은 위 「서시」에서 "나한테 주어진 길을/걸어가야겠다"는 세계와의 화해로운 자아 의식을 통하여 '주어진 길'의 정신적 신념을 지키면서 삶의 일체성을 지향하고자 한다. 여기에는 "별을 노래하는 마음으로/모든 죽어가는 것을 사랑"하려는 자아와 세계의 화해로운 관계를 이루려는 정신의 지속성을 보여준다. 이러한 윤동주의 '나'의 동일성 회복의 정신 지향은 시대와의 고통을 함께 하려는 시대적 자아로의 모습을 지니기도 한다. 「서시」에서 보인 그의 신념을 지키려는 자아의 동일성 추구는 「또 태초의 아침」, 「십자가」 등 그밖의 종교적 상징 의식이 담긴 시들에서 시대와의 대응을 적극적 태도로 마주하려 하는 정신을 보여준다. 그것은 위의 「또 태초의 아침」에서의 "무화과 잎사귀로 부끄런 데를 가리고//나는 이마에 땀을 흘려야겠다"와, 「십자가」에서의 "꽃처럼 피어나는 피를/어두워가는 하늘 밑에/조용히 흘리겠읍니다"라는 자아의 순절 의식 속에 함축되어 있다. 따라서 윤동주의 동일성 회복의 태도는 당대의 시대 상황의 어둠 속에서 자아와 민족의 소망을 이루기 위해서는 '이마에 땀을 흘리고' 피를 흘리겠다는 순절 의식을 담고 있다. 따라서 그의 자아의 동일성 회복의 태도는 주어진 길을 걸어가는 신념을 지키고, 민족이 처한 암울한 상황을 극복하고자 하는 시대적 소명 의식으로 나타났다.

5. 맺는말

이제까지 윤동주 시에 나타난 자아의 세계 인식과, 자아의 동일성 상실과 회복의 태도를 살펴보았다. 윤동주의 시에 있어서 자아의 세계 인식이나 자아 동일성의 상상력의 구조는 당대의 시대적 상황과 긴밀한 상관 관계 아래 있다. 억압된 현실 아래서의 자아의 의식 지향은 자아의 동일성을 이루면서 시대적 현실의 고통과 억압을 초월하려는 태도를 보인다. 그의 시에 심층적으로 펼쳐져 있는 상징적 이미지들인 '밤', '방', '시대', '별', '나' 등에 나타난 시간과 공간 의식은 바로 억압된 현실 속에서의 자아의 동일성을 찾기 위한 정신사적 의미를 담고 있었다.

그러면, 이제까지의 윤동주 시에 나타난 자아의 세계 인식과 자아 동일성의 상상력의 구조에 대한 논의를 개괄적으로 정리하여 보자.

1) 윤동주 시에 나타난 자아의 세계 인식은 내향적 태도를 보인다. 이러한 의식은 현재적 시간을 부정하고, 과거의 화해롭던 세계를 꿈꾸면서 미래를 향한 세계관을 담고 있다. 따라서 그는 현실 부정과 미래 지향의 세계관을 통하여 자아의 동일성을 정립하려는 내향적 태도를 보이고 있다.

2) 그는 현실에 대해서는 자아의 동일성 상실의 세계로 인식하였다. 고통과 억압의 현실은 역사적 연속성이 불가능한 세계로 파악하고, 자아의 동일성 상실 세계로 인식하면서 삶의 현재적 시간과 공간이 부재하는 세계로 보았다. 따라서 그는 이러한 역사적 불연속성과 단절 의식을 통하여, 자아의 동일성 상실의 세계인 '손들어 표할 하늘도 없는'

현실에서 자아의 불안과 갈등을 극복하기 위하여 '추억'이나 '유년의 고향', 우주적 삶의 공간인 '별'의 화해로운 세계로 나아가고자 했다.

　3) 그는 자아의 동일성 상실의 세계를 극복하기 위하여 자아 동일성의 실존적 의식을 강화하려는 적극적 태도를 보인다. 즉, 현재적 삶의 억압과 고통을 극복하기 위해 통시적 세계와의 연속성을 회복하고자 하였다. 자아와 대상과의 조화로운 동일성의 세계를 꿈꾸는 세계 인식이 그것이다. 이러한 세계 인식은 바로 자아와 세계와의 갈등과 대립의 상반된 의식을 화해시키며, 초월적 상상력의 세계로 나아가게 한다. 이는 '나한테 주어진 길'의 정신적 지표를 수행하고자 하는 자세를 보여주며, 민족이 처한 암울한 상황 속에서 시대적 소명을 다하고자 하는 자아의 동일성의 세계를 나타내고 있다.

김소월 시의 세계 인식

1. 머리말

한국 근대시의 흐름 가운데서 사회 현실이나 민족에 대한 시적 자아의 세계 인식이 개성적인 화법으로 표출되기 시작한 것은 1920년대에 이르러서였다. 김소월은 20년대 시인들 중에서도 민족 주체성이 상실된 시대 상황에서 민족 정서의 심층에 흐르는 정신 세계를 지향한 시인이었다. 그의 시적 자아들은 '완전한 자아'의 상실 의식을 지니고 있으며, 이러한 자아 상실의 시대 상황을 깊이 있게 인식하였다. 따라서 현실의 자아 상실을 극복하기 위한 정신 지향으로 민족 정서를 회복하고, 현실의 단절된 삶의 연속성을 찾으려 했다. 그의 시들이 함의하고 있는 연상적 정서와 음률들은 작품의 내적 실체로서 민족적 삶의 정서 속에서 작용하고 있으며, 또한 주체성 상실의 시대 상황과 밀접한 상관 관계 아래에서 정서적 자장을 형성하고 있다.

김소월 시의 상징 유형들은 주체성 상실의 민족 현실 속에서 민족의

岸曙先生
三水甲山 흠

金廷湜

三水甲山 내 왜 왔노 三水甲山이 어의노
오고나니 기험타 아하 물도 만코 山 첩첩이라 아하히
내 故鄉을 돌우가쟈 내 고향을 별 못 가네
三水甲山 멀드라 아하 蜀道之難이 예로구나 아하
三水甲山이 어듸노 내가 오고 내 못 가네
초峰로라 내 ... 새가 되면 ... 아리라 아하

1978년에 문학사상사에서 제작한 **素月**의 초상화(위쪽)와 **素月**의 육필(오른쪽).

주체성 회복과 민족적 삶의 연속성을 획득하려는 정신적 배경을 거느리고 있었다. 따라서 이 글은 그러한 민족의 주체성 회복과 삶의 현실의 문제들을 정서적으로 수용하고 있는 의식의 과정을 규명하고자 한다. 그것은 20년대의 근대시의 흐름에서 현실 문제와 개성의 자각을 나타내는 김소월의 시적 인식을 이해하는 데 중요한 의미를 지니고 있기 때문이다. 그의 시는 민족 주체성 상실의 시대 현실을 완전한 삶의 상실이라는 부재 의식으로 상징화하였으며, 이러한 부재적 상황을 극복하려는 세계 인식을 지향하였다.

따라서 이 글은 그의 시에 나타난 시적 자아의 세계 인식을 규명하고, 이러한 그의 세계 인식이 당대의 문화적 정신사적 문맥 안에서 어떠한 의미와 정서적 긴장을 형성하는지를 살펴보고자 한다. 이를 위해 그의 시의 상상력의 구조와 세계 인식에 나타난 상징적 공간과 시간 의식의 세계가 어떠한 의미망을 지니고 있는가를 이해해야 할 것이다. 김소월은 그의 시적 긴장을 형성하는 추상적 정신적 공간으로 민족의 완전한 삶의 부재적 상황으로 상징화하였다.[1] 또한 당대의 단절된 상황을 극복하기 위해 과거와 미래의 삶의 질서를 회복하려는 시간 의식을 상징화하였다. 이러한 그의 상징적 공간과 시간 아래서 그의 시적 자아의 세계 인식을 살펴보고자 한다.

2. 세계 인식의 구조

시는 사회 현실을 대상화하여 자아의 인식 세계를 형상화한다. 여기서 사회 현실은 시인의 삶과 다른 인간들의 삶의 공동화에 의해서 형성한 문화적 정신적 세계를 의미한다. 따라서 시인의 세계 인식은 자아와 사회 현실과의 상호 주관성에 의해 형성된다. 자아의 상호 주관성의 의식 작용은 문화적 사상, 사회 공동체의 공동화의 단계적 질서를 지향하고자 한다. 즉, 시인의 상호 주관적 세계 인식은 사회 현실에 대한 시인의 세계내에서 인간 존재의 근본적인 존재론적 인식을 드러낸다.[2] 인간 존재의 존재론적 인식은 자아 성찰, 자아 발견, 세계와의 상호 교감을 이루려는 사회 현실에 대한 인식의 세계로 형상화된다.

따라서 시인의 세계 인식은 자아와 외적 대상을 상호 관련시키는 의식의 체험으로 재현되어 나타난다. 이 의식의 체험은 시인의 상상력 구조 속에서 이루어지며, 여기서 상상력은 인간 정신과 세계와의 상호 작용으로 구성된다. 즉, 시적 자아의 상상력의 구조는 세계와의 상호 작용을 이루려는 공존성(共存性), 공동성(共同性)의 의미 구조를 형성

---

1) 캐시러는 인간은 감각적 차원을 벗어난 추상적 공간, 즉 정신적 심상 또는 공간 관념, 공간 관계 등의 정신적 세계를 구축해내면서 상징적 공간으로 상징화하는 데 상징의 원리가 작용한다고 하였다 (Cassirer, An Eassay on Man, pp.34~38 참조).
2) 인간의 자아 인식과 상호 주관성에 대해서는 車仁錫, 「현상학에서의 對象認識」, 「현상학과 사회과학 방법론」, 『사회인식론』(民音社, 1987), pp.81~134 참조.

한다. 그러므로 시인의 세계 인식은 대상을 감각화하여 그의 삶과 결부된 일체성을 경험하려는 의식을 지향한다.

그런데 우리의 근대시사의 형성 초기에 있어 사회 현실은 자아의 상호 주관성의 작용이 억압당하거나 불가능한 세계였다. 따라서 현실에 대한 자아의 세계 인식은 상호 주관적 작용보다는 낭만적 감정적 인식을 지향하였다. 이러한 20년대 초기의 감정적 낭만적 인식은 과거의 교술적 합리적 세계관이 지닌 관념 편중의 문학적 인식을 극복할 수 있었다. 이는 김소월을 비롯한 20년대 초기의 민요조 서정시의 전개 과정에서 나타난 민요의 수용과 전근대적 사회 인식을 타파하고자 한 시사적 의미를 지닌다.[3] 김소월 시의 세계 인식은 자아의 낭만적 인식을 통해 엄격한 합리주의 체제 아래서 위축되어 버린 지각의 능력을 회복하기 위해 생의 감정적 기저[4]에서 자아 동일성의 세계를 발견하려 하였다.

다음의 「예전엔 밋처몰낫서요」에 나타난 김소월의 세계 인식의 의식 지향을 살펴보자.

봄가을업시 밤마다 돗는달도
　「예전엔 밋처몰낫서요.」

이럿케 사뭇차게 그려울줄도
　「예전엔 밋처몰낫서요.」

달이 암만밝아도 쳐다볼줄을
　「예전엔 밋처몰낫서요.」

---

3) 金容稷, 「民謠調抒情詩의 胎動과 展開樣相」, 『韓國近代詩史』(새문사, 1983), pp.341〜362 참조.
4) 金禹昌, 「韓國詩와 形而上」, 『궁핍한 시대의 시인』(民音社, 1977), p.40.

이제금 져달이 서름인줄은

　　「예전엔 밋처몰낫서요.」

—「예전엔 밋처몰낫서요」 전문

　　김소월의 세계·인식은 불연속적 삶[5]의 세계관을 담고 있다. 여기서 불연속적 삶의 세계관은 자연과의 일체감이 단절당한 상황 의식으로 나타났다. 여기에 주권 상실의 억압적 현실에 의해 민족적 삶의 화해로운 질서가 차단당한 단절감이 함께 깔려 있다. 이는 개인의 삶의 질서가, 민족 전체와의 동질성이 상실되었다는 세계 인식의 표출이다. 따라서 김소월의 시적 자아와 자연과의 정서적 대응 구조는 이러한 불연속적 상황을 극복하기 위한 의식 지향을 보여주며, 이는 시적 대상인 자연의 객관적 실체와의 서정적 거리를 의식의 내적 세계로 끌어들여 자아화하려는 태도로 나타난다. 위의 「예전엔 밋처몰낫서요」를 비롯한 「산유화」, 「초혼」, 「구름」, 「옷과 밥과 자유」 등 일련의 작품에서 언표된 '예전엔', '먼 후일', '한 세상', '저만치' 등의 시간과 공간 상징의 의미는 주권 상실의 현실 세계를 내면적으로 대상화한 불연속적 세계 인식의 표출이다.

　　「예전엔 밋처몰낫서요」에서 나타난 자아와 '달'의 대립 구조는 2연의 '그리움', 4연의 '설움'의 정서적 지향을 보여준다. 이러한 자아와 대상과의 정서적 지향을 도식화하면 다음과 같다.[6]

---

5) 吳世榮, 『韓國浪漫主義詩 硏究』(一志社, 1983), pp.303~327 참조.
　　여기서 오세영은 不連續 의 개념을 개인과 전체의 단절, 그리고 이 양자를 화해시키려는 정신 현상으로 정의하고, 소월 시의 불연속적 질서를 검토하면서, 소월의 세계 인식은 주체와 자연과의 불연속적 대립으로 나타나며, 이는 님의 표상으로 존재 초월을 지향하는 태도로 나타난다고 지적하였다.

6) 헤겔의 精神現象學에 있어서 의식의 '경험과 그 동력'에 나타난 자아의 세계 인식을 (1)대상화의 자아 의식 변화 구조와 (2)의식에 나타난 대상의 교체에 대한 의식 경험의 내재적 변증법의 과정을 통해서 자아의 세계 인식을 도식화한 것이다(최동희 외, 『자아와 실존』, 民音社, 1987, pp.113 참조.).

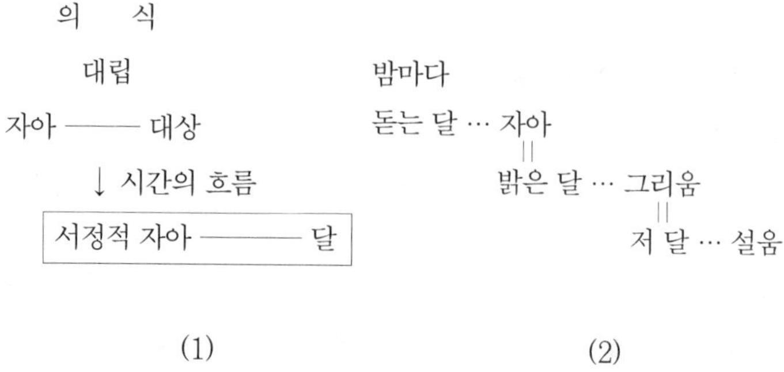

(1)   (2)

　(1)에서 시적 자아는 대상과 대립되는 불연속적 세계 인식을 보여주며, 이를 극복하기 위해 '달'을 내면적으로 대상화하여 '자아…달'이라는 '달'을 자아화하는 동일성 의식을 형성하고 있다. 이러한 대상의 자아화는 (2)에서 '밤마다 돋는 달'→'밝은 달'→'저 달'로 의식 경험의 내재적 체계로 교체되고, 이는 또다시 '예전엔 밋처몰낫서요'의 갈등의 자아가 '그리움'→'설움'의 정서적 대응으로 변화된다. 이러한 자아와 대상의 불연속적 세계 인식은 '그리움'→'설움'의 정서적 대응으로 나타나면서 '달'을 '설움'으로 내면화한 의식 구조를 담고 있다. 따라서 이「예전엔 밋처몰낫서요」의 자아의 세계 인식은 '그리움'과 '설움'의 정서적 대응을 통하여 대상에 대한 주체의 자아화의 의식 구조를 담고 있다. 이「예전엔 밋처몰낫서요」의 자아의 '그리움'과 '설움'의 정서적 대응은 '밤마다 돋는 달', '밝은 달', '저 달'로 전환되면서 '그리움'이 '설움'으로 바뀌는 정서적 긴장을 형성한다.

　김소월의 시적 자아는 불연속적 삶의 정서를 대상화하여 이를 내면적 정서로 자아화하여 우리의 주체 상실의 현실 정감에 공통성의 정신적 유대를 자아내고 있다. 따라서 그의 시는 당대 현실에서 성취될 수 없는 공동체적 일체감을 형성하는 소재들을 내면화하여 낭만적 정감을 확대해 나갔다. 더욱이 민담, 설화 소재를 적극 수용하여 이러한 대

상들을 자아의 상호 주관적 인식을 통해 민족적 정서와 현실을 정서적
으로 일치시키려고 노력하였다.

    붉은해는 西山마루에 걸니웠다.
    사슴이의무리도 슬피운다.
    떠러저나가안즌 山우헤서
    나는 그대의이름을 부르노라.

    서름에겹도록 부르노라.
    서름에겹도록 부르노라.
    부르는소리는 빗겨가지만
    하눌과땅사이가 넘우넓구나.

    선채로 이자리에 돌이되여도
    부르다가 내가 죽을이름이어!
    사랑하든 그사람이어!
    사랑하든 그사람이어!

—「招魂」 일부분

    접동
    접동
    아우래비접동

    津頭江가람까에 살든누나는
    津頭江압마을에
    와서웁니다

옛날, 우리나라
먼뒤쪽의

津頭江가람까에 살든누나는
이붓어미 시샘에 죽엇습니다

누나하고 불녀보랴
오오 불설워
시새음에 몸이죽은 우리누나는
죽어서 접동새가 되엿습니다

아웁이나 남아되든 오랩동생을
죽어서도 못니저 참아못니저
夜三更 남다자는 밤이깁프면
이山 저山 올마가며 슬피웁니다

—「접동새」 전문

    이 「초혼」과 「접동새」는 현실의 부재적 상황을 자아화하여 대상과의 동일성 회복을 이루고자 하는 상상력의 세계를 담고 있는 작품들이다. 민족 주체가 상실된 세계를 회복하고자 하는 김소월의 세계 인식은 민족적 삶과 정서를 민담적 소재로 내면화하여 자아의 상호 주관성에 의해 민족적 삶의 질서를 발견하려는 정서의 사회화를 의미한다. 전근대적 관념적 세계를 극복하고 민요적, 민담적 세계를 수용하여 민중적, 사회적 의미를 정서적으로 변용시켜 강한 민중 정서를 형성하였다. 그것은 상실감, 공허감의 감정 양상으로 표출되었지만, 그 내면의 기저

에는 민중적 정서가 가득 차 있다.[7]

따라서 이들 작품들은 민족의 삶의 정서와 긴밀한 관계 아래 있는 '님'과 '어머니'의 상실 세계를 자아화하여 동일성을 회복하고자 하는 세계 인식을 보여주고 있다.

특히 위의 「접동새」는 「춘향과 이도령」, 「팔벼개노래」, 「어버이」, 「후살이」, 「물마름」 등의 작품들과 함께 민담적 배경을 깔고 있다.[8] 이러한 설화, 전설, 민담의 소재들의 시적 수용은 김소월의 외향적 세계 인식을 보여주며, 이들 소재들은 전통 민요적 분위기를 매개하는 데 성공하고 있다.[9] 이 민담적 배경을 통한 정서는 민족의 보편적 정서를 지향하며 직접적이고 단순한 진술의 표현이라는 민요의 특성과도 깊은 연관을 지닌다. 따라서 김소월의 이러한 민담적 소재를 통한 정서화는 현실 세계를 초월하면서 민족 정서의 보편성을 지향하는 의식을 담고 있다.

위의 「접동새」의 정서도 "모상실(母喪失) 의식, 한(恨), 현실의 신화화"[10]라는 인식 구조를 담고 있다. 이러한 인식의 구조를 좀더 살펴보면 다음과 같다.

이 작품의 모상실 의식은 1연에서 3연까지의 설화의 배경으로서의 외향적 인식이 제4연에 이르러 "시새음에 몸이죽은 우리누나는/죽어서 접동새가 되엿습니다"에서 시적 화자가 누나로 전환되면서, '모상실'의 삶의 정황이라는 설화적 주제를 수용하고 있다. 따라서 이러한

---

7) 오세영, 앞의 책, p.132. 오세영은 여기서 素月 詩의 민중성의 요인으로 민족적 계급 의식이 없으며, 민족의 기층적 사고와 정서가 내포되어 있으며, 자연 친근적 향토성을 들고 있다.

8) 吳世榮은 이 「접동새」의 설화적 배경을 중심으로 김소월의 내면 공간을 母喪失 意識으로 규명하고, 그 정서적 테마를 恨의 구조로 파악하고 있다 (吳世榮, 「母喪失 意識으로서의 恨」, 金烈圭 · 申東旭 編, 『金素月』 참조).

9) 金容稷은 김소월 시의 특징적 단면으로 제재의 저변 확대 내지 소재 수용의 다변화를 들고, 민담 민요의 수용 시도와 전통문화 전반에 걸친 관심 표명을 확산시켜 나갔다고 지적하였다(「鄕土情緒 追求의 論理와 그 흐름」, 『한국근대시사』, 새문사, 1986, pp.370~74. 참조.).

10) 위의 글, 같은 곳 참조.

설화적 수용의 모상실 의식은 한이라는 주제를 심층적으로 수용한 주체성 상실의 삶에 대한 정서적 표현이라 하겠다. 이 '한'의 현실적 인식은 주체성 상실의 삶의 고통과 애환을 초월하려는 태도를 담고 있다. 그것은 삶의 억압 현실을 대상화하여 민족의 보편적 정서와 결합함으로써 삶의 전체성을 회복하려는 세계 인식의 구조를 형성한다. 따라서 김소월의 「초혼」, 「접동새」를 비롯한 일련의 설화 민담의 배경을 담고 있는 작품들의 세계 인식 속에는 이러한 전통적 인식의 삶의 구조 속에 동일화함으로써 삶의 보편성과 연속성을 회복하려 하였다.

3. 자아 동일성 상실의 세계 인식

자아 동일성 상실의 세계는 존재의 궁극적인 삶이 억압당한 현실에 대응하여 자아 상실이나 자기 소외, 부재 의식 등으로 형상되어 나타난다.[11] 화해로운 삶의 질서가 외부에 의해 억압당할 때, 시인의 자아 의식은 그러한 억압적 현실을 초월하여 과거와 미래의 삶의 구조와 동일성을 이루려는 의식 지향으로 부재적 상황을 극복하려 한다.

김소월에 있어 자아 동일성 상실의 세계 인식은 '자아'와 '님'의 상실 의식으로 나타난다. 이러한 자아와 '님'의 상실은 현실로부터의 도피 정서가 아니라 주체성 상실의 현실을 민족적 실존적 삶의 실현이 이루어질 수 없는 단절의 시대 인식으로 나타났다.

이러한 단절된 시대 인식은 민족과 자아의 동일성 상실의 상상력 구조를 보여주고 있다. 이러한 동일성 상실의 세계 인식은 주체 상실 시대의 정신사적 의미를 해명하는 한 방법이다.

---

11) 申午鉉, 「자기 동일성의 문제」, 『자아의 철학』(문학과지성사, 1987), pp.97~141 참조.

봄풀은 봄이되면 도다나지만
나무는밋그루를 꺽근셈이요
새라면 두죽지가 傷한셈이라
내몸에 꼿퓔날은 다시업구나

밤마다 닭소래라 날이첫時면
당신의 넉마지로 나가볼때요
그믐에 지는달이 山에걸니면
당신의길산가리 차릴때외다

—「님의 말슴」 일부분

고히도흔들니는 노래가락에
내잠은 그만이나 깁피드러요
孤寂한잠자리에 홀로누어도
내잠은 포스근히 깁피드러요

그러나 자다깨면 님의노래는
하나도 남김업시 일허바려요
드르면듯는대로 님의노래는
하나도 남김업시 닛고마라요

—「님의 노래」 일부분

　　김소월의 「님의 말슴」에서 자아 동일성 상실의 세계는 '밋그루를 꺽
근 나무', '두죽지가 상한 새', '꼿퓔날이 다시 업는 내몸'의 언술 속에
나타나는 바와 같이 자아의 분열과 상실 의식이 중첩되어 있다. 그것
은 「님의 노래」에서도, 자다 깨면 님의 노래는 하나도 남김없이 잊어버

리고 들으면 듣는 대로 잊어버리는 임과의 동일성 상실 의식을 담고 있다. 따라서 김소월의 상실 의식은 현실로부터 가로막힌 동일성 상실의 감정을 부드러운 율격을 통해 드러내면서 자아의 현실적 삶을 고통스럽게 끌어안고 있다. 이러한 자아는 현실과의 괴리감을 '꽃퓔날이 다시 업는 나무', 혹은 '드르면듯는대로 남김업시 닛고마'는 화자들이며, 이들은 자아의 단절된 고통을 끌어안고 현실로부터 소외와 좌절을 견디면서 세계의 상실감을 극복하려는 정서 지향을 보여준다.

먼훗날 당신이 차즈시면
그때에 내말이 『니젓노라』

당신이 속으로나무리면
『뭇척 그리다가 니젓노라』

그래도 당신이 나무리면
『밋기지안아서 니젓노라』

오늘도어제도 아니닛고
먼훗날 그때에 『니젓노라』

—「먼後日」 전문

「먼후일」에서의 '먼훗날'은 자아의 현재적 시간의 부재 의식이 담긴 가정적 시간 의식의 술어이다. 즉, 그것은 현재도 아니요, 그렇다고 미래의 어느 확정된 시간도 아니다. 이러한 현재적 시간의 부재 의식은 '나'와 '당신'의 동일성 상실의 세계 인식을 보인다. 그것은 '당신'이라는 존칭 어법을 사용하면서 '니젓노라'는 단호한 감정 표출에 담긴 서정적 화자의 양면적인 태도에도 드러난다.[12] '존칭 어법'에 담긴 '님'에 대한 겸손한 자아의 태도는 '먼훗날'이라는 가정된 시제의 표현과 '내말이 『니젓노라』'는 언술에서 모순된 어법을 보이면서 '님'과의 완전한 동일성을 이루지 못한 감정 상태에 놓여 있음을 볼 수 있다. 따라서 김소월의 '나'와 '님'과의 동일성 상실의 감정에는 시간의 부재 인식이 깊이 관련되어 있다.

따라서 김소월의 과거 지향의 현재의 부재적 인식은 이러한 현실적 정황을 초월하려는 시간 의식으로 과거 지향의 태도를 보이며, 이는 과거로의 통합적·선험적 형식으로의 자아의 화해로운 세계 지향으로 회복되려는 정신 지향을 내포하고 있다.

현재적 시간의 부재 인식을 통한 자아 동일성 상실의 세계 인식과 함께 공간의 부재 의식 또한 자아와 세계와 단절 의식을 드러내는 상상력의 구조로서, 현실에 대한 서정적 자아의 갈등을 내포하는 의식으로 나타나고 있다.

朔州龜城은 山넘어
먼六十里
각금각금 꿈에는 四五千里
가다오다 도라오는길이겟지요

서로 떠난몸이길내 몸이그리워
님을 둔곳이길내 곳이그리워
못보앗소 새들도 집이그리워

---

12) 鄭孝九, 「金素月 詩의 記號體系 研究」(서울대 박사학위 논문, 1989), pp.39~41. 여기서 鄭孝九는 「먼後日」의 작품 분석에서 '나…당신'의 통화체계를 가정법과 투사의 기법, 모순어법, 화자의 양면적 태도로 구분하면서 이 작품의 심리적 기교를 분석하고 있다.

南北으로 오며가며 안이합듸까

들끗테 나라가는 나는구름은
밤쯤은 어듸 바로 가잇슬텐고
朔州龜城은 山너머
먼六十里

—「朔州龜城」 일부분

산에는 꼿피네
꼿치피네
갈 봄 녀름업시
꼿치피네

山에
山에
피는꼿츤
저만치 혼자서 피여잇네

—「山有花」 일부분

　　위의 「삭주구성」에서의 '삭주구성'은 이 시의 2연 "물마자 함빡 히저
즌 제비도/가다가 비에걸녀 오"는 돌아갈 수 없는 곳이다. 이러한 돌아
갈 수 없는 곳으로의 '삭주구성'은 「山」의 "불귀, 불귀, 다시불귀/삼수
갑산에 다시불귀"의 시행에서의 '삼수갑산'과 같이 김소월의 시의 부

---

13) 이러한 '삭주구성'과 '삼수갑산'에 대한 의미를, 李仁福은 죽음의 이미지로, 崔夏林은 유배지, 不歸
　　之地로, 朴好泳은 체념의 장소이자 의지의 표본으로 해석하고 있다(李仁福,『소월과 만해』, 숙대출판
　　부, 1979, p.71., 崔夏林, 「식민지시대 시인의 초상」『한국현대시문학대계』, 지식산업사, 1980, p.
　　198., 朴好泳, 「金素月의 位相」, 金烈圭 申東旭 編『金素月 研究』, 새문사, 1986, pp.80~81. 참조).

재적 공간 의식을 드러내는 상징적 공간[13]
이다. 김소월의 이러한 공간적 거리감은
「산유화」에서 "저만치 혼자서 피여잇네"
시행 속에 함축된 '저만치'의 공간적 표
현에 담긴 심리적 거리[14]로 전환되어 나
타난다. 즉, 그것은 「삭주구성」에서의 공
간적 부재 의식이 "산넘어/먼육십리/각
금각금 꿈에는 사오십리"의 공간적 거리
를 "서로 떠난몸이길내 몸이 그리워/님을
둔곳이길내 곳이그리워/못보앗소 새들도
집이그리워/남북으로 오며가며 안이합듸
까"의 그리움의 심리적 공간으로 전환되

1925년 **賣文社**에서 문고판으로 발행
한 『진달내꽃』.

어 서정적 자아의 심정적 차원을 드러내는 정서적 태도를 담고 있음에
서 확인된다. 이는 「산유화」 끝연 "山에는 꼿지네/꼿치지네/갈 봄 녀름
업시/꼿치지네"에서 '저만치'의 공간적 거리가 서정적 자아의 심리 공
간으로 전환되어 꽃이 지는 정한적 의미 구조를 띠고 있음에도 나타난
다.

　김소월의 이러한 공간의 부재 의식을 보여주는 상상력의 체계는 이
밖에도 그의 많은 작품에서 드러나는데, 특히 「십리만리」의 "말니지못
할만치 몸부림하며/마치 십리만리나 가고도십푼/맘이라고나하여볼
까"에서의 '십리만리'의 공간적 거리가 "몸부림하며/가고도십푼 맘"의
심리적 공간으로 전환되어 있음에도 확인된다.

---

14) 金東里는 이러한 심리적 거리를 '인간과 청산의 거리이며, 인간의 자연 혹은 〈神〉에 대한 향수의 거리
　　로서 이 거리는 그가 가장 보편적 情恨에 입각할 수 있는 순간'으로 파악하였다(金東里, 「靑山과의 距
　　離」, 申東旭 編, 『金素月』, 文學과知性社, 1980, p.59. 참조). 이에 대해 金宗吉은 '새나 꽃들의 존재
　　에 대한 우주적 연민을 나타내는 것'으로, 徐廷柱는 '諦念'의 삶의 자세로, 申東旭은 '존재의 외로움
　　을 반영한 심리적 고절감을 내포하는' 것으로, 金容稷은 '거리' '상태' '정황' 등의 의미로 앰비귀티를
　　지니는 것 등으로 파악하고 있다(위 책 pp.101. 참조).

이상에서 김소월의 동일성 상실 구조를, 자아의 분열과 시간의 부재 의식, 공간의 부재 의식을 중심으로 그 인식의 흐름을 살펴보았다. 이러한 동일성 상실의 인식 체계에서 김소월은 '임'을 축으로 하는 대상과의 불일체감에 휩싸인 분열된 자아의 표상을 이루고 있으며, 이러한 분열된 자아는 현재적 시간에서 대상과의 동일성을 이룰 수 없다는 현재적 시간의 부재 인식을 바탕으로 하면서 '과거'나 '먼 후일' 등의 무시간 의식의 태도를 보여주고 있다. 따라서 그의 무시간 의식은 '과거'나 '먼 후일'이라는 막연한 기대감에 휩싸이면서 '꿈'이나 '혼'의 초월적 상상력의 시간 지향을 통해 현재적 삶의 고통과 시련을 초월하려는 인식 체계를 보여주고 있다. 그것은 공간의 부재 의식에도 깊게 드러나는데 '산', '길'의 막힘으로 인해 돌아갈 수 없는 공간적 단절감으로 표출되어 있다. 이러한 공간적 단절을 심정적 차원으로 수용하면서 현실과의 불연속적 상실의 감정을 '그리움'이나 '슬픔'의 정서적 체계로 토로하고 있는 것이 특징이다.

4. 자아 동일성 회복의 세계 인식

자아 동일성의 세계는 다른 세계와 구별되면서 자기 고유의 지속적인 삶의 실현이 가능한 세계이며, 인간의 궁극적인 존재 의식은 자아 상실의 부정적 세계관을 극복하고 상실된 자아를 회복하고자 한다. 자아 상실 세계에서의 자아는 상실된 세계의 역사 속에서 자신의 존재 의미를 탐색하는 역사 의식으로 나타난다.[15] 따라서 인간의 의식 활동은 자아 의식의 존재 실현을 의미하며, 자기 존재에 대한 반성, 확인, 통합, 동화를 의미한다. 시적 자아의 동일성의 세계도 인간 존재의 근

---

15) 申午鉉, 「자기 소외성의 문제」, 앞의 책, pp.117~141 참조.

원적인 구조와 실상에 대한 인식의 표상이며, 이는 자아와 타아, 자아와 사회, 인간과 자연의 관계에까지 영향을 미치며, 이러한 영향은 자아와 세계의 영원한 관계로 존재하는 세계를 지향하며, 자아 동일성의 회복을 이루고자 하는 인식으로 나타난다.[16] 자아 동일성 상실의 세계는 이러한 자아와 세계, 자연의 관계가 균형을 상실하여 자아가 분리되었을 때 자아는 파괴되고 소외 현상으로 나타난다. 따라서 앞에서 논의한 김소월의 자아 동일성 상실의 세계 인식은 분열과 갈등의 자아 의식, 현재적 시간의 부재 의식, 현실 공간의 부재 의식 등으로 시적 자아의 정신 지향을 보였다. 그 결과, 김소월은 주체 상실의 현실을 부재적 상황으로 인식하고 이를 초월하려는 정서 지향으로서 과거와의 연속성을 회복하거나 미래 지향의 상상력의 세계를 선택하였다. 현실의 분열과 갈등의 감정 양상들은 주권 상실 시대의 불연속적 세계관의 표출로서 민족의 시대적 정황 속의 보편적 감정 체계를 수용하고 있다. 그것은 김소월의 시에 나타난 자아 동일성 상실의 세계 인식이 불연속적 상황 속에서의 갈등과 분열을 드러내고 있으면서도 현실적 삶의 고통과 애환을 초월하려는 정서 구조로 형상화되어 있기 때문이다.

또한 주권 상실의 현실 상황을 불연속적 정황으로 인식하면서 현실의 중압감과 대응하려는 자아의 동일성 회복의 정신 지향은 그의 시에 내포된 삶의 원형 상징의 구조를 이해하는 데 중요한 의미를 지닌다. 이러한 동일성 회복을 위한 적극적인 자아의 의식 지향은 현재적 삶의 외적 억압과 정서적으로 대응하면서 불연속적 정황을 자아의 통시적 세계와의 연속적 질서로 회복하려는 상상력을 지향한다. 이는 시적 자아의 "주체와 객체의 화해된 종합의 상태, 즉 자아와 세계가 구분되지 않는, 이런 조화적인 동일성의 경지"[17]를 획득하려는 적극적 자아 의식

---

16) 위의 책, pp.131~32. 참조.
17) 金埈五, 『詩論』(문장사, 1982), p.43.

을 지니고 있다. 이러한 자아 동일성의 세계 인식은, 동일성 상실의 자아와 세계와의 대립이라는 상반된 의식들을 결합하여 심리적 총화의 원형적 심상을 형성하며, 초월적 기능의 의식 지향을 보여준다.[18] 이 의식 지향은 시간의 변화에 따른 여러 체험들을 유기적 통일체로 종합하려는 의식 작용을 지니며 다양한 현실적 감정들을 통합하면서 연속성을 회복하려는 자아 의식으로 나타난다.[19]

김소월의 시에 나타난 이제까지의 분열과 갈등의 자아 양상들도 이와 같은 자아의 적극적 동일성 획득의 의식 지향으로 전환되면서 자아와 세계와의 화해로운 질서 속으로 나아감을 확인할 수 있다.

해가 山마루에 저므러도
내게두고는 당신 때문에 저믑니다.

해가 山마루에 올나와도
내게두고는 당신 때문에 밝은아츰이라고 할것입니다.

땅이 꺼저도 하눌이 문허저도
내게두고는 끗까지모두다 당신때문에 잇습니다.

다시는, 나의 이러한 맘뿐은, 때가되면,
그림자갓치 당신한테로 가우리다.

오오, 나의愛人이엇든 당신이어.

—「해가山마루에저므러도」 전문

---

18) J. Jacobi, *The Psychology of C. G. Jung*, 李泰東 역, 『칼 융의 心理學』(成文閣, 1978), pp.220~221. 참조.
19) 金埈五, 앞의 책, 같은 곳.

「해가산마루에저므러도」에서의 시적 자아인 '나'는 '당신'과의 동일성을 이루려는 적극적 의식 지향을 보이고 있다. 이러한 적극적 자아 동일성의 세계 인식은, '나'와 '당신'과의 분열적 자아로의 불연속적 세계를 극복하고, "해가 산마루에 저므러도", "해가 산마루에 올나와도", "땅이 꺼저도 하늘이 문허저도"에 나타난 바와 같이 외적 세계 변화에 굴복하지 않고 '당신'과의 화해로운 관계를 지향하고자 한다. 이는 동일성 상실의 부재적 시간 의식을 극복하고, 영원성의 시간을 통하여 '나의 애인이엇든 당신'과의 자아 동일성 회복의 세계 인식이다. 여기서 '나의 애인이엇든' 과거의 '당신'의 상실감을 '때가 되면 그림자갓치 가우리다'는 미래 지향의 문맥에서 자아의 적극적 미래 지향적 삶의 인식을 확인할 수 있다. 따라서 김소월의 자아 동일성 회복의 세계 인식은 과거를 초탈하여 미래적 삶의 가능성인 '미래'를 향하여 현대적 삶의 상실감을 벗어나려 했다. 이러한 '나의 애인이엇든 당신이어 때가 되면 그림자갓치 당신한테로 가우리다'의 자아 동일성을 확보하려는 세계 인식은 바로 과거를 미래화하는 재생적 시간 의식의 표현이라 할 수 있다.

이와 같은 불연속적 현실 세계를 벗어나 자아 동일성 회복을 지향하려는 세계 인식은 「묵념」에서는 "나는 무신히 니러거러 그대의잠든몸우헤 기대여라/움직임 다시업시, 만뢰(萬籟)는 구적(俱寂)한데,/희약(熙躍)히 나려빗추는 별빗들이/내몸을 잇그러라, 무한히 더갓갑게"(3연)라는 '별빗'과 '내몸'의 승화된 정신 세계의 합일 지향적 상상력의 세계로 나타나기도 한다. 따라서 「해가산마루에저므러도」에서 김소월의 자아 동일성 회복의 세계 인식은 "다시는, 나의 이러한 맘뿐은, 때가되면,/그림자갓치 당신한테로 가우리다"라는 '나'와 '당신'의 적극적 동일성을 띤 자아 의식을 담고 있다. 이러한 자아의 적극적 태도는 동일성 상실의 세계 인식에서 보인 분열적 자아의 감상적 공간 의식의

표출이라든가, 막연한 몽상적 호흡을 극복하고 '나'와 '당신' 혹은
'임'과의 동일성이 획득된 자아로의 정신 지향을 보이고 있다.

　　　『가고 오지못한다』는 말을
　　　철업든 내귀로 드럿노라.
　　　萬壽山을올나서서
　　　옛날에 갈나션 그내님도
　　　오늘날 뵈올수잇섯스면.

　　　나는 세상모르고 사랏노라,
　　　苦樂에 겨운입술로는
　　　갓튼말도 죠끔더怜悧하게
　　　말하게도 지곰은 되엿건만.
　　　오히려 세상모르고 사랏스면!

　　　『도라서면 모심타』는말이
　　　그무슨뜻인줄을 아랏스랴.
　　　啼昔山붓는불은 옛날에 갈나선 그내님의
　　　무덤엣풀이라도 태왓스면!

—「나는 세상 모르고 사랏노라」 전문

　　　만일에 그대가 바다난끗의
　　　벼랑에돌로나 생겨낫드면,
　　　둘이 안고굴며 떠러나지지.

　　　만일에 나의몸이 불鬼神이면

그대의가슴속을 밤도아 태와
둘이함께 재되여스러지지.

—「개여울의 노래」 일부분

보아라, 그대여, 서럽지안은가.
봄에도 三月의 져가는날에
붉은피갓치도 쏘다저나리는
저긔저꼿닙들을, 저긔저꼿닙들을.

—「바다가變하야 뽕나무밧된다고」 일부분

「해가산마루에저므러도」에서의 '나'와 '당신'과의 일체성 획득을 이루려는 자아 의식은 「나는 세상 모르고 사랏노라」에서 만수산을 올라서서 옛날에 갈라선 '님'을 다시 뵈올 수 있기를 바라고 있는 자아 의식으로 나타났다. 이는 삶의 고락에 겨워 세상 모르고 살아온 이제까지의 자신의 삶의 태도를 반성하고 '돌아서면 무심하다'고 말한 님의 깊은 뜻을 깨닫고 '제석산붓는불'을 통하여 님의 무덤이라도 태웠으면 바라고 있는 데서 님과의 일체성을 이루고자 한다. 이는 「개여울의 노래」에서도 동일한 태도를 담고 있다. '나의몸이 불귀신이면'이라는 가정적 문맥을 상정하면서, "그대의가슴속을 밤도아 태워/둘이함께 재되여스러지지"라는 강렬한 동일성 회복의 태도를 보여준다. "둘이 함께 재되여스러지지"에 함축된 의미는 분열된 자아의 갈등과 고뇌를 해소하고, 재생의 통합적 자아로 나아가겠다는 잠재된 의식이 깔려 있 다. 그것은 「바다가변하야 뽕나무밧된다고」에서도 '나'와 '그대'는 "봄에도 삼월의 져가는날에/붉은피갓치도 쏘다저나리는/저긔저꼿닙들"을 보면서 서러움을 동감하려는 자아의 태도로 나타난다. 이러한 김소월의 적극적인 자아 동일성 추구는 그의 「박녕쿨타령」에서 "박녕쿨이 에

김소월 시의 세계 인식 55

헤이요 벗을적만 같아선/가을 올줄을 얼사쿠나 아는 이가 적드니/얼사쿠나 에헤이요 하루밤서리에. 에헤요/잎도 줄기도 노구라붙고 둥근박만 달렸네"의 역설적 의미를 민요의 율격 속에 수용하면서 삶의 슬픔을 역동적으로 극복하려는 태도[20]를 담고 있기도 하다.

위의 「개여울의 노래」에서 김소월의 자아 동일성의 시적 자세는 '나', '불귀신', '재'로, 「바다가변하야……」에서는 '나,' '붉은피갓치도 쏘다저나리는 꼿닙', '그대' 등으로 변환되면서 '나'와 '그대'가 일체성을 이루려는 태도로 나타난다.

저보아, 곳곳이 모든 것은
번쩍이며 사라잇서라.
두나래 펄쳐떨며
소리개도 놉피떠서라.

때에 이내몸
가다가 또다시 쉬기도하며,
숨에찬 내가슴은
깁븜으로 채와져 사뭇넘처라.

거름은 다시금 또더 앞프로……

—「들도리」 일부분

世界의 꿋튼 어듸? 慈愛의하눌은 넓게도덥헛는데,
　우리두사람은 일하며, 사라잇섯서,

---

20) 이러한 김소월의 정서적 태도는 다음의 그의 「詩魂」 속에 잘 드러난다. "寂寞한 가운데서 더욱 사뭇처 오는 歡喜를 經驗하는 것이며, 孤獨의 안에서 더욱 보드랍은 同情을 알 수 잇는 것이며, 다시 한 번, 슬픔 가운데 서야 보다 더 거룩한 善行을 늣길 수도 있을 것이며"(金素月, 「詩魂」, 『開闢』, 59호, p.11).

하눌과太陽을 바라보아라, 날마다날마다도,
새라새롭은 歡喜를 지어내며, 늘 갓튼땅 우헤서.

다시한番 活氣잇게 웃고나서, 우리두사람은
바람에일니우는 보리밧속으로
호미들고 드러갓서라, 가즈란히가즈란히,
거러나아가는 깃븜이어, 오오 生命의 向上이어.

─「밧고랑우헤서」 일부분

위의 「들도리」, 「밧고랑우헤서」는 김소월의 적극적 자아 동일성 회복의 시적 자아 의식이 두드러진 작품들이다. 그것은 「들도리」에서 "거름을 다시금 또더 앞프로……"의 시행 속에 담긴 화자의 정신 지향에서 확인된다. 동일성 획득의 시적 자아는 분열된 자아 감정에서 벗어나, "깁븜으로 채와져 사뭇넘"치는 감정의 충일 상태에 젖어 있다. 이러한 기쁨이 넘치는 감정 양상은 동일성을 이룬 자아의 감정 표출이며, 이는 "다시금 또더 압프로" 나아가는 정신 지향의 태도를 띠고 있다. 「밧고랑우헤서」도 "활기잇게 웃고나서 우리두사람은/바람에일니우는 보리밧속으로" 기쁨에 젖어 걸어가며 "생명의 향상"을 느끼는 충일한 감정 상태에 젖어 있다. 이들 「들도리」와 「밧고랑우헤서」에 담긴 자아의 동일성 회복의 의미는 '들'과 '밧고랑'의 대지적(大地的) 상상력의 원형적 공간 인식이 자리잡고 있다. '들'과 '밧고랑'은 모성적 상징 체계이며, 이는 생산과 재생의 공간 상징이다.[21] 따라서 김소월의 동일성 회복의 자아 의식도 '재생과 생산의 상징' 공간을 매개로 하면서 슬픔과 고통을 극복하고 기쁨이 넘치는 자아의 적극적 의식 지향을

---

21) 김소월의 이러한 시적 인식은 "가장 놉피 늣길 수도 익고, 가장 놉피 깨달을 수도 잇는 힘, 또는 가장 强하게 振動이 맑아지게 울리어오는 反響과 共鳴"(金素月, 「詩魂」, 앞의 책, 같은 곳)이라는 문맥에 잘 나타난다.

보이고 있다.

5. 맺는말

이상에서 김소월의 시에 나타난 자아의, 현실과 세계에 대한 의식 과 정과 세계 인식의 태도를 살펴보았다. 시인의 세계 인식은 사회 현실을 대상화하여 민족의 삶의 공동화에 의해서 형성된 문화적 정신적 세계에 대한 존재론적 인식을 담고 있다. 시적 자아와 세계는 상호 작용하며 자아의 의식 작용은 그 시인의 사회 현실에 대한 세계 인식을 드러낸다. 즉, 자아의 존재론적 인식은 세계에 대한 자아의 성찰과 자아의 발견, 그리고 세계와의 상호 교감을 통해 세계를 자아화한다는 것이다.

김소월의 시에 나타는 세계 인식도 당대의 문화적 정신사적 문맥 안에서 민족의 주체성 상실의 현실적 삶의 정서들을 자아화하여 상실과 부재적 현실을 극복하려 하였다. 따라서 김소월은 한국 근대시 형성의 초창기에 있어 주권 상실의 민족 현실을 자아화하여 민족의 감성적 기층에 작용하는 민중 정서를 적극적으로 수용한 시인이라는 시사적 의의를 지니는 시인이라 할 수 있다. 그의 시는 주권 상실의 현실을 부재적 상황으로 상징화하여 민족 주체 상실의 현실을 정신적으로 벗어나려 하였다. 그러면 이러한 김소월의 시에 나타난 자아의 세계 인식을 개괄적으로 정리하여 이를 결론으로 삼고자 한다.

1) 그의 시에 나타난 자아의 세계 인식은 주체 상실의 불연속적 삶의 정서를 수용하여 민족 공동체적 일체감을 형성하는 소재들을 대상화하여 낭만적 민중적 정감의 세계로 확대 심화하려는 의식을 지향하였다.

2) 그의 자아 동일성의 세계 인식은 현실의 부재적 상황을 자아화하여 민족 주체성 상실의 세계를 회복하고자 하였으며, 이는 민족의 삶의 정서적 자장과 긴밀한 관계를 지니고 있었다. 특히 '님', '어머니', '집'의 상실을 상징화하여 삶의 보편성과 연속성을 회복하려는 정서의 사회화의 의미를 지닌다.

1939년에 박문서관에서 문고판으로 발행한 『素月詩抄』.

3) 그의 자아 동일성 상실의 세계 인식은 존재의 궁극적 삶이 억압당한 현실을 부재적 상황으로 내면화하여 소외와 상실의 정서를 초월하려 하였다. 현재적 시간의 부재 의식으로 '과거'나 '미래'의 '먼 후일' 등의 상징적 시간과, 또한 그의 공간의 부재 의식으로 나타난 '삭주구성'과 '삼수갑산', '저만치' 등의 공간의 상징화를 통해 자아의 동일성을 지향하고 있다.

4) 이러한 그의 동일성 상실의 세계 인식은 상실된 역사 속에서 자아의 존재 의미를 탐색하는 역사 의식을 강화하면서, 자아의 세계에 대한 반성, 확인, 통합적 자아 의식으로 나아가 현재적 삶을 초월하여 현재와 과거의 의식에서 벗어나 삶의 미래화를 통하여 영원성의 시간 즉 재생적 시간을 통해 현실 세계를 극복하고 자아 동일성 회복을 추구하였다.

5) 그의 자아 동일성 회복의 세계 인식은 민담적 소재를 수용한 「박넝쿨타령」을 비롯하여 그의 「들도리」, 「밧고랑우헤서」, 「나는 세상 모르고 사랏노라」, 「바다가변하야 뽕나무밧된다고」 등의 후기의 사회 현

실적 상황을 적극적으로 소재화한 시들에서 재생과 생산적 세계를 통하여 자아 동일성 회복의 세계 인식으로 확대되어 나갔다.

6) 이러한 그의 자아 동일성 회복의 세계는 암담한 현실을 극복하려는 상징적 장치로 '과거'나 '미래'의 시간으로 상징화되어 슬픔과 고통의 정서에서 기쁨과 즐거움을 추구하는 대지적 세계와 자연적 공간 세계로 역동화되었다.

정지용 시의 '물'의 상징 유형

1. 머리말

시는 세계를 반영한다. 여기서 세계는 시인이 살고 싶은 세계뿐만 아니라, 시인의 정신 세계에 뿌리내린 사회적 문화적 경험까지도 포괄한다. 그러므로 시는 시인이 살고 있는 세계보다는 살고 싶은 세계에 대한 심리적 표명이 주를 이루어 왔다. 시인의 심리적 표명을 담고 있는 시는 시를 형성하는 중심적 이미지들로 상징화된다. 특히 우리의 근대 시사에서 시인들의 정신적 지향은 민족성 상실의 세계에 대한 사회적 문화적 경험을 상징화하는 데 노력을 기울여 왔다. 따라서 근대시의 상징적 표정들은 우리의 민족성 상실의 세계에 대한 정서적 환기를 이루며 민족 공동체의 정신사적 의미를 담고 있다는 것은 주지의 사실이다. 그것은 시인의 본능적 창작 의식 속에는 상징화된 이미지를 통하여 집단의 문화적 정신적 가치를 의미화[1]하며, 이는 시인의 정신적 세계에 깊이 뿌리내린 사회적 문화적 경험과, 그가 지향하는 심리적 경

1930년대초 **徽文高普** 재직시의 정지용.

향과 깊게 관련되어 있다[2]는 사실에도 확인된다. 즉, 시에 있어서 상징적 영역은 바로 시인의 가장 내밀한 전기적 경험 요소들의 덩어리[3]이기 때문이다.

필자는 상징을 통한 시적 자아의 의식 세계와 세계 인식 탐구라는 이러한 논의의 바탕 위에서 시의 상징 유형에 나타난 세계성 상실과 회복의 정신사적 의미를 김소월과 윤동주의 시를 대상으로 검토한 바 있다.

따라서 이 글도 우리 근대시의 상징 유형에 나타난 시인의 자아 의식과 세계 인식의 태도를 해명하려는 논의의 연속적인 작업인 셈이다.

정지용 시의 정신적 자장을 이루는 상징 유형으로는 '물'과 '산', '종교' 등의 이미지가 지배적이다. 이들 지배적인 상징 유형 중, 여기서는 '물'의 상징 유형을 중심으로 그의 자아 의식과 세계 인식의 태도를 살펴보고자 한다. 그의 시에서 '물'의 상징 유형으로는 '바다', '호수', '비', '폭포', '백록담' 등의 상징들이 연쇄적인 의미망을 이루면서, 자아와 세계의 갈등과 소외 의식, 세계를 통한 자아의 성찰, 세계와 자아의 회복 등의 심리적 구조를 지니면서 자아의 의식 세계를 형성하고 있다.

이러한 정지용의 '물'의 의식 공간은 '산'과 '종교'의 상징 유형과 깊은 정신적 연관을 이루면서 그의 세계 인식의 태도를 이해할 수 있는 상징적 통로이다.

---

1) c. g. Jung 외, 설영환 옮김, 『융 심리학 해설』(선영사, 1986), pp.173~174.
2) Mukarovsky, 유인정 역, 『무카로브스키의 시학』(현대문학사, 1987), p.72.
3) G. Durand. 진형준 역, 『상징적 상상력』(문학과지성사, 1983), pp.11~25 참조.

따라서 이 글은 그 동안 정지용 시에 관한 논의[4]들을 바탕으로 그의 시에 나타난 상징 유형을 통하여 그의 시가 담고 있는 정신사적 의미를 탐구하는 데 그 의의가 있다.

2. 정지용 시의 '물'의 상징 유형

정지용은, 시인의 창작 의식은 물과 같은 시인의 성정에 바탕을 둔다고 하였다. 이 성정을 시인은 잘 가다듬어야 시를 향처럼 향유할 수 있다는 것이다. 즉 이 성정은 '수성과 같아서 담기는 그릇에 따라 모양을 달리하며 물감대로 빛깔이 변하여, 잘못 담기면 정체하고 물도 썩어 독을 품을 수가 있는' 것으로 물과 같이 시인의 의식을 표현하는 것으로 보았다.[5] 이러한 정지용의 창작 의식에 대한 성정론은 시인의 의식 또한 물의 상징성과 밀접한 관계를 표명하고 있다.

G. 바슐라르도 물의 상상력은 인간의 내적 존재를 보다 깊이 인식하게 하고 시인의 상상력을 불러일으키는 창조적인 힘을 갖는다고 하였다. 물은 무거워지고, 어두워지고, 깊어져 물질화되며 시인의 의식을 비추는 내면적 거울이라는 것이다.[6] 정지용의 시들의 중심적인 의식 공간은 '물'과 '산', '종교'의 상징적 세계가 주류를 이루고 있다. 이들 상징 유형들은 정지용의 삶 의식을 지배해 온 정신적 양상으로 작용하였다. 그의 시에 지배적인 경험 세계를 이루고 있는 이러한 '물'과

---

4) 鄭芝溶의 시에 나타난 이미지 분석의 논의로는 文德守와 정의홍의 논문이 있다. 文德守의 『韓國 모더니즘 詩 研究』(詩文學社, 1981)에서는 '바다', '들', '산', '하늘'의 원형 이미지의 상승 과정을 따라 분석한 바 있으며, 정의홍의 『정지용의 시 연구』(형설출판사, 1995)에서는 모더니즘 시각 일변도의 문제점을 지적하고, 그의 시세계를 카톨릭시즘적 신앙관과 동양 정신적 세계관으로 나누어 분석하였다. 여기서, 정의홍은 역사적 실증적 연구의 바탕 위에서 그의 소외 의식과 불안 의식, 상실 의식을 태도로 해명하여 鄭芝溶의 심리 양상을 체계 있게 이해하는 데 기여하였다.

5) 鄭芝溶, 「시선후」, 『문장』, 4호(문장사, 1939), p.152.

6) G. Bachelard, 이가림 역, 『물의 꿈』(문예출판사, 1988), pp.34~68 참조.

‘산’, ‘종교’의 이미지들은 정지용 시의 자아 의식을 표상하는 ‘정신적 현실’이라 할 수 있다.[7] 이 ‘정신적 현실’을 통하여 그의 시에 심층적으로 작용하고 있는 자아와 세계의 갈등을 비롯한 소외와 불안 의식, 그리고 자아 상실 의식 등의 심리 세계를 탐구할 수 있다. 따라서 여기서는 정지용 시의 자아 의식의 심층적 세계를 이루고 있는 ‘물’의 상징 유형을 통하여 그의 자아 의식 구조와 정신적 · 심리적 세계를 규명하고자 한다.

‘물’의 상징 유형들은 정지용 시의 초기시부터 후기시에 이르기까지 그의 의식을 지배해 온 자아 의식의 세계를 형성하는 경험적 · 정신적 현실을 투영하는 의식의 자장이었다.

이러한 ‘물’의 상징적 자장은 정지용의 심리 세계를 형성하는 자아 의식의 심층적 거울로 작용하고 있다. 원래 물은 문학 작품에서 ‘강’, ‘바다’, ‘실개천’, ‘비’ 등의 이미지로 나타나며, ‘비상’, ‘흐름’의 상징 공간으로 재현되어 왔다. 이는 ‘비’에서 ‘샘’으로, ‘샘’이나 ‘분수’에서 ‘시내’나 ‘강’으로, ‘강’에서 ‘바다’나 ‘눈’으로 끊임없이 환원되면서 문학적 공간을 형성하는 이미지로 형상화되어 왔다. 우리의 고대 서사 문학에서도 ‘강’은 죽음이나 이별, 정한의 심리 세계를 형상화하는 공간으로 재현되어 왔으며, ‘우물’의 원형적 공간은 재생 모티프를 이루는 상징으로서 악인의 음모로 ‘바다’나 ‘강’ 등에서 비명에 죽었던 주인공이 의외의 인물이나 신물의 도움으로 소생하여 악인에게 복수하고 성공을 거두게 되는 서사 구조를 이루는 이미지로 반복되어 왔다.[8]

따라서 물의 상징 유형들은 ‘바다’, ‘강’ 등의 이미지에서는 변화와 흐름의 지속성을 상징하면서 자아의 불안과 갈등의 심리적 세계가 투

---

7) C. G. Jung, 이부영 역, 『분석심리학』(일조각, 1987), p.14. 여기서 융은 정신적인 현실은 인간의 직접적이고 유일한 경험 세계를 수용하는 정신적 차원이며, 이를 통하여 인간 심리 구조를 분석할 수 있다고 하였다.
8) 金秀福, 『정신의 부드러운 힘:우리 시의 표정과 상징』(단대출판부, 1994), pp.80~81.

영되는 의식 공간으로 작용하는가 하면, '우물' 등의 고여 있는 물의 이미지를 통하여서는 자아의 정체성을 회복하는 심리적 세계를 반영하는 의식 공간으로 작용하기도 하였다.

정지용의 시들에서의 '물'의 상징 유형도 '바다'와 같은 동적인 물의 이미지에서는 자아와 세계와의 갈등과 소외 의식의 심리 세계가, '호수'와 '우물'의 정적인 물의 이미지 등에서는 자아의 정체성을 이루고자 하는 자아 성찰의 의식 세계가 작용하고 있다. 또한 '비'나 '백록담'의 수직적 의식 공간을 이루는 물의 이미지를 통하여서는 자아 의식의 상승을 추구하려는 자아 회복의 의식 지향을 이루려는 구조로 작용한다. 이러한 '물'의 상징 유형들은 정지용의 시작 전반에 걸친 의식 공간을 이루는 '정신적 현실'로 작용하는 심리적 세계가 담겨 있다. 그러면 그의 자아 의식의 구조와 세계 인식의 태도를 이해하기 위해서 이러한 '바다', '호수', '비', '백록담' 등의 '물'의 상징 유형을 살펴보고자 한다.

1) '바다'의 상징 : 자아와 세계의 갈등 구조

'바다'는 동적인 물이다. 동적인 물은 자아의 정체성을 확인할 수 없는 움직이는 물의 거울이다. 움직이는 물의 거울에는 항상 자아의 형상도 동요한다. 자아의 형상을 그려볼 수 없게 한다. 따라서 '바다'의 이미지에는 심리적 동요나 자아의 불안의 세계가 투영된다. 광폭한 물은 악마적 이미지로서 악인의 광포와 같은 자아의 정체성을 억압하는 난폭한 정신적 상황으로 암시되어 왔다. 따라서 광폭한 '물'의 이미지에는 자아의 정체성을 이룰 수 없는 소외와 불안 의식이 지배적이다.

정지용의 초기 작품 등에 나타나는 '바다'의 상징 유형에는 자아와 세계의 갈등이 노정되어, 그의 소외 의식과 불안 의식이 투영되어 있는 심리적 공간이 주를 이루고 있다. 특히 「바다」 연작을 비롯하여 「해

협」 등의 시들에 나타난 자아 의식의 세계는 바로 이러한 바다의 상징
적 이미지가 나타난다.

고래가 이제 橫斷 한 뒤
海峽이 天幕처럼 퍼덕이오.

……힌물결 피여오르는 아래로 바독돌 자꼬 자꼬 나려가고,

銀방울 날리듯 떠오르는 바다종달새……

한나잘 노려보오 훔켜잡어 고 빨간살 빼스랴고.

미억닢새 향기한 바위틈에
진달래꽃빛 조개가 해ㅅ살 쪼이고,
청제비 제날개에 미끄러저 도—네
유리판 같은 하늘에.
바다는—속속 드라 보이오.
청대ㅅ닢 처럼 푸른
바다
봄

—「바다 6」 일부

바다는 뿔뿔이
달어 날랴고 했다.

푸른 도마뱀떼 같이

재재발렀다.

꼬리가 이루
잡히지 않았다.

흰 발톱에 찢긴
珊瑚보다 붉고 슬픈 생채기!

가까스루 몰아다 부치고
변죽을 둘러 손질하여 물기를 시쳤다.

이 앨쓴 海圖에
손을 싯고 떼었다.

찰찰 넘치도록
돌돌 굴르도록

희동그란히 바쳐들었다!
地球는 蓮닢인 양 옴으라들고…… 펴고……

―「바다 9」 전문

　정지용 시에서 '바다'는 자아와 세계와의 갈등이 노정된 세계이며,
이는 곧 바다의 원초적 몽상에 의한 시인의 심리적 세계를 투영하는
상징성을 지니고 있다. 그의 시에서 '바다'의 상징성은 초기시 「바다」
연작을 비롯하여 신앙시 「갈릴레이 바다」에 이르기까지 자아와 세계의
갈등이 투영되어 있으며, 자아 의식의 교감이 이루어진다. 이는 G. 바

슐라르가 '바다는 세계이며, 세계는 나의 의지이며, 도발이며, 바다를 움직이는 것은 나와의 '싸움'[9]이라는 '바다'의 상상력과도 연관된다. '바다'의 이미지 속에서 정지용은 자신의 불안과 갈등의 심리를 상징화하려 하였다.

위 「바다 6」에서 고래가 횡단한 뒤 천막처럼 퍼덕이는 해협은 정지용의 정신적 현실이 투영된 상징적 공간이 된다. 그가 스스로 현실 세계를 떠나 산이나 바다로 도피하여 시를 쓰게 된 것은 '사춘기를 지나 일본놈이 무서워서'[10]였다고 술회한 산문에서도 표명되었듯이 '바다'는 그가 민족 주체성이 강압당하던 현실을 도피하여 선택한 정신적 현실의 심리적 세계인 셈이다.

따라서 정지용의 '바다'는 내면적으로 현실을 도피할 수밖에 없었던 민족적 자아의 고뇌와 내면 심리가 극화된 세계이다. 이러한 현실 도피의 내면적 고뇌와 심리적 동요가 투영된 '바다'의 상징적 세계는 그의 상상력을 지배하면서 하나의 은유적 세계로 자리잡고 있다. 즉, 정지용의 정신적 세계가 뿌리내린 사회적 문화적 경험의 고뇌와 현실이 출렁이는 세계인 것이다. 따라서 정지용의 '바다'의 상상력에는 자아와 세계가 갈등 구조를 이루며, '즉자적 싸움'이 파동치고 있다. 「바다 6」에서 해협이 천막처럼 퍼덕이는 '바다'의 세계는 바로 '즉자적 싸움'의 상징성을 띤다. 여기서 시적 자아는 흰 물결 피어 오르는 정경과, 은방울 날리듯 떠오르는 바다 종달새의 심리적 상승 이미지와 물결이 밀려가서 내려가는 하강과 사라지는 이미지를 대비하여 자아 의식의 갈등과 고뇌에 휩싸인 심리 세계를 투영하고 있다. 이러한 심리

---

9) G. Bachelard, 앞의 책, pp.238~239.
10) 鄭芝溶, 『散文』(同志社, 1949), p.31.
　　여기서 鄭芝溶은 자신이 순수 시인이라고 불리게 된 것은 스스로 순수 시인이라고 의식하거나 표명한 바가 없으며 사춘기를 지나 일본놈이 무서워서 산이나 바다로 도피하여 시를 쓴 것이 순수 시인으로 불리게된 내력이 되었다고 하며, 자신의 영향을 받은 젊은 사람은 이러한 좋지 않은 영향을 버리는 것이 좋다고 당부하고 있다.

적 갈등은 후반부에 이르러 유리판과 같은 하늘에 바다는 다시 속속들이 보이는 청댓잎처럼 푸른 바다로 돌아온다. 봄 바다의 청제비 제 날개에 미끄러져 도는 '바다'의 상상력은 도피와 심리적 갈등이 가라앉고 자아가 회복된 세계이다.

「바다 9」에서 '바다'는 꼬리가 잡히지 않고 뿔뿔이 달아나려고 하는 자아와 세계의 갈등이 투영된 세계이다. 이는 바다는 영원한 탄식과 고통의 상징적 의미를 담고 있다. "흰 발톱에 찢긴/산호보다 붉은 슬픈 생채기"라는 바다의 상상력은 고통과 자아의 갈등이 담겨 있다. 그러나 이러한 자아의 갈등은 "이 앨쓴 해도에/손을 씻고 떼었다.//찰찰 넘치도록/돌돌 굴르도록//희동그란히 받쳐들었다!/지구는 연닢인 양 옴으라들고…… 펴고……"의 후반부에 이르러 자아와 세계의 갈등을 넘어서서 세계를 내면화하는 '바다'의 상상력이 작용하고 있다. 이러한 '바다'의 자아의 심리 세계의 투영성은 「해협」, 「다시 해협에서」에서 자아의 갈등과 심리적 도피를 상징화하고 있다.

砲彈으로 뚫은 듯 동그란 船窓으로
눈섶까지 부풀어오른 水平이 엿보고,

하늘이 함폭 나려앉어
큰악한 암탉처럼 품고 있다.

透明한 魚族이 行列하는 位置에
훗하게 차지한 나의 자리여!

망토 깃에 솟은 귀는 소라ㅅ속 같은
소란한 無人島의 角笛을 불고—

海峽 午前 二時의 孤獨은 오롯한 圓光을 쓰다
설어울 리 없는 눈물을 少女처럼 짓쟈.

나의 靑春은 나의 祖國!
다음날 港口의 개인 날세여!

航海는 정히 戀愛처럼 沸騰하고
이제 어드메쯤 한밤의 太陽이 피여오른다.

—「海峽」 전문

正午 가까운 海峽은
白墨痕迹이 的歷한 圓周!

마스트 끝에 붉은 旗가 하늘보다 곱다.
甘藍 포기포기 솟아오르듯 茂盛한 물이랑이여!

班馬같이 海狗같이 어여쁜 섬들이 달려오건만
――이 만저주지 않고 지나가다.

海峽이 물거울 쓰러지듯 휘뚝하였다.
海峽은 업지러지지 않았다.

地球 우로 기여가는 것이
이다지도 호수운 것이냐!

외진 곳 지날 제 汽笛은 무서워서 운다.
당나귀처럼 凄凉하구나.

海峽의 七月해ㅅ살은
달빛보담 시원타.

火筒옆 사닥다리에 나란히
濟州道사투리 하는 이와 아주 친했다.

수물 한 살적 첫 航路에
戀愛보담 담배를 먼저 배웠다.

—「다시 海峽」 전문

여기서 '해협'의 상징적 세계는 앞의 「바다」 연작에서의 자아의 심리적 세계를 극화하는 상징성과는 달리 '해협'을 지나며 펼쳐지는 광경을 통하여 상상력의 파장을 형상화하고 있다. 해협을 지나가는 상상력의 정경은 정지용의 내면적 세계가 역동적으로 투영된 세계이다.

따라서 '해협'의 상징성은 정지용의 심리적 파도가 펼쳐지며, 그의 내면적 사상과 '바다'의 상상력 사이에 교감이 이루어지는 운동성의 세계이다. 즉, 그것은 민족 주체성이 강압당하는 당대 삶의 불행한 의식과 이를 도피하려 한 의식의 삶이 교차하는 장소이다. 해협이 섬과 섬 사이의 항해의 통로이듯이, 현실적으로는 조국과 일제 사이의 심리적 항해이며, 내면적으로는 민족적 자아와 퇴행적 자아의 갈등이 오가는 상징적 장소인 셈이다.

즉, '해협'은 그의 정치적, 문화적, 상황 속에서의 심리적 갈등이 자리잡고 있는 상상력이 작용한다. 이는 심리적으로는 '소녀처럼 눈물을 짓거나', '스물 한 살적 연애보담 담배를 먼저 배웠다'는 화자의 도피적 자아 의식과 '나의 청춘은 나의 조국', '어여쁜 섬들이 달려오건만/일일이 만져주지 않고 지나가는' 항해의 심리적 내면적 자아의 갈등이 교차하는 세계의 상징으로도 나타난다. 이러한 '해협'의 양면성의 상징은 세계와 인간 사이의 가역적인 '바다'의 상상력의 교감이 작용하고 있다.

이러한 양면성의 상상력은 「해협」에서 '밤'과 '태양', '하늘'과 '암탉', '해협'과 '배' 등의 시간과 공간 의식의 역동적인 구조를 통하여 자아의 심리적 세계에 깊이 있게 작용한다. 이러한 양면적 삶 의식이 교차하는 '해협'에서의 시적 화자는 '연애'를 통하여 이러한 이중적 삶의 고뇌와 갈등을 해소하고자 하는 상상력을 보인다. '연애'는 자아와 타자, 즉 자아와 세계 사이의 완전한 만남을 통하여 정신적·육체적 양면성을 합일하는 사랑의 행위이다. 따라서 정지용은 정치적 현실의 억압된 상황 아래 '도피'하여 시를 쓸 수밖에 없었던 내면의 갈등을 해소하는 자아 의식의 통로로서 '연애'를 상징화하였다. 즉, 이는 '해협'의 이중적 현실, 정치적 현실과, 그 상황을 극복하고자 하는 문화적 현실의 갈등 구조를 상징적으로 담고 있다.

「다시 해협」에서도 "반마같이 해구같이 어여쁜 섬들이 달려오건만/——이 만저주지 않고 지나가"거나 "해협이 물거울 쓰러지듯 휘뚝하였다/해협은 업지러지지 않았다"는 정치적 삶의 현실을 극복하려는 자아 의식의 세계와, "외진 곳 지날 제 기적은 무서워서 운다/당나귀처럼 처량하구나"라고 되뇌이는 정치적 현실의 자아 의식의 양면성이 만나는 세계에도 드러난다. 이러한 '해협'의 갈등의 상상력은 "화통옆 사닥다리에 나란히/제주도 사투리 하는 이와 아주 친했다"는 '연애'의 교감을 통하여, 내면적 자아의 상이성을 상징화하고 있다.

이러한 정치적 현실과 시적 현실 사이의 자아의 갈등은 해협 횡단을

다룬 일련의 작품들인 「갑목우」, 「선취」, 「슬픈 인상화」에서도 나타난
다.

地理敎室 專用 地圖는
다시 돌아와 보는 美麗한 七月의 庭園
千島列島 附近 가장 짙푸른 곳은 眞實한 바다보다 깊다.
한가운데 검푸른 點으로 뛰여들기가 얼마나 恍惚한 諧謔이냐!
椅子우에서 따이빙姿勢를 取할 수 있는 瞬間,
敎員室의 七月은 眞實한 바다보담 寂寞하다.

　　　　　　　　　　　　　　　　　　　　　　　—「地圖」전문

梧桐나무 꽃으로 불밝힌 이곳 첫여름이 그립지 아니한가?
어린 나그내 꿈이 시시로 파랑새가 되여오려니.
나무 밑으로 가나 책상 턱에 이마를 고일 때나,
네가 남기고 간 記憶만이 소근소근거리는구나.

모초롬만에 날러온 소식에 반가운 마음이 올링거리여
가여운 글자마다 먼 黃海가 남설거리나니.

……나는 갈메기 같은 종선을 한창 치달리고 있다……

　　　　　　　　　　　　　　　　　　　　　　—「五月消息」일부

　길이 아조 질어터져서 뱀눈알 같은 것이 반쟉반쟉어리고 있오. 구두가 어
찌나 크던동 거러가면서 졸님이 오십니다. 진흙에 착 붙어 버릴 듯하오. 철
없이 그리워 동그스레한 당신의 어깨가 그리워. 거기에 내 머리를 대이면
언제든지 머언 따뜻한 바다 울음이 들려오더니……

  위의 시들에서 ‘바다’는 자아와 세계와의 갈등이 투영된 세계가 아니라, 내면화된 자의식의 세계이다. 「바다」 연작을 비롯하여 「해협」 연작들이 항해 체험을 형상화하여, 현실적 삶과 시적 삶의 갈등을 구조화한 ‘바다’의 이미지라면, 이들 시에서는 ‘바다’가 화해로운 인식의 세계를 내면화한 상징성을 지닌 ‘바다’이다.

  「지도」에서는 지도상의 ‘바다’이며 「오월소식」에서는 모처럼 날아온 소식에 마음을 울렁거리게 하는 ‘황해’이며 「황마차」에서는 그리워하는 당신의 어깨에 기대면 먼 바다 울음이 들려오던 ‘따뜻한 바다’이다.

  여기서 정지용의 ‘바다’의 상징은 사회적 현실과 문학적 현실의 갈등의 파도를 넘어서, 세계와 자아 사이의 교감을 이루는 상상력의 자리이다. 즉, 그것은 지리 교실 전용 지도 속의 미려한 칠월의 정원이거나, 황해가 넘실거리는 가여운 글자 속이거나, 철없이 그리워하는 당신 어깨로서의 ‘바다’로 은유되어 자아와 세계의 화해로운 삶 의식을 이룰 수 있는 ‘바다’로 그려져 있다. 이는 「바다」, 「해협」 연작에서 고통스러운 내면적 상징 세계로서의 ‘바다’에서, 세계와 자아가 화해로운 꿈을 교감하는 ‘바다’로 전환되었다. 그러나 이러한 자아와 세계의 교감이 이루어지는 ‘바다’의 세계는 「지도」에서 진실한 바다에 검푸른 점으로 뛰어드는 화자의 행위를 ‘황홀한 해학’으로 인식된다. 이는 ‘진실한 바다’에 뛰어들기에는 현실적 삶 의식이 깔린 ‘교원실의 적막함’ 때문에 의자에서 다이빙을 할 수 없는 황홀한 해학의 세계로 상징화되었다.

  이러한 현실적 적막함에서 ‘황홀한 해학’으로 비친 ‘바다’와의 교감은 「지도」, 「오월소식」, 「황마차」에서 자아와 세계의 화해로운 교감을 이룬다. 「오월소식」에서 ‘네가 남기고 간 기억’을 간직하고 있던 화자

가 모처럼 전해온 소식에 마음이 일렁거리고 글자마다 넘실거리는 '황
해'를 통하여 "갈메기 같은 종선을 한창 치달리고 있다"는 진술을 통하
여 '너'와 화해로운 만남을 성취한다. 이는 「황마차」에서도 질어터진
길에 진흙이 달라붙는 현실적 삶 의식에서도 '당신'의 어깨에 머리를
기대면 '언제든지 따뜻한 바다 울음'이 들려오는 황홀한 교감이 자리
잡고 있다.

2) '호수'의 상징 : 세계를 통한 자아의 성찰

'호수'는 정적인 물이다. '바다'의 상징이 자아와 세계의 갈등 구조
가 투영되는 공간 의식의 세계라면, '호수'는 자아의 성찰을 이루고자
하는 상징 의식이 작용하는 세계이다. 고여 있는 '물'은 자아의 정체성
을 이룰 수 있는 세계이며, 자아의 완전한 삶을 그려볼 수 있는 심리적
거울이다. M. 엘리아데는 물 속에 잠기는 자아의 의식은 무형 상태로
의 회귀, 존재 이전의 미분화된 상태로의 복귀를 상징하는 것으로서
삶의 잠재력을 풍요화하고 증식시키는 부활의 이미지로 보았다.[11] 따
라서 물은 인간의 삶을 완전하게 하는 세계의 자아화를 이루는 공간
의식으로 작용한다.

'호수'의 상징은 인간의 완전한 삶을 투영하는 자아 성찰의 거울 이
미지를 담고 있다. 세계를 반영하는 물거울이면서 동시에 자아의 정신
적 현실을 투영하는 자아 성찰과 탐구의 의식의 공간인 셈이다. 정지
용의 '물'의 상징 유형에서 '호수'는 '바다'의 세계와 자아의 갈등이
자리잡고 있는 소외와 불안의 심리적 과정을 벗어나서 자아의 성찰과
탐구를 통하여 자아의 정체성을 확인하려는 의식 공간으로 자리잡고

---

11) M. Eliade. 이동하 역, 『성과 속』(학민사, 1983), p.100.
　　여기서 엘리아데는 물과의 접촉은 언제나 부활을 가져오는 종교적 이미지라고 해석하고 있으며, 그것
　　은 원질생성론 즉, 인류가 물에서 태어났다는 믿음을 상징한다고 하였다.

있다. 「호수」 연작을 비롯하여 '실개천'의 물의 상징들에는 이러한 그
의 자아 의식 세계가 나타난다.

넓은 벌 동쪽 끝으로
옛이야기 지즐대는 실개천이 회돌아 나가고
얼룩백이 황소가
해설피 금빛 게으른 울음을 우는 곳
―그곳이 차마 꿈엔들 잊힐리야

―「鄕愁」 일부

鴨川 十里ㅅ벌에
해는 저물어…… 해는 저물어……
날이 날마다 님 보내기
목이 자졌다…… 여울 물소리……

찬 모래알 쥐여짜는 찬 사람의 마음,
쥐여짜라, 바시여라, 시언치도 않어라.

역구풀 욱어진 보금자리
뜸북이 홀어멈 울음 울고,

―「鴨川」 일부

　위의 시들에서 '실개천'과 '여울 물'이 시적 자아의 의식 세계를 지
배하고 있다. '실개천'과 '여울 물'은 정지용 시의 '호수'의 물의 상징
성이 변용된 이미지의 일종이다. '실개천'과 '여울 물'은 흐름과 고인
물의 이미지로서 고향 상실과 모태 의식의 상실을 의미화한다.

「향수」에서 '실개천'은 '옛이야기 지즐대는' 시간의 영원성을 암시하는 원형적 상징성을 지닌다. 따라서 「향수」의 전편에 흐르는 고향 상실의 자아 의식의 세계는 '물'의 회귀적 상상력이 작용한다. 여기서 '실개천'은 고향 상실이라는 시대 상황과 결합하여 정지용의 근원적인 의식의 밑바탕에 작용하는 '물'의 원형 상징성을 띤다. 이러한 시대 상황 아래서 모태적 세계, 즉 고향 상실의

1931년 부인, 장남과 함께.

세계 인식은 바로 '실개천'의 흐름과 고인물의 상상력에 기인하고 있다. 여기서 물의 상상력은 '물이 생명의 근원으로 모태를 상징하며 생산과 풍요의 수동적 힘'[12]을 갖고 있다. 즉, 「향수」 첫 행 '넓은 벌'의 대지의 모성성과 결합하여 생산과 풍요의 세계 상실을 드러내는 의미 구조를 보인다.

「압천」에서도 화자는 '날이 날마다 님 보내기'로 목이 자져지는 님의 상실 의식을 나타낸다. 「압천」에서의 '여울 물'은 상실의 아픔이 소용돌이치는 의식에 사로잡혀 있는 심상 구조이다. 따라서 정지용의 '호수'의 물의 상징의 변형인 「향수」와 「압천」에서의 '실개천'과 '여울 물'에는 자아의 상실 의식이 투영되어 있다.

이러한 상실 의식은 '호수'의 상징에 이르러 여성성의 물로서 그리움과 자아의 객관적 인식을 투영하는 '부드러운 물'의 상상력을 보인

---

12) 정의홍, 앞의 책, p.159.

다.

> 얼골 하나야
> 손바닥 둘로
> 폭 가리지만,
>
> 보고 싶은 마음
> 湖水만하니
> 눈 감을밖에.

—「湖水 1」 전문

> 오리 목아지는
> 湖水를 감는다
>
> 오리 목아지는
> 자꼬 간지러워.

—「湖水 2」 전문

「향수」와 「압천」에서 '실개천'과 '여울 물'의 물의 상상력이 상실된 세계에 대한 자아 의식의 이미지라면, 「호수」 연작의 '호수'의 상징은 완전한 추억으로서 자아 의식을 형상화하는 심상 구조이다. '실개천'과 '여울 물'이 시대의 고뇌를 담고 있는 상실 의식의 상상력이 작용하는 세계라면 '호수'는 물을 응시함으로써 '그리움'을 생성하는 상상력의 세계이다. 물의 중심이 파문지면서 자아와 세계가 합일되는 자아의 충만한 정서가 형성된다.

호수의 추억의 상상력을 통하여 "보고 싶은 마음/湖水만하니/눈 감을밖에"라는 자아 인식은 현실 세계를 그리움의 세계로 반영한다.

「호수 2」에서도 '오리'와 '호수', 즉 자아와 세계가 '목을 감는' 행위로 일체화되고 자아는 '자꼬 간지러운' 자아 일체성의 의식 세계에 휩싸인다. 여기서 '오리'는 '호수'의 모성성의 세계 중심에 자리잡고 있으면서 자아 동일성의 세계에 있다. 따라서 「호수 1」, 「호수 2」에서의 자아는 세계와의 화해로운 세계를 이루면서 자아 동일성의 상징성을 획득하고 있다.

한밤에 홀로 보는 나의 마당은
湖水같이 둥그시 차고 넘치노나.

쪼그리고 앉은 한옆에 힌돌도
이마가 유갈리 함초롬 고아라

연연한 綠陰, 水墨色으로 짙은데
한창때 곤한 잠인양 숨소리 설키도다.

비둘기는 궁거워 구구 우느뇨,
梧桐나무 꽃이야 못견디게 좁그럽다.

―「달」 전문

여기서 '호수'는 달빛이 차고 넘치는 '나의 마당'이다. 이 '나의 마당'은 마당 귀에 쪼그리고 이마가 함초롬 고와 보이는 '흰 돌'과 "연연한 綠陰, 水墨色으로 짙은데/한창때 곤한 잠인양 숨소리가 설키는" 물의 상상력이 자리잡고 있다. 여기서 시적 자아는 '달빛이 둥그시 차고 넘치는 홀로 보는 나의 마당'이라는 시행에 나타나는 바대로 자아의

세계화의 의식 태도를 보인다. 이는 '오동나무 꽃이야 못견디게 향그
럽다'고 토로하는 자아의 화해로운 존재 인식에도 나타난다. 이러한
「달」에서의 '호수'의 물의 상상력은 세계와 화해로운 인식 지향을 이
루는 세계 인식을 담고 있다.

3) '비', '폭포', '백록담'의 상징 : 자아와 세계의 화해 구조

'비'는 하강의 이미지를 나타내는 '물'의 상징 유형이다. E. 프롬은
'물'의 상징은 '샘물'에서 '냇가', '바다' 등으로 변화되면서 지속적 흐
름을 나타내면서, 자아의 갈등을 내면적 깊이로 변용시키는 자아의 의
식을 담고 있다[13]고 했다. 따라서 '비'의 상징은 '샘물'이나 '강물'로
하강하는 심리적 세계를 담고 있으면서, '하늘'이라는 근원적·절대적
세계로의 회귀를 지향하는 자아 의식으로 작용한다.

정지용의 '물'의 상징 유형에서 '비'의 상징도 '밤비'라는 어둠의 세
계에 처한 자아의 불안한 심리에서부터, '비'의 절대적 근원적 자아 회
복의 세계 지향을 담고 있는 의식 공간으로 나타난다. 이는 초기시들
에서 그의 의식을 지배하고 있는 '밤'의 어두운 세계 속에서의 자아의
불안과 소외 의식에 사로잡힌 의식에서 벗어나 후기시의 주류를 이루
는 '산'의 상징 세계와 함께 절대적 삶의 세계를 투영하는 의식 공간으
로 나아가는 '비'의 상승적인 정신의 세계를 추구하려는 세계 인식을
담고 있다. 따라서 정지용의 '비'의 상징 유형은 '하강'의 물의 이미지
가 아니라, 절대적·근원적 세계를 지향하는 상승적 욕구를 담고 있는
이미지로 작용하고 있다. 이는 그가 후기시에 이르러 동양적 정신을
구현하려는 수직적 '산'의 상상력과도 깊이 연관되어 나타난다. 먼저
초기시 '밤비'의 '물'의 상상력을 통하여 시대적 상황 속에서의 자아의

---

13) E. Fromm, 「상징언어의 본질」, 김용직 편, 『상징』(문학과지성사, 1988), p.178.

소외와 갈등 의식을 살펴보자.

밤비는 뱀눈처럼 가는데
페이브먼트에 흐늙이는 불빛
카페 프란스에 가쟈.

(……)

나는 子爵의 아들도 아무것도 아니란다.
남달리 손이 히여서 슬프구나!

나는 나라도 집도 없단다.
大理石 테이블에 닷는 내 뺌이 슬프구나.

—「카페 · 프란스」 일부

鋪道로 나리는 밤안개에
어깨가 저윽이 무겁웁다.

이마에 觸하는 쌍그란 季節의 입술
거리에 燈불이 함폭! 눈물겹구나.

제비도 가고 薔薇도 숨고
마음은 안으로 喪章을 차다.

걸음은 절로 드딀데 드디는 三十적 分別
詠嘆도 아닌 不吉한 그림자가 길게 누이다

　　이들 중 「카페 · 프란스」는 『학조』 창간호(1926. 6)에 발표되었고, 「귀로」는 『카톨릭 청년』 1933년 10월에 발표된 초기시에 해당되는 작품들이다.

　　「카페 · 프란스」에서는 '밤비'가, 「귀로」에서는 '밤안개'가 시적 공간을 지배하는 '비'의 상징 유형으로 작용하고 있다. 「카페 · 프란스」에서 '밤비는 뱀눈처럼 가는데/까페 · 프란스에 가쟈'고 속삭이는 시적 자아의 의식 상황은 '뱀눈'으로 비유한 '밤비'의 차갑고 스산한, 민족 주체성이 상실당한 시대 상황과 결합되어 있다. 이는 '밤'의 시간 의식이 암시하는 시대적 상황 아래서, "나는 子爵의 아들도 아무것도 아니란다./남달리 손이 희여 슬프구나"라고 자탄하는 자아의 심리 세계로 확산되어 '나라도 집도 없는' 시대 상황의 정신적 현실로 상징화되어 있다.

　　'밤비'의 이러한 시대 상황의 자아화를 통한 세계와 자아 상실의 인식은 「귀로」에서도 '밤안개'의 서정적 공간에도 확인된다. 일반적으로

1930년 『詩文學』 同人 창립 기념촬영. 윗줄 맨오른쪽이 정지용.

'귀로'는 집으로 돌아가는 안식과 화해로운 세계로 가는 상징적 길이다. 그러나 이 「귀로」에는 밤안개가 내리는 포도 위로 무거운 어깨를 지고 걸어가는 시적 자아의 상황 인식은 '마음은 안으로 상장(喪章)' 처럼 침울하고 세계 상실의 상황 의식이 가득 차 있다.

이러한 세계 상실의 상황 인식은 '불길한 그림자'가 길게 누이는 시대 상황의 정신적 현실을 상징화한 데서도 나타난다. 이러한 세계 상실의 자아 의식은 다음의 「風浪夢 1」, 「風浪夢 2」에서 상실된 세계 회복을 꿈꾸는 자아의 태도로 변화된다.

窓밖에는 참새떼 눈초리 무거웁고
窓안에는 시름겨워 턱을 고일 때,
銀고리 같은 새벽달
붓그럼성 스런 낯가림을 벗듯이,
그모양으로 오시랴십니가.

외로운 조름, 風浪에 어리울 때
앞 浦口에는 궂은비 자욱히 둘이고
行船배 북이 웁니다. 북이 웁니다.

—「風浪夢 1」 일부

바람은 이렇게 몹시도 부옵는데
저달 永遠의 燈火!
꺼질법도 아니하옵거니,
엇저녁 風浪우에 님 실려 보내고
아닌 밤중에 무서운 꿈에 소스라처 깨옵니다.

—「風浪夢 2」 전문

정지용 시의 '물'의 상징 유형 83

'밤비'와 '밤안개'의 상징 공간에서 자아의 세계 상실에 대한 자의식 태도가 여기서는 '님'과의 일체성을 기다리는 상황 인식을 보여준다. 즉, 단절된 세계 상실의 정서는 「풍랑몽 1」에서 '은고리 같은 새벽달'로 부끄럼의 형상을 벗고 나타나기를 기원한다. 세계와의 단절된 현실 공간에서의 '외로운 졸음'에 겨운 자아는 '궂은 비'가 자욱히 드리우는 포구에서 '행선 배 북이' 우는 소리를 듣는다. 여기서 '밤비'에서의 세계 상실의 어둠의 공간은 '새벽달'과 같이 부끄러움의 심리적 태도를 극복하고 세계성의 회복의 '새벽'의 공간으로 나아가고자 한다. 이는 '행선배'에서 북이 울리는 소리와 같이 세계성을 회복하고자 하는 의식 지향으로 나타나 있다.

이러한 의식 지향은 「풍랑몽 2」에서 바람이 몹시 부는 풍랑 위에 님을 실려 보내고 '아닌 밤중 무서운 꿈'에 소스라쳐 깨는 자아의 불안한 심리적 공간 의식을 보인다. '풍랑'은 세계성의 상실의 '무서운 꿈'의 상징적 상황으로 자아와 '실려 보낸 님'과의 정신적 일체감을 가로막는 무서운 정신적 현실로 상징화되었다. 이들 작품들은 1922년 마포 현석리에서 지었으나 1927년 『조선지광』 7월호에 발표한 초기시의 불안한 세계 상실의 자아 의식을 드러내고 있다. 이러한 세계 상실의 단절된 심리 공간으로 나타난 '밤비'와 '풍랑'의 정신적 현실은 점차 후기시로 오면서 정신적 삶의 세계 인식으로 상승된다. 이러한 삶의 정신주의적 세계관은 '비', '폭포', '계곡' 등 '산'의 상징적 공간과 어우러져 동양적 삶의 정신 세계를 표상하는 이미지로 전개된다.

돌에
그늘이 차고,

따로 몰리는

소소리 바람.

앞섰거니 하야
꼬리 치날리여 세우고,

종종다리 깟칠한
山새 걸음걸이.

여울지여
수척한 흰 물살,

갈갈이
손가락 펴고.

멎은듯
새삼 돋는 비ㅅ낯,

붉은 닢 닢
소란히 밟고 간다.

—「비」 전문

해ㅅ살 피여
이윽한 후,

머흘머흘
골을 옮기는 구름.

桔梗 꽃봉오리
흔들려 씻기우고,

차돌부리
촉 촉 竹筍 돋듯.

물소리에
이가 시리다.

앉음새 갈히여
양지 쪽에 쪼그리고,

서러운 새 되어
흰 밥알을 쫏다.

―「朝餐」 전문

위의 시 「비」와 「조찬」에서 '비'와 '물'의 상징성은 앞의 '밤비'와 '풍랑'의 물의 세계성 상실의 자아 의식과는 다른 의식 공간을 형성한다. 즉, 여기서는 동양적 세계관이 투영된 삶의 세계화를 나타내는 상징 공간으로 작용하고 있다. 따라서 이들 시에 나타난 '비'와 '물' 소리의 상상력은 '순수한 물'의 상징성을 보여준다. 순수한 물은 G. 바슐라르가 '순수한 물의 모랄'에서 지적했듯이[14] 순수한 몇 방울의 물은 모든 상황을 뒤엎고, 모든 장애를 뛰어넘으며, 모든 경계를 부숴 버릴 수

---

14) G. Bachelard, 앞의 책, pp. 202~214.

있는 예민한 물이라고 할 수 있다. 즉, 「비」에서 "멎은 듯/새삼 듣는 비
ㅅ낯"의 '비'의 상상력은 "붉은 닢 닢/소란히 밟고 간다"는 물의 정신
적 정령으로 꿈꾸어진 정화된 세계성의 상징 의식을 형성하고 있다.
이는 「조찬」에서도 "머흘머흘/골을 옮기는 구름/桔梗 꽃봉우리/흔들
려 씻기우고/차돌부리/촉 촉 竹筍 돋듯"하는 물소리의 상상력의 공간
은 동양적 삶의 은일의 정신이 투영된 물의 상징적 의식을 형성하고
있다. '조찬'의 이미지를 "앉음새 갈히여/양지 쪽에 쪼그리고//서러운
새되어/흰 밥알을 쫏"는 동양적 삶의 정경은 '흰 밥알'의 색조 이미지
와 함께 정신주의적 삶의 태도를 세계화한 상징성을 띤다. 이러한 순
수한 물의 상징성은 다음의 「절정」, 「폭포」, 「옥류동」 등을 비롯한 그
의 후기시의 전편을 통하여 나타난 정신주의적 세계관을 형성하는 의
식 공간으로 작용하고 있다.

산ㅅ골에서 자란 물도
돌베람빡 낭떨어지에서 겁이 났다.

눈ㅅ뎅이 옆에서 졸다가
꽃나무 알로 우정 돌아

가재가 긔는 골작
죄그만 하늘이 갑갑했다.

갑자기 호숩어질랴니
마음 조일밖에.

—「瀑布」 일부

石壁에는

朱砂가 찍혀 있오.

이슬같은 물이 흐르오.

나래 붉은 새가

위태한데 앉어 따먹으오

山葡萄순이 지나갔오.

香그런 꽃뱀이

高原꿈에 옴치고 있오.

巨大한 죽엄 같은 壯嚴한 이마,

氣候鳥가 첫번 돌아오는 곳,

上弦달이 살어지는 곳,

쌍무지개 다리 드디는 곳,

아래서 볼때 오리옹 星座와 키가 나란하오.

나는 이제 上上峯에 섰오.

별만한 흰꽃이 하늘대오.

—「絶頂」일부

골에 하늘이
따로 트이고

瀑布 소리 하잔히
봄우뢰를 울다.

날가지 겹겹히
모란꽃 닢 포기이는 듯.

자위 돌아 사뿟 질ㅅ듯

위태로히 솟은 봉오리들.

—「玉流洞」 일부

위의 시들에서 「폭포」에서의 '산골에서 자란 물'과 「절정」에서 '이슬 같은 물' 그리고 「옥류동」에서의 '폭포'의 물의 상상력은 '순수한 맑은 물'로서 인간의 정신을 정화하거나 새롭게 하는 상징성을 지니고 있다. 이러한 물의 상징적 힘은 빛나는 숨결을 인간 의식 속에서 정화시키는 기능을 지닌다. 즉, 투명한 의식을 통해 자연의 비밀을 투시하게 하며, '인간의 혼 속에 있는 것과 같은 잠재적인 힘'을 지닌 상징적 계기가 된다.

정지용의 '폭포'와 '이슬 같은 물' 등의 순수성의 '물'의 상상력은 바로 세계를 깊이 있게 투시하여 극화시키며, 자신의 삶 속에 깊이 있게 자리잡은 삶의 정신적 가치를 자연스럽게 표상하는 상징성을 지닌다.

그것은 「폭포」에서의 '산골물'이 눈동이 옆에서 졸다가 꽃나무 아래를 돌아서 가재가 기어다니는 골짝을 지나 낭떠러지로 폭포를 이루는 투명한 의식의 감성적 투영은 바로 '산골물'의 순수한 물의 상징성에서 비롯된 것이다. 이러한 '폭포'의 상징성은 바로 정지용의 내면적인 인식을 자연화한 세계 인식의 표상인 셈이다.

「절정」에서도 '석벽을 타고 흐르는 이슬 같은 물'의 상상력은 "상현달이 살어지는 곳/쌍무지개 다리 드는 곳"의 상상봉에 선 화자의 절대적 세계 인식을 투영하고 있다. '별만한 흰꽃이 하늘대'는 천상적 세계와 자아가 합일된 의식 공간으로서의 '상상봉'의 세계에도 나타난다. 「옥류동」에서의 "폭포소리 하잔히/봄우뢰를 우는" 동양적 세계관의 정경은 '폭포'의 물의 상상력과 깊이 있게 연관된다.

고비 고사리 더덕순 도라지꽃 취 삭갓나물 대풀 石茸 별과 같은 방울을
달은 高山植物을 색이며 醉하며 자며 한다. 白鹿潭 조찰한 물을 그리여 山
脈우에서 싯는 行列이 구름보다 壯嚴하다. 소나기 눗낫 맞으며 무지개에 말
리우며 궁둥이에 꽃물 익여 붙인 채로 살이 붓는다.

　가재도 긔지 않는 白鹿潭 푸른 물에 하눌이 돈다. 不具에 가깝도록 고단
한 나의 다리를 돌아 소가 갔다. 좇겨운 실구름 一抹에도 白鹿潭은 흐리운
다. 나의 얼골에 한나잘 포긴 白鹿潭은 쓸쓸하다. 나는 깨다 졸다 祈禱조차
잊었더라

—「白鹿潭」 8·9 일부

　정지용의 동양적 정신주의의 세계관을 형성하는 '물'의 상징성은
'백록담'에 이르러 의식의 정점을 이룬다. 여기서 '백록담의 푸른 물'
은 '원초적인 물'의 세계이며, 이는 우주의 절대적인 세계를 반영하는
정신주의 삶의 상징이라 할 수 있다. 시적 화자가 '백록담 조찰한 물을
그리며' 산행의 행렬이 구름보다 장엄하다고 인식하는 상상력에는 바
로 '조찰한 백록담의 물'의 원초적인 상징성이 자리잡고 있다.
　즉, 이러한 백록담의 원초적 공간 의식은 '백록담 푸른 물에 하늘이
돈다'고 인식하는 '백록담'의 절대적 이미지의 세계 반영을 형성한다.
이는 불구에 고단한 나의 다리를 돌아 소가 지나갔다고 인식하는 '소'
는 절대적 삶의 정신을 표상하는 상징이다. 여기서 백록담은 자아 의
식의 세계화, 즉 우주적 삶의 투영이며, 정지용의 시적 혼의 전체적 형
상을 담고 있는 '물'의 원초적 상징 공간인 셈이다. 이는 김우창이 「백
록담」을 "정신적인 상승에 대한 상징"[15]으로 해석하고 있는 점에서도
확인된다. 이러한 정신적 상승의 삶의 투영, 이는 곧 원초적 절대적 삶

---

15) 金禹昌, 「한국시와 형이상」, 『궁핍한 시대의 詩人』(민음사, 1978), p.52.

의 자아 의식을 담고 있다. 즉, 이러한
자아 의식은 "1940년대 초의 피폐한 시
대적 상황에서 동양적 정신의 구경에 도
달하기 위한 그 나름의 정신적 고투를
겪으며 이룩한"[16] 정신 세계를 상징하고
있다. 따라서 '백록담'의 '물'의 상징성
은 그가 한라산 여행 감격을 담은 수필
「일편낙토」에서 "한눈에 情이 들어 즉시
몸을 맡기도록 믿음직스러운 가슴과 팔
을 벌리는 산이외다. 洞房華燭에 初夜를
새우올제 바로 모신 님이 수집고 부끄럽
고 아직 설어 겨울뿐일러니, 그 님의 그
얼굴, 그 모습이사 東窓이 아주 희자 솟

『문학독본』(박문출판사, 1948년) 표지.

는 해를 품은 듯 와락 사랑흡게 뵈입는 新婦와 같이 나는 이날 아침에
平生 그리던 山을 바로 모시었읍니다"[17]라는 감격적 표현에도 자아와
세계의 일체성을 이루는 세계 인식을 담고 있다.

3. 맺음말

이상에서 정지용 시의 '물'의 상징 유형을 중심으로 그의 의식 지향
과 세계 인식의 태도를 살펴보았다. 이는 시가 세계의 반영이며, 세계
는 시인의 의식 속에 자리잡고 있는 사회적 정신적 경험적 요소가 상
징적 유형으로 형상화된다는 관점에서 출발되었다. 따라서 시인의 경

---

16) 崔東鎬, 「鄭芝溶의 「長壽山」과 「白鹿潭」, 『鄭芝溶 시와 산문』(깊은샘, 1988), p.285.
17) 鄭芝溶, 「一片樂土」, 『지용文學讀本』(博文出版社, 1948), p.121.

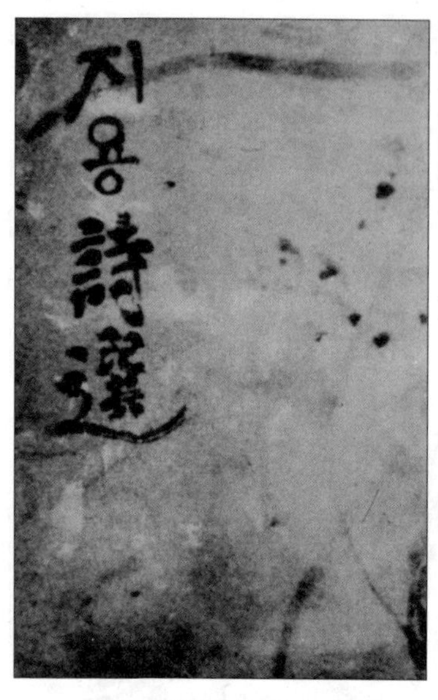

1946년 발행된 『지용시선』 (을유문화사).

험 세계가 지배적으로 나타나는 상징 유형을 통하여 시인의 자아 의식 지향과 세계 인식의 태도를 이해할 수 있다. 이는 한 시인의 시에 반복적으로 나타나는 상징 유형은 시인의 자아 의식과 세계 인식을 상징화한 의식의 영역이기 때문이다. 따라서 정지용의 '물'의 상징 유형은 그의 자아 의식 지향과 세계 인식의 구조를 밝힐 수 있는 의식의 통로인 셈이다. 이러한 이제까지의 탐구는 민족 주체성이 억압당했던 세계 상실의 상황 아래 대응해 온 정지용 시의 자아 의식과 세계 인식의 구조를 밝힐 수 있으며, 이는 우리 근대시의 상징 유형에 나타난 정신사적 의미를 해명할 수 있는 한 방법이었다.

이제 정지용 시의 '물'의 상징 유형에 나타난 그의 자아 의식 지향과 세계 인식의 구조를 정리하면 다음과 같다.

1) 정지용 시의 '물'의 상징 유형으로는 「바다 1」, 「바다 2」, 「해협 1」, 「다시 해협」, 「지도」, 「풍랑몽 1」, 「풍랑몽 2」 등을 비롯한 초기시를 중심으로 '바다'의 상징 유형들이 주를 이루고 있다. 이 '바다'의 상징성에는 자아와 세계의 갈등과 내면 의식이 투영되어 있었다. 이는 '바다'는 동적인 물로서 자아의 정체성을 동요하는 상황의 상징으로 작용하여 자아와 세계의 갈등 구조로 나타났다. 여기에는 자아의 상실 의식과 내면 의식의 세계 인식의 태도가 깊게 담겨 있다.

2) 이러한 '바다'의 상징성에 나타난 자아와 세계의 갈등 구조는 대체로 「향수」 「압천」 등의 시에서 '실개천', '여울 물'의 고향 상실 의식과 모태 의식 상실의 세계 인식으로 나타났다. 그리고 「호수 1」, 「호수

2」,「달」 등의 시들에서 '호수'의 유형에서는 자아와 세계의 성찰 의식으로 상징화되어 나타난다. 이 세계에 대한 자아의 성찰은 자아의 근원을 회복하는 '물'의 원형적 상상력과 밀접하게 관련되어 있다.

　3) 이 '호수'의 상징성이 담고 있는 자아의 성찰 의식은「비」,「조찬」,「폭포」,「절정」,「옥류동」,「백록담」 등의 '비'와 '백록담'의 유형에서는 자아의 세계성 회복의 태도로 나타나면서 이는 자아와 세계의 화해를 이루는 세계 인식의 구조로 나타났다. 이러한 '비'의 상징성에 나타난 자아의 세계성 회복과 절대적 세계를 향한 자아 의식의 지향은 그의 동양적 세계관을 바탕으로 한 정신주의의 한 모습으로 지향되었다. 특히 '백록담'에서는 정신적 상승의 삶을 투영하는 정신 세계를 상징하며, 이는 1940년대 초의 암울한 시대 상황을 겪으며 이룩한 정신적 삶의 지향을 표상하고 있다. 이러한 절대적 세계 인식은 산수시(山水詩)에 나타난 동양 정신의 절대적 세계 지향과도 깊은 연관을 맺고 있다.

　4) 따라서 이러한 '물'의 상징 유형들은 앞으로 남은 '산', '종교'의 상징 유형으로 체계화되어 정지용의 의식 지향과 세계 인식의 구조를 이해할 수 있는 한 의식의 통로였다.

정지용 시의 '산'의 상징성

1. 머리말

정지용은 박용철(朴龍喆)이 적절히 지적한 바와 같이 '한 군데 자안(自安)하는 시인이라기보다는 새로운 시경(詩境)을 개척하고자 하는 시인'[1]이다. 그는 초기에 이미지즘 기법을 통하여 모더니즘적 감각적인 세계를 실험하였으나, 후기에 이르러서는 동양적 정신을 바탕으로 절대적 정신주의의 시정신을 정립하고자 했다, 초기의 감각 위주에서 후기의 정신 위주로 상승해 가는 그의 시정신은 많은 논자들이 언급한 바 있는 '신과 인간'의 신앙적 세계관을 거쳐 도달한 절대적 시경이었다. 즉, 대체로 초기의 작품들이 감각을 통한 자아의 소외 의식, 불안 의식을 담고 있었던 데 비해,『백록담』(1941)의 시들은 '고매한 신성의

---

1) 鄭芝溶,『鄭芝溶詩集』(詩文學社, 1935), 발문. 정지용은 그의「詩의 擁護」에서도 "熟練에서 自慢하는 시인은 마침내 맨너리시트로 歌詞製作에 轉換하는 꼴을 흔히 보게 된다. 詩의 血路는 低身打開가 있을 뿐이다"라고 새로운 시정신만이 진부하지 않는 생명력이 있는 것이라 하였다(『문학독본』, 박문출판사, 1949, pp. 213 참조).

세계'를 지향하고자 하는 종교주의를 넘어서서 '시는 언어의 구성이라기보다는 더 정신적인 것의 치열한 정황(情況) 혹은 왕일(旺溢)한 상태 혹은 황홀한 사기(士氣)'[2]를 지향하는 동양적 정신 세계로의 몰입을 보여준다. 이러한 동양적 정신주의로의 변화 가운데는 '산'의 상징성이 깊이 있게 작용하고 있다.

『정지용시집』(1935)의 시들이 '바다' 이미지를 통하여 자아와 세계와의 갈등을 불안한 심리 세계로 노출하고 있는 데 비하여, 후기시들의 '산'의 이미지는 사물과 존재의 본질 세계를 관통하는 정신주의의 열락을 환기하는 상징성을

1935년 시문학사에서 박용철이 편집해 발행한 『정지용시집』.

지닌다.[3] 이러한 동양적 정신주의의 지향은 1930년대 후반의 주체성 상실의 현실 세계를 넘어서서 주체성 회복의 정신사적 의미를 담고 있다. 그것은 국권 상실에 의한 정신적 전통이 분열된 현실 상황을 초극하고자 하는 원형적 회복을 의미한다.

정지용의 '산'의 상징성은 자연과 자아의 동일성 지향을 의식화하고 있으며, 이는 상실된 현실을 초극하고, 자아의 동일성 상실을 회복할 수 있는 의식을 동화시키고 통합할 수 있는 세계 인식을 담고 있다.

이 글은 정지용의 이러한 동일성 회복의 세계 인식을 담고 있는 '산'

---

2) 정지용, 「詩의 擁護」, 위의 책, p.214.
3) 吳鐸藩, 「芝溶詩의 題材」, 『現代文學散藁』(高大出版部, 1976), p.121~122. 여기서 오탁번은 『정지용시집』은 '바다'의 이미지에, 『백록담』은 '산'의 이미지에 압도적인 편향을 드러내고 있으며, 『정지용시집』에는 '바다'를 소재로 하는 대부분이 여기에 수록되어 있고, '산'을 소재로 한 것은 2편뿐이며, 『백록담』에는 '산'을 소재로 한 20편이 대부분 수록되어 있고, '바다'를 소재로 한 작품은 1편뿐이라고 분석하고 있다.

의 상징성을 탐구하는 데 목적이 있다. 이는 이제까지의 한국 현대시
에 나타난 상징성을 중심으로 한 우리 시의 정신사적 의미를 탐색하고
자 하는 필자의 연속적인 작업의 일환이다. 필자는 그의 시에 중첩되
어 있는 '물'의 상징 유형을 검토한 자리에서 초기시들의 '바다'의 감
각적 세계에 나타난 자아와 세계의 갈등들이, '호수', '비', '우물'의
상징을 통해 자아와 세계의 원융으로 의식이 정립되어감을 살펴본 바
있다.[4]

　따라서 이 글은 정지용의 '물'과 '종교'의 상징과 함께 그의 시정신
과 세계 인식이 투영되어 있는 '산'의 상징성을 통하여 그의 자아 의식
의 변화와 절대적 정신 세계로의 지향이 담고 있는 의미를 밝혀 보고
자 한다.

2. 정지용 시의 '산'의 상징성

　정지용 시에 있어서 '산'은 '바다'의 감각 세계와 대조를 이루는 정
신 세계를 표상하는 상징적 인식을 담고 있다. '바다'의 세계에서 예리
한 감각미와 신선한 이미지를 통하여 자아의 분열과 갈등의 심리 양상
을 드러내었다면, 대체로 '산'의 세계에서는 함축미와 고도의 동양적
은일의 이미지를 통해 자아와 세계의 합일을 지향하는 자아 의식을 투
영하고 있다. 이러한 '바다'에서 '산'으로의 전환은 "평면적인 것에서
입체적인 것으로, 유동적인 것에서 고정적인 것, 감각적인 것에서 정
신적 세계로의 변모"[5]를 의미한다.

　'산'을 지향하는 의식은 산에 동화되어 정신적 신성성의 세계로의

---

4) 金秀福, 「鄭芝溶 詩의 '물'의 象徵 類型」, 단국대 논문집, 30집, 1996.
5) 崔東鎬, 「鄭芝溶의 〈長壽山〉과 〈白鹿潭〉」, 『鄭芝溶의 시와 산문』(깊은샘, 1988), p.275.

나아감이다. 산은 흔히 우리의 의식 속에서 신성하고 성스러운 은신처요, 새로운 세계로 나아가는 상징적 힘을 갖고 있다. 이러한 산의 상징적 힘은 분열과 상실의 당대 현실을 정신적으로 재생시킬 수 있는 세계 인식이며, 민족 주체성이 상실된 시대를 넘을 수 있는 자아 의식의 한 양상으로 작용한다. 정지용에게 있어 이러한 '산'의 상징성을 통한 상실과 분열의 세계를 넘어서서 민족 정서의 재생과 순환을 인식하고자 하는 의식 지향에는 비교적 초기시에서부터 낭만적 세계 인식으로 나타난다.

1) '산 아래', '산 저쪽', '산 넘어'의 공간 : 자아의 낭만적 인식의 세계

자아의 의식 지향과 사회적 목표 사이의 갈등이 크면 클수록 자아는 이 극단적 고립 사이에서 분열 의식을 느낀다.[6] 여기서 자아는 사회적 현실에 대해서 자아 분열과 상실, 소외의 감정을 의식하게 된다. 우리 근대시들이 주체성 상실과 고향 상실의 의식에서 자유롭지 못하고 이러한 민족 현실이 안고 있던 억압적 상황 속에서의 자아 분열을 의식화하여 이를 낭만적으로 회복하고자 했던 정서 지향도 여기서 비롯되었다. 즉, 자아의 상실과 소외의 민족 현실을 정신적으로 회복하고자 하는 의식의 한 양상이었다. 정지용의 '산'을 모티프로 하는 초기시의 자아 의식도 이러한 상황 아래 있었다.

정지용의 '산'의 낭만적 세계 인식을 보여주는 작품들은 비교적 초기시에 해당하는 「산엣 색씨 들녁 사내」, 「이른 봄 아침」, 「산넘어 저쪽」, 「고향」 등이다.

산엣 새는 산으로,

---

6) E. Fromm, 金鏞貞 譯, 『精神分析과 禪佛教, 禪과 精神分析』(정음사, 1987), pp.59~61. 참조.

들녁 새는 들로
산엣 색씨 잡으러
산에 가세.

작은 재를 넘어 서서
큰 봉엘 올라 서서,

「호―이」
「호―이」

산엣 색씨 날래기가
표범 같다.

치달려 다러나는
산엣 색씨,
활을 쏘아 잡었읍나?
아아니다,
들녁 사내 잡은 손은
참아 못 놓더라.

산엣 색씨,
들녁 쌀을 먹었더니
산엣 말을 잊었읍데.

들녁 마당에
밤이 들어,

활활 타오르는 화투불 넘어

넘어다 보면—

들녁 사내 선우슴 소리,

산엣 색씨

얼골 와락 붉었더라.

—「산엣 색씨 들녁 사내」 전문

이 작품은 『문예시대』 1호(1926. 11)에 발표하였으나 실제 창작 일자
는 1924년 10월 22일로 되어 있다.[7] 이 무렵에 쓴 작품으로 「홍춘(紅
椿)」(1924. 4), 「내맘에 맞는 이」(1924. 10) 등 7편이 있는데 이 중 산을
소재로 하는 점에서 그의 산의 상징적 인식의 출발을 보여주는 시다.

여기서 '산'의 공간 인식은 산, 새, 색씨로 전이되면서, 들의 들, 새,
사내와의 낭만적 결합을 통해 화합을 이루는 의식이 주조를 이룬다.
이러한 화합의 의식은 "활활 타오르는 화투불"의 불의 이미지를 통해
나타난다. 이러한 산과 들의 공간 의식을 통한 낭만적 인식은 현실의
욕망 결핍이나 세계와의 대립적 의식의 양상을 담고 있다. 이는 산의
새가 "큰 봉에 올라서서" 치달아 달아났으나, 들의 새, 사내에게 잡히
었고, 들녁의 쌀을 먹고 산의 말을 잊고 들의 새, 사내와 성적 화합을
이루는 것으로 나타난다.

정지용의 '작은 재'를 매개로 하는 '산 아래'의 공간 인식에는 바로
들녁의 지상적 대지적 상상력의 결합에서 현실의 결핍을 초월하고자

---

7) 김학동, 「詩와 散文의 서지적 고찰」, 『鄭芝溶硏究』(새문사, 1988), p.259. 참조.
8) 李昇薰, 「람프의 詩學」, 위의 책, pp.116. 이승훈은 정지용의 초기시를 지배하고 있는 불의 이미지인
   '흐늑이는 불빛'과 '술'의 세계는 물과 불의 대립의 완성이나 성적 결합의 절정의 세계를 표상하는 것
   이 아니라, 삶의 결핍, 혹은 성적 결합의 좌절로 드러난다고 하였다.

1932~33년경 8월 14일 문학좌담회가 끝난 뒤 노천명, 김억, 김동환 등과 함께(아랫줄 맨오른쪽이 정지용).

하는 낭만적 인식이 자리잡고 있다. 이는 "활활 타오르는 화투불"의 불의 이미지와 밀접하게 결합되어 있는데, 여기서 불은 내면적 갈등을 해결하는 의식을 지향한다.[8] 이는 그의 후기시의 대표작이라 할 수 있는 「백록담」에서도 "팔월 한철의 흩어진 성진(星辰)처럼 난만(爛慢)"하거나, '꽃밭' 등의 불의 이미지를 통한 현실 초극의 정신적 절대적 경지를 이루는 의식 양상으로도 나타난다. 다음의 「이른 봄 아침」의 산의 공간 인식도 불의 이미지와 결합되어 낭만적 인식을 보여준다.

산봉오리—저쪽으로 몰린 푸로우피일—
페랑이꽃 빛으로 볼그레 하다,
씩 씩 뽑아 올라간, 밋밋 하게
깍어 세운 대리석 기둥 인 듯,
간ㅅ뎅이 같은 해가 익을거리는
아침 하늘을 일심으로 떠바치고 섰다,
봄ㅅ바람이 허리띠처럼 휘이 감돌아서서
사알랑 사알랑 날러 오노니,

새새끼도 포르르 포르르 불려 왔구나.

—「이른 봄 아침」 일부

　여기서 '산'의 공간 인식은 "아침 하늘을 일심으로 떠바치고 섰는" 산봉우리다. 그러나 이 봉우리는 "저쪽으로 몰린 푸로우피일"이다. '푸로우피일'이 지나온 삶의 현실적 자아의 한 모습이라면 여기서 삶의 현실적 자아는 '저쪽'으로 몰려 있다. 즉, 주체적 삶을 누리지 못하는 현실적 자아의 모습이다. 그러나 화자는 '산봉우리'의 산의 낭만적 인식을 통해 '아침 하늘을 일심으로 떠바치고 서서 봄바람이 허리띠처럼 감돌고 새새끼도 불려와 있는' 낭만적 회복의 정서에 잠겨 있다. 즉, 산봉우리의 공간적 인식이 현실 세계와는 대립적 정황에 있지만 봄바람이 허리를 감돌고 새새끼들도 날아오는 현실 초극의 낭만적 인식이 작용하고 있다. 이러한 자아의 낭만적 인식은 "페랑이꽃 빛으로 볼그레 하다", "대리석 기둥", "해가 익을거리는" 등의 불의 이미지와 결합되어 현실적 갈등을 넘어서고 있으며, 이는 '산'의 낭만적 인식이 작용하고 있다.

산넘어 저쪽 에는
누가 사나?

뻐꾸기 영우 에서
한나잘 울음 운다.

산넘어 저쪽 에는
누가 사나?

정지용 시의 '산'의 상징성　101

철나무 치는 소리만
서로 맞어 쩌 르 렁 !

산넘어 저쪽 에는
누가 사나?

늘 오던 바늘장수도
이봄 들며 아니 뵈네.

—「산넘어 저쪽」 전문

이 시의 산의 공간은 '산 넘어 저쪽'이다. 현실 세계와 대립된 공간 지향이다. 현실의 세계를 넘어서서 동경 의식을 담고 있는 '저쪽'은 현실의 갈등을 넘어서고자 하는 의식 지향을 보여준다. 그곳에는 뻐꾸기만 고개 위에서 한나절 울고 있으며, 철나무 치는 소리 서로 맞어 쩌르렁거리는 소리만 들릴 뿐이다. 늘 오던 바늘장수도 이 봄에는 보이지 않는 상실의 정감만 감돌 뿐 화해로운 삶의 자리가 아니다. '산 넘어'의 동경 세계마저도 현실의 분열과 상실의 정서를 가득하게 느끼고 있다. 이는 '산넘어'의 현실적 갈등이 지배하는 상실감을 통하여 동일성 상실의 현실을 인식하게 한다. 이러한 상실감의 낭만적 인식은 다음의 「고향」에 이르러서는 고향 상실의 정서로 나타난다.

오늘도 메 끝에 홀로 오르니
흰점 꽃이 인정스레 웃고,

어린 시절에 불던 풀피리 소리 아니나고
메마른 입술에 쓰디 쓰다.

고향에 고향에 돌아와도

그리던 하늘만이 높푸르구나.

―「故鄕」 일부

고향 상실 의식은 국권 상실의 현실 아래서 민족 정서를 서정화하여 현실의 상실감을 인식하게 하는 의식 양상의 하나였다. 즉, 국권 상실의 현실 상황을 정서적으로 이겨내고자 하는 한 방법이었다. 이는 민족 현실의 상실감을 서정화하여 민족의 전통적 정서와의 만남을 통해 현실을 뛰어넘어 민족의 삶의 정서와 일체감을 이루고자 하는 낭만적 세계 인식이었다.

이 정지용의 「고향」은 당대 민족의 고향 상실의 정서를 통해 민족의 전통 정서와의 동일성을 느낄 수 있는 대표적인 작품이다.

여기서도 고향 상실의 정서를 드러내는 공간은 '메 끝'이다. 그러나 유년 시절의 풀피리 소리가 안 나고, 메마른 입술만 쓴 유년의 삶의 화해로움이 상실된 정황으로 가득하다. 그리고 고향에 돌아와도 자아의 주체적 삶의 즐거움은 상실되었고, 그리던 하늘만 높푸를 뿐이다. 돌아온 고향이 고향을 느낄 수 없는 현실 세계의 고향 상실 의식은 '메 끝'의 낭만적 인식을 보여준다.

이러한 현실의 갈등과 분열적 자아의 삶이 자리잡고 있는 정지용의 '산'의 낭만적 세계 인식은 '산 속', '산 절정'의 산 속의 공간에서 절대적 세계를 자아화하는 의식으로 현실의 갈등을 넘어서고자 한다.

2) '산 속', '산 절정'의 공간 : 절대적 자아화의 세계

비교적 초기시들에서 '산'의 낭만적 인식의 세계는 '산 속', '산 절정'의 공간에서는 절대적 세계를 자아화하는 인식의 변화를 보여준다.

이러한 절대적 세계를 자아화하려는 인식의 변화는 현실의 상실감, 분열적 갈등의 정서를 벗어나려 하는 자아의 세계화로 나아가고자 하는 의식을 담고 있다. 산은 정신의 내적인 고양, 풍요, 순수를 상징하는 공간이다.[9] 즉, 산 속으로 들어간다는 것은 감각적 현실 세계를 벗어나 이성의 발달이 도달되는 상태로 나아가는 것이다. 여기서 이성은 사물의 있는 그대로의 본질을 파악하는 심리 상태를 의미하며 자아의 열려진 반응을 통한 자연 세계의 자아화를 의미한다. 이러한 자연 세계의 자아화는 자아와 자연이 정의적(情意的)으로 충분히 연결되어 자아의 분열과 소외를 극복하고 존재하는 모든 사물과 하나가 되는 경험에 도달하는 것을 의미한다.[10] 정지용의 산의 절대적 세계의 자아화 의식 속에는 초기시의 '산 아래', '산 저쪽', '산 넘어'의 낭만적 인식이 갖는 갈등과 상실 의식에서 벗어나 '산 속', '산 절정'의 산의 공간 의식에 이르러 절대적 세계의 자아화로 지향하고 있다. 다음의 「절정」의 '상상봉(上上峰)'의 공간 의식 속에는 이러한 산의 절대적 세계의 자아화 의식이 작용하고 있다.

石壁에는
朱砂가 찍혀 있오.
이슬같은 물이 흐르오.
나래 붉은 새가
위태한데 앉어 따먹으오.
山葡萄순이 지나갔오.
쌉그런 꽃뱀이
高原꿈에 옴치고 있오.

---

9) 李昇薰, 『문학상징사전』(고려원, 1994), pp.272~293. 참조.
10) E, Fromm, 앞의 글, pp.36~37.

巨大한 죽엄 같은 壯嚴한 이마,

氣候鳥가 첫 번 돌아오는 곳,

上弦달이 살어지는 곳,

쌍무지개 다리 드디는 곳,

아래서 볼 때 오리옹 星座와 키가 나란하오.

나는 이제 上上峰에 섰오.

별만한 힌꽃이 하늘대오.

—「絶頂」 일부

여기서 시적 자아는 절정의 상상봉에 서서 지상과 소외의 현실에서 벗어나 이성적 절대적 세계를 자아화하는 열려진, 자연의 본질과 일체화되는 경험에 도달된 의식의 절정에 있다. 즉, 이슬 같은 물이 흐르는 주사가 찍혀 있는 석벽을 오르고, 산포도순이 지나가고 향그런 꽃뱀이 고원꿈에 옴치고 있는 곳으로 도달한다. 그곳은 거대한 죽음 같은 산의 장엄한 이마이며, 기후조가 첫번 돌아오고, 상현달이 살어지고, 쌍무지개 다리가 드디는 절정의 세계이다. 곧 오리온 성좌에 닿는 천상적 세계와 만나는 절대적 세계로의 도달이었다. "나는 이제 上上峰에 섰오"는 자아가 절대적 세계로 열려지는 자아 의식의 천명이며, 현실적 자아에서 분리되어 절대적 세계의 절정을 경험하는 자아화의 세계 인식의 표현이다. 지상적 현실 세계로부터 완전히 분리되어 산의 절대적 세계와의 완전한 만남을 의미한다. "별만한 힌꽃이 하늘대는" 절대적 세계의 자아화의 세계이다. 이는 산의 '상상봉'으로 올라가는 의식의 첨예한 정경들이 어우러지는 이슬 같은 물이 흐르는 석벽이나, 이를 따먹는 나래 붉은 새, 산포도순, 고원, 산의 장엄한 이마, 쌍무지개 다리 드나드는 절정을 향한 정경들은 절대적 세계를 자아화하는 의식의 자연 공간을 상징한다. 이러한 절대적 세계의 자아화 의식은 「비로

봉」에서도 지상과 현실의 `戀情`의 감성적 자아 의식에서 벗어나 절대
적 세계의 자아화 의식으로 나타난다.

白樺수풀 앙당한 속에
季節이 쪼그리고 있다.

이곳은 肉體없는 寥寂한 饗宴場
이마에 시며드는 香料로운 滋養!

海拔五千피이트의 卷雲層우에
그싯는 성냥불!

東海는 푸른 揷畵처럼 옴직 않고
누뤼 알이 참벌처럼 옴겨 간다.

戀情은 그림자 마자 벗쟈
산드랗게 얼어라! 귀뜨람이 처럼.

—「毘盧峯 1」전문

담장이
물 들고,

다람쥐 꼬리
숯이 짙다.

山脈우의

가을ㅅ길—

이마바르히
해도 향그롭어

지팽이
자진 마짐

흰들이
우놋다.

白樺 홀홀
허울 벗고,

꽃 옆에 자고
이는 구름,

바람에
아시우다.

—「毘盧峯 2」 전문

「비로봉 1」에서의 산의 절대적 세계의 자아화 공간은 비로봉의 정상
이다. 그곳은 "육체없는 요적한 향연장"이다. 그리고 「비로봉 2」에서
는 산맥 위이며, 그곳은 "해도 향그롭어 백화도 허올을 벗고 꽃 옆에
구름이 자고 이는 가을길"이 있는 공간이다. 즉, 「비로봉」 연작에서의
산의 정상은 자아의 절대화 의식을 지향하는 공간 인식이 나타나는 곳

이다. 절대적 세계의 표상인 산의 정상과의 의식 결합을 통하여 자아 의식의 초월적 인식이 나타나는 세계이다. 그것은 「비로봉 1」에서의 "계절이 쪼그리고 있는 백화 수풀 속"을 육체 없는 적요한 향연장의 초월적 공간으로 인식하고, 향료로운 정신의 자양이 이마에 스며드는 절대적 세계의 자아화하는공간 인식에서도 나타난다. 이러한 산 정산에서의 자아화는 현실적 세계에서의 '연정'의 그림자마저도 벗고 "귀뚜라미처럼 산드랗게 얼어라!"는 초월적 세계로의 지향을 의식화하고자 한다.

「비로봉 2」에서도 비로봉의 연봉들 위의 산 정상에 어우러진 '산맥 위'의 공간 인식에 잘 나타난다. 산 위의 절대적 세계의 공간 의식은 비로봉의 이마가 바르고, 해도 향그롭게 의식화된 세계이다. 즉, 그곳은 현실 세계의 지팡이도 놓고 흰들이 우놋는 세계이며, 백화가 현실적 감정 표상인 '허울'도 훌훌 벗고 꽃 옆에 구름이 자고 이는 초월적 세계이다. 이러한 절대적 세계의 자아화된 공간으로서의 '비로봉'의 산 정상과 산맥 위의 절대적 세계의 의식 지향은 다음의 「옥류동」, 「구성동」의 '골 속', '골작'의 공간 의식에서도 나타난다.

골에 하늘이
따로 트이고,

瀑布 소리 하잔히
봄우뢰를 울다.

날가지 겹겹히
모란꽃닢 포기이는 듯.

자위 돌아 사폿 질ㅅ듯
위태로히 솟은 봉오리들.

골이 속 속 접히어 들어
이내〔晴嵐〕가 새포롬 서그러거리는 숫도림.

꽃가루 묻힌양 날러올라
나래 떠는 해.

보라빛 해ㅅ살이
幅지어 빗겨 걸치이매,

기슭에 雜草들의
소란한 呼吸！

들새도 날러들지 않고
神秘가 한끗 저자 선 한낮.

물도 젖여지지 않어
흰돌 우에 따로 구르고,

닥어 스미는 향기에
길초마다 옷깃이 매워라.

—「玉流洞」 일부

골작에는 흔히

流星이 묻힌다.

黃昏에 누뤼가
소란히 싸히기도 하고,

꽃도
귀향 사는 곳,

절터ㅅ 드랬는데도
바람이 모히지 않고

山 그림ㄷ자 설핏하면
사슴이 일어나 등을 넘어간다.

―「九城洞」 전문

　여기 「옥류동」의 '골이 속속 접히어 든' 계곡이나, 「구성동」의 유성이 흔히 묻히는 '골작'의 산의 공간 의식은 자아의 현실 세계의 갈등이나 감정이 일어나지 않는 절대적 세계가 자아화된 곳이다. 그것은 「비로봉」 연작에서의 '연정'의 그림자마저 벗고 초월적 세계의 자아화한 공간 인식이 '골' 속의 절대적 자아화로 나타난 것이다.

　이 「옥류동」과 「구성동」에서의 '골'의 공간 인식은 현실의 공간에서 들어가는 자아의 낭만적 세계가 아니라, 절대적 세계, 즉 천상적 세계가 내려온 자아화된 세계이다. 「옥류동」에서의 '골'은 하늘이 따로 트이고, 폭포소리가 봄 우뢰를 울고 날가지가 겹겹이 모란 꽃잎 포기이는 듯하고 해가 꽃가루 묻힌 양 날아올라 나래 떠는 '골 속'의 절대적 세계의 의식이 자리잡고 있는 곳이다. 그곳은 기슭에는 잡초들의 소란한 호흡이 들리며, 들새도 날아들지 않고 신비가 가득한 한낮이며, 물도 젖어지지 않고 흰 돌 위에 구르고, 길초마다 향기가 다가와 스미는 세계이다. 이는 「구성동」에서도 유성이 흔히 묻히는 '골작'의 공간 의식에도 담겨 있다. 「구성동」에서의 '골작'은 천상적 이미지인 유성이 묻히는 신비로움이 감도는 세계이다. 이러한 신비한 정적의 공간에는 황혼의 누뤼가 쌓이기도 하고, 꽃도 귀향사는 곳, 바람이 모이지 않는 절터가 있는 현실 세계가 초월된 공간이다. 산그림자가 설핏하면 사슴이 일어나 산등성이를 넘어가는 절대적 세계의 공간은 현실적 감정이나 갈등이 초월된 절대적 세계의 자아화 공간인 셈이다.

이러한 「절정」, 「비로봉」 1·2, 「옥류동」, 「구성동」의 산의 상징 공간이 '상상봉', '비로봉', '골 속' 등의 공간 의식 속에 지향된 절대적 세계의 자아화는 현실적 지상적 삶의 갈등과 상실, 소외의 자아 의식에서 벗어나 열려진 자아로의, 즉 전인(全人)으로서의 자아가 자연의 절대적 세계나 사물의 본질에 반응하고 응답하여 '나의 세계로서의 체험'을 의미한다. 즉, 이는 '산 아래', '산 저쪽', '산 너머'의 상실과 분열의 낭만적 회복을 지향하고자 했던 의식에서 산의 '절정', '산 속'의 세계로 들어감으로써 지상적 낯선 소외의 세계가 아니라 나의 세계로 자아화한 것이다.

정지용의 이러한 산의 '절정', '상상봉', '골 속'의 자아화 의식 지향은 후기 산시(山詩)들인 「장수산」 1·2, 「백록담」, 「인동차」, 「진달래」, 「호랑나비」 등에 이르러 자아의 절대적 세계화라 할 수 있는 동양적 정신의 은일의 정신 세계로 지향하고 있다.

3) '白鹿潭', '山中'의 공간 : 자아의 절대적 세계화 인식

앞에서 산은 정신의 내적인 고양을 상징한다고 했다. 산 속으로 들어가는 자아 의식은 정신의 고양을 통하여 자아의 절대적 세계화의 의식

1949년 동지사에서 낸 『산문』 표지.

이라 할 수 있다. 산봉우리는 신비성을 담고 있는 공간이며, 지상과 하늘이 만나는 세계를 표상하는 축이 통과하는 세계의 중심이다.[11] 정지용의 후기시의 대부분을 지배하는 산의 상징적 공간 의식은 이러한 자아의 절대화 의식을 담고 있다. 「장수산」 1 · 2를 비롯하여 「백록담」, 「인동차」, 「진달래」, 「호랑나비」 등의 시들에는 시적 자아가 산 속으로 들어가 절정을 향하는 정신의 고양을 이루고자 한다. 이러한 산의 수직적 상징 의식은 존재의 신성함과 자아의 절대적 세계로의 몰입을 통하여 현실 속에서의 정신의 피폐함을 초극하려는 자아의 절대적 세계화 의식이라 할 수 있다. 그는 시집 『백록담』을 상재할 당시의 현실 속의 정신적 상황을 다음과 같이 피력한 바 있다.

詩人소리만 들어온 것이 늦게 여간 괴롭지 않고 詩쓴 버릇때문에 정서와 감정에 치료하기 어려운 偏執的 病癖이 깊어져서 나는 몹쓸 사람이 되어버리지 않았나? 하는 괴로움에서 헤어나기 어렵다. 이러한 괴로움이 日帝 發惡期에 들어 『文章』이 폐간당할 무렵에 매우 심하였다. (……) 「백록담」을 내놓은 시절이 내가 가장 精神이나 肉體로 疲弊한 때다. (……) 그래도 버릴 수 없어 詩를 이어온 것인데 이 以上은 소위 國民文學에 協力하던지 그렇지

---

11) 李昇薰, 『문학상징사전』(고려원,1994), p.271.
12) 鄭芝溶, 『散文』(同志社,1949), pp.85~86. 이러한 정신적 상황은 해방 후 2, 3년간에도 계속되었다. 해방 후 윤동주의 유고 시집 『하늘과 바람과 별과 詩』 서문을 쓰는 자리에서도 "내가 무엇이고 정성껏 몇 마디 써야 할 의무를 가졌건만 붓을 잡기가 죽기보다 싫은 날 나는 혐의를 뒤집어쓰고 차라리 病 아닌 신음을 하고 있다"고 토로하고 있다.

않고서는 朝鮮詩를 쓴다는 것만으로도 신변의 威脅을 당하게 된 것이었
다.[12]

　당시의 현실적 상황은 이러한 소위 국민문학에 협력할 것을 강요받
았을 뿐만 아니라 일제 경찰과 문인협회의 친일 문인들로부터 협박과
곤욕을 받았다고 토로하고 있을 정도로 정신과 육체의 피폐함을 보여
준다. 이러한 당시 현실적 고통을 이겨내기 위한 자아의 의식 지향은
자아를 현실적 억압으로부터 해방시킬 수 있는 절대적 세계화의 공간
으로 나아가는 길이었다. 이 무렵 정지용은 정신과 육체의 피폐한 상
황 속에서 자아를 '산'의 절대적 세계로의 몰입을 통해 극복하고 있다.
즉, 자아를 산의 절대적 세계와 일치시킴으로서 현실이 지배하는 세계
로부터 초극하고자 했다. 다음의 「장수산 1」은 이러한 그의 의식 지향
을 담고 있는 작품이다.

　伐木丁丁 이랬거니 아람도리 큰솔이 베혀짐즉도 하이 골이 울어 멩아리
소리 찌르렁 돌아옴즉도 하이 다람쥐고 좃지 않고 뫼ㅅ새 소리도 울지 않어
깊은산 고요가 차라리 뼈를 저리우는데 눈과 밤이 조히보담 희고녀! 달도
보름을 기다려 흰 뜻은 한밤 이골을 걸음이란다? 웃절 중이 여섯판에 여섯
번 지고 웃고 올라 간 뒤 조찰히 늙은 사나히의 남긴 내음새를 줏는다? 시름
은 바람도 일지 않는 고요에 심히 흔들리우노니 오오 견듸란다 차고 兀然히
슬픔도 꿈도 없이 長壽山속 겨울 한밤내—

—「長壽山 1」 전문

　「장수산 1」의 자아의 절대적 세계화의 공간 지향은 '흰 산'이다. 여
기서 세계의 중심을 이루는 산의 상징적 이미지와 '흰 빛'의 이미지는
순수와 절대적 고요 속에서도 심히 흔들리지만 장수산 속 겨울 한밤내

"오오 견듸란다"고 언표하고 있음이 그것이다.

첫 구절 '伐木丁丁'[13]의 벌목의 나무 찍는 음성 상징에서 나무 찍는 소리는 바로 자아의 현실적 고통의 소리이며, 뼈를 저리우는 고요 속서 겨울 한밤내 견디는 시적 자아의 의식 속에는 자아의 절대적 정신 세계화의 한 모습이 투영되어 있다. 이러한 정신 지향은 장수산의 공간적 시간적 심상을 빌어 '고요'로 표징되는 동양적 세계에 일체화되려는 정신적 고통의 기록이며, 허정의 세계에의 몰입을 위한 의식의 싸움[14]이라고도 볼 수 있다. 즉, 뼈를 저리는 눈과 밤이 흰 깊은 산 고요 속에서 여섯 판을 지고도 웃고 올라간 웃절 중이 남긴 내음새를 줍는다는 자아의 의식은 바로 자아의 절대적 세계화의 고통의 모습이며, 의식의 싸움이라고도 할 수 있다. 이러한 자아의 절대적 세계 속으로의 몰입을 통한 공간 의식은 「장수산 2」에서도 정신의 절대적 경지로 표상된다.

풀도 떨지 않는 돌산이오 돌도 한덩이로 열두골을 고비고비 돌았세라 찬 하눌이골마다 따로 씨우었고 어름이 굳어 얼어 드딤돌이 믿음직 하이 꿩이 긔고 곰이 밟은 자옥에 나의 발도 노히노니 물소리 귀또리처럼 경경하놋다 피락 마락하는 해ㅅ살에 눈우에 눈이 가리어 앉다 흰시울 알에 흰시울이 눌리워 숨쉬는다 온 산중 나려앉는 휙진 시울들이 다치지 안히! 나도 내더져 앉다 일즉이 진달레 꽃그림자에 붉었던 絶壁 보이한 자리 우에!

—「長壽山 2」 전문

---

13) 吳鐸藩, 「芝溶詩의 環境」, 『現代文學散藁』(高大出版部, 1976), p.117. 여기서 오탁번은 정지용이 중국 고전의 영향을 받았다고 지적하면서 詩經의 小雅 鹿鳴之什의 伐木의 詩 "伐木丁丁 鳥鳴/出自幽谷 遷于喬木"의 원용으로 '丁丁'은 나무를 벨 때 나는 소리의 擬聲語라고 해석하였다. 그리고 이러한 중국 고전의 외적인 영향을 충분히 자기 것으로 육화하였다고 평하며, 지용詩의 탁월함을 입증해 준다고 하였다.
14) 崔東鎬, 앞의 글, p.278.

여기서 자아의 절대적 세계화의 공간은 "진달래 꽃그림자에 붉었던 절벽 보이한 자리"이다. 장수산의 겨울 흰 산 속의 뼈를 저리우는 고요 속에서 자아의 절대화를 지향하려는 의식은 진달래 꽃그림자 붉었던 자리 위에 '내던져 앉다'는 자아의 모습으로 나타난다. 즉, 장수산의 풀도 떨지 않고, 돌도 한덩이로 열두 골을 고비고비 돌았고, 찬 하늘이 골골마다 따로 싸여 있는 절대적 공간 속으로의 '내던져 앉다'는 자아 의식의 표현이 그것이다.

위의 「장수산」 연작의 '흰빛'의 감각적 상징들이 일으키는 '언어적 반향과 의식의 흐름'들은 정신적 절대적 세계의 자아화 공간 의식을 담고 있다. 이는 세속적 삶의 고통과 번뇌를 초탈하고 자아가 산의 절 대적 세계 속으로 세계화됨을 의미한다. 즉, 그것은 많은 논자들이 지 적한 바 있는 허정무위의 세계관을 담고 있으며, 무위자연의 삶의 원 리를 따라 탈속하고 무아의 경지로 절대화되고자 하는 의식에서 비롯 된 것이다. 이러한 절대적 세계의 자아화의 공간 의식은 「백록담」의 '산'을 오르는 정신적 상승의 절대화로 나간다. 이 「백록담」에서의 자 아 의식은 '백록담'이라는 "영혼의 반영하는 물의 명증성을 인식하여 주체를 해체하는 시적 자아의 객관화의 세계"[15]로 나아감을 보여준다. 따라서 「백록담」은 절대적 세계로의 자아화 과정이 도달하는 세계의 정점인 셈이다.

絶頂에 가까울수록 뻭국채 꽃키가 점점 消耗된다. 한마루 오르면 허리가 슬어지고 다시 한마루 우에서 모가지가 없고 나중에는 얼골만 갸웃 내다본 다. 花紋처럼 版박힌다. 바람이 차기가 咸鏡道끝과 맞서는데서 뻭국채 키는 아조 없어지고도 八月한철엔 흩어진 星辰 처럼 爛漫하다. 山그림자 어둑어

---

15) 위의 글, p.286.

둑하면 그러지 않어도 뻑국채 꽃밭에서 별들이 켜든다. 제자리에서 별이 옮긴다. 나는 여기서 기진했다.

고비 고사리 더덕순 도라지꽃 취 삭갓나물 대풀 石茸 별과 같은 방울을 달은 高山植物을 색이며 醉하며 자며 한다. 白鹿潭 조찰한 물을 그리여 山脈우에서 짓는 行列이 구름보다 莊嚴하다. 소나기 놋낫 맞으며 무지개에 말리우며 궁둥이에 꽃물 익여 붙인채로 살이 붓는다.

가재도 긔지 않는 白鹿潭 푸른 물에 하눌이 돈다. 不具에 가깝도록 고단한 나의 다리를 돌아 소가 갔다. 좇겨온 실구름 一抹에도 白鹿潭은 흐리운다. 나의 얼골에 한나잘 포긴 白鹿潭은 쓸쓸하다. 나는 깨다 졸다 祈禱조차 잊었더니라.

—「白鹿潭」 1, 8, 9

이 「백록담」은 시적 자아의 절대적 세계화의 인식을 보여주는 작품이다. 백록담의 산의 정상에서 자아가 자연과 우주와의 육화를 통해 절대적 세계와의 일체화를 이룬다. 이는 그가 초기의 감각적 언어 세계에서 절대적 정신 세계로의 인식으로 전환하고자 했던 시적 신념에 도달한 것이다. 백록담에서의 자아의 세계화로의 몰입은 그가 「백록담」 이전의 『카톨릭 청년』에 주로 발표했던 신앙시들의 '신의 인식'[16]에서부터 시도했던 시적 신념의 세계였다. 이는 그가 감각과 언어를 금욕주의적 엄격함으로 단련하였던 시적 신념에서 무욕의 철학으로 한국인의 혼란된 경험을 하나의 질서로 부여하였다는 평가를 받기도

---

16) 金允植, 「모더니즘의 限界」, 『韓國近代作家論攷』(一志社, 1974), p.95. 김윤식은 「백록담」에 나타난 觀照는 카톨릭 신념에서 견지되어온 존엄의 神의 인식에 기초를 두었기 때문에 얻어진 정서의 균형이라 하였다.
17) 金禹昌, 『궁핍한 시대의 詩人』(민음사, 1977), p.53.

했다.[17]

「백록담」의 1연에서 자아는 자연과의
일체화를 이루는 정신적 상승과 충일감
을 느끼고 있다. "절정에 가까울수록 뼉
국채 꽃키가 점점 소모된다"에서 절정
으로의 공간적 상승을 통하여 뼉국채
꽃키가 점점 소모된다는 인식은 산을
오르는 의식이 꽃키의 소모로 동화되는
자연과의 몰입 경지로 들어가는 통로로
작용한다. 자연의 소멸, 절대적 경지와
의 일체화를 이루는 정신주의 한 기쁨
으로 나아가는 과정인 것이다. 그것은

시집 『백록담』(동명출판사, 1941년).

뼉국채 꽃키가 아주 없어지고 그 자리에 흩어진 성진으로 난만하게 펼
쳐진다. 꽃키가 없어진 뼉국채 꽃밭에 별들이 켜들고 제 자리에서 별
이 옮기고 있는 정신의 절대적 경지는 바로 정신주의의 정점에서 자아
의 절대적 세계 인식의 의식 양상이다. 1연의 끝 구절 "나는 여기서 기
진했다"의 언술은 바로 무아경의 자연 속으로 몰입된 자아의 절대적
세계화의 표현인 셈이다. 그것은 자연의 육체적 변화는 꽃키의 소모
로, 자연의 정신은 별로 표상되었으며, 꽃키의 소모는 시적 자아의 육
체적 소진이며, 황폐한 꽃밭에 드리운 별은 미래에 대한 예시[18]로 현실
을 초월하고자 하는 자아의 절대적 세계 인식의 태도이다.

이러한 자아의 절대적 세계화의 인식은 백록담으로 등정되는 의식의
상승을 통하여 하늘과 가까이 다가감으로써 현실적 사회적 현실을 초
극하고자 하는 의식을 담고 있다. 따라서 여기서의 '백록담'의 산의 공

---

18) 宋孝燮, 「〈白鹿潭〉의 구조와 서정」, 『鄭芝溶研究』, 앞의 책, p.59.

간 의식은 자아가 세계화된 자율적인 질서의 세계이다. 즉, '허정무위
(虛靜無爲)'와 '무욕청정(無慾淸淨)'의 절대적 세계로의 질서이다.[19] 이
는 현실적인 감성이 고도로 절제되고, 극기된 무욕과 허정의 삶의 원
리에 입각한 정지용의 자아의 절대적 세계화의 인식을 보여준다. 이러
한 자아의 절대적 세계로의 지향은 「인동차」에서 '산중'의 공간 인식
에도 나타난다.

老主人의 壁에
無時로 忍冬 삼긴물이 나린다.

자작나무 덩그럭 불이
도로 피여 붉고,

구석에 그늘 지여
무가 순돋아 파릇 하고,

흙냄새 훈훈히 김도 사리다가
바깥 風雪소리에 잠착하다.

山中에 冊曆도 없이
三冬이 하이얗다.

—「忍冬茶」 전문

이 「인동차」는 그가 앞에서 토로한 바 있는 육체와 정신이 피폐한 상

---

19) 文德守, 『韓國 모더니즘 詩 硏究』(詩文學社, 1981), p.108.

황 속에서 씌어진 작품으로서 그러한 상황을 초극하고자 한 그의 절대
적 세계화의 의식을 잘 보여준다. 즉, 여기서 현실 고통의 차원에 자아
를 두지 않고 동양적 은일의 절대적 세계 속에 객체화함으로써 절대적
세계화의 의식을 지향하고자 한다. 이러한 동양적 삶의 은일 세계는
'책력(冊曆)'의 현실적 시간이 아니라 무시간(無時間) 의식이 자리잡고
있는 영원과 재생의 공간 의식의 세계이다. 자연적 질서와 자아의 세
계가 일체화된 재생적 자율적 질서가 자리잡는 세계화의 인식이라 할
수 있다. 즉, 여기서의 정지용의 '산시(山詩)'의 지향은 은일의 정신 세
계를 열어 보여주며, 노주인의 청정무심의 은둔의 세계는 그의 산수시
(山水詩)의 막다른 길이었을 것이다. 이는 그가 노성한 정신의 세계를
지향하고 있는데, 그것은 중국이나 한국 산수시의 전통에서 정신적 뿌
리를 찾고자 했던 자아의 절대화 인식에 기초를 두고 있다. 이러한 '산
중'의 산의 절대적 세계화 공간은 「진달래」, 「호랑나비」에서 "진달래
꽃 사태를 만나 만신(萬身)"으로 붉히고 서 있거나, "청산을 훨훨 넘는
호랑나비"로 절대화의 세계로 재생되는 자아의 모습으로 나타난다.

한골에서 비를 보고 한골에서 바람을 보다 한골에 그늘 딴골에 양지 따로
따로 갈어 밟다 무지개 햇살에 빗걸린 골 山벌떼 두름박 지어 위잉 위잉 두
르는 골 雜木수풀 누릇 붉읏 어우러진 속에 감초혀 낮잠 듭신 칙범 냄새 가
장자리를 돌아 어마 어마 긔여 살어 나온 골 上峰에 올라 별보다 깨끗한 돌
을 드니 白樺가지 우에 하도 푸른 하눌…… 포르르 풀매…… 온산중 紅葉이
수런 수런 거린다 아랫절 불켜지 않은 장방에 들어 목침을 달쿠어 발바닥
꼬아리를 슴슴 지지며 그제사 범의 욕을 그놈 저놈 하고 이내 누었다 바로
머리 맡에 물소리 흘리며 어늬 한곬으로 빠져 나가다가 난데없는 철아닌 진
달래 꽃사태를 만나 나는 萬身을 붉히고 서다.

—「진달래」 전문

畵具를 메고 山을 疊疊 들어간 후 이내 踪迹이 杳然하다. 丹楓이 이울고 峯마다 찡그리고 눈이 날고 嶺우에 賣店은 덧문 속문이 닫히고 三冬내— 열리지 않았다 해를 넘어 봄이 짙도록 눈이 처마와 키가 같었다 大幅 캔바스 우에는 木花송이 같은 한떨기 지난해 흰 구름이 새로 미끄러지고 瀑布소리 차츰 불고 푸른 하눌 되돌아서 오건만 구두와 안시신이 나란이 노힌채 戀愛가 비린내를 풍기기 시작했다 그날밤 집집 博多 胎生 수수한 寡婦 흰얼골 이사 淮陽 高城사람들끼리에도 익었건만 賣店 바깥 主人 된 畵家는 이름조차 없고 松花가루 노랗고 삑 삑국 고비 고사리 고부라지고 호랑나비 쌍을 지여 훨 훨 靑山 을 넘고.

—「호랑나비」 전문

이들 「진달래」, 「호랑나비」는 일련의 '산중시(山中詩)'라 할 수 있다. 시적 화자가 산 속으로 들어가 은거하면서 산 속의 신비한 자연 생활과 일체화되면서 자아의 절대적 세계화의 의식을 지향한다. 즉, 진달래 꽃사내를 만나 붉히고 서 있는 '만신'이나 청산을 훨훨 나는 '호랑나비'는 바로 자아의 절대적 세계화의 한 모습이다. 「진달래」에서 "나는 만신을 붉히고 서다"와, 「호랑나비」에서 "청산을 훨훨 넘고"라는 끝 행들은 자아의 절대적 세계화 의식을 담고 있는 표현이다.

앞에서 그가 노장 철학의 존재 원리를 따라 현실의 대립과 갈등의 자아로부터 절대적 세계화로 나아가고자 했던 의식 지향을 지녔다고 했다. 여기서도 그러한 자아의 절대화를 통한 현실적 갈등을 넘어서려는 의식 지향을 보인다. 이러한 자아의 절대적 세계화를 이루는 상징적 공간이 '산 중'이다. 그곳은 「진달래」에서 별보다 깨끗한 돌을 푸른 하늘에 풀매질하니 산중 홍엽(紅葉)이 수런수런거리는 '상봉(上峰)'이거나, 「호랑나비」에서 삼동이 지나고 처마에까지 눈이 쌓였던 겨울이 지나고 흰 구름이 새로 미끄러지고 폭포 소리가 푸른 하늘을 되돌아오는 '첩첩 산 속'의 자연의 신비가 감도는 곳이다. 즉, 일체의 산 중의 정경들이 신비롭게 표상되면서 시적 자아가 무아의 경지에 들어가면서 절대적 세계화로 화신(化身)되는 공간이다.

이러한 정지용의 자아의 절대화 의식은 '허정무위'의 세계 인식을 보여준다.「진달래」에서 시적 화자가 산중의 '절의 장방'에 은거하면서 산 속의 골골을 갈어 밟고 상봉에 올라 푸른 하늘에 별보다 깨끗한 돌을 던지고 홍엽이 수런거리는 자연의 일부가 되어 "만신으로 붉히고서"는 자아의 의식에도 그러한 태도를 담고 있다. 그것은「호랑나비」에서도 첩첩 산 속으로 들어간 화가가 매점의 주인과 "연애가 비린내를 풍기는" 현실적 세계를 떠나, 송화 가루 날리고 뻐꾹새가 우는 봄의 재생 공간에서 '호랑나비 쌍'이 되어 청산을 훨훨 나는 모습으로도 나타난다. 이는 바로 정지용의 허정무위의 세계 인식의 태도를 보여주는 자아의 절대적 세계화의 모습이라 할 수 있다.

이러한「백록담」,「장수산」,「인동차」,「진달래」,「호랑나비」등의 산의 공간 의식은 '백록담', '산 중' 등에서 자아의 절대적 세계화 의식의 태도를 담고 있으며, 이는 그의 자연의 질서 속에서 존재의 절대적 세계를 실현하려는 허정무위의 자아 의식 지향을 보여준다.

3. 맺는말

이제까지 정지용 시의 중요한 모티프의 하나인 '산'의 상징성을 탐색해 보았다. 앞에서 초기시의 '물'의 상징 유형에서 자아의 감각적 갈등들이 담긴 '바다'의 이미지들이, '비', '호수', '백록담' 등의 '물'의 이미지에 이르러 자아의 동일성 회복의 의식 지향을 담고 있음을 밝힌

바 있다. '바다'를 중심 모티프로 하는 『정지용시집』의 감각적 언어적
세계에서 벗어나, 정신적 절대적 세계 지향의 의식들은 대체로 후기시
들이 수록된 『백록담』의 '산'을 중심으로 하는 공간 의식에 이르러 절
정을 이루고 있다.

　'산'은 정신의 내적인 고양과 자아 의식의 절대적 세계를 지향하는
상징성을 지닌다. 산 속으로 올라가는 행위는 곧 신성하고 신비성이
가득 찬 세계로 나아가는 상징적 힘을 지니고 있다. 또한 산의 상징적
의식의 절정인 '산봉우리', '절정'은 지상과 하늘이 만나는 세계의 중
심축으로서 자아의 절대적 세계화 인식을 보여주는 상징적 공간이다.
이러한 '산'의 상징이 나타내는 자아의 의식들은 '산 아래', '산 저쪽',
'산 넘어'의 현실의 갈등이나, 분열을 넘어서고자 하는 자아의 낭만적
세계 인식에서부터, '산 속'의 자연이나 절대적 세계로의 자아화로,
'산봉우리', '산 정상'의 자아의 절대적 세계로의 자아화의 세계 인식
을 보인다. 정지용의 '산'의 상징 공간이 형성하는 자아의 의식 지향도
이러한 세계 인식이 깊게 작용하고 있다. 이제까지의 논의한 '산'을 중
심 모티프로 하는 정지용 시의 자아의 의식 지향을 개괄하면서, 이를
결론으로 삼고자 한다.

　1) 대체로 초기시에 해당하는 「산엣 색씨 들녁 사내」, 「이른 봄 아
침」, 「산넘어 저쪽」, 「고향」 등에 나타나는 '산'의 공간 모티프는 '산
아래', '산 저쪽', '산 넘어' 등으로 자아의 상실과 고향 상실의 정서를
통한 자아의 낭만적 세계 인식을 보여주고 있다. 이는 초기의 '바다'
중심의 시들에 나타난 자아의 감각적 세계 갈등과 상실 의식과 함께
자리잡고 있는 세계이며, 민족 현실의 상실감을 서정화하여 전통적 정
서와의 만남을 통해 민족적 삶의 정서와 일체감을 이루려는 낭만적 세
계 인식을 담고 있다.

　2) 이러한 자아의 갈등과 고향 상실의 정서에서 벗어나 『정지용시

집』의 후반에 수록된 종교시의 신앙적 세계를 거쳐, 정지용은 동양적 정신적 세계로 나아가고자 했다. 이러한 시적 신념이 절정을 이룬 것은 『백록담』의 '산'의 시들에서였다. 여기서 그의 자아 의식은 '산 속'의 자연 정경을 자아화하여 현실의 갈등과 상실의 정서를 해결하려는 의식 지향을 보여준다. 즉,「절정」,「비로봉」1 · 2 ,「옥류동」,「구성동」등의 '산'의 공간들인 '고원', '비로봉', '골', '골 속' 등의 공간 의식에서 지상적 삶의 갈등과 상실, 소외의 자아 의식에서 벗어나 열려진 자아로서 자연의 절대적 세계나 사물의 본질에 응답하려는 절대적 세계를 자아화하려는 의식을 지향하였다.

3) 이러한 절대적 자연 정서의 자아화에는 현실적 사회적 거리를 벗어나지 못하고, 현실과 자연, 삶과 죽음, 멸망과 불멸의 두 세계가 혼융되어 있는 산의 이원론적 세계 인식이 자리잡고 있다. 이는 산 정상과 지상의 중간 지대에 자리잡고 있으며, 현실의 정서와 자연의 절대적 세계의 중심을 상징하는 산 정상의 상징 의식이 혼재하는 자아 의식의 표상이다. 이러한 이원론적 세계의 자아화 세계를 초극하는 세계 인식의 태도는 자아의 절대적 세계화이다.

4) 정지용의 자아의 절대적 세계화의 의식은 그의 후기 대표작들인 「장수산」1 · 2,「백록담」 연작,「인동차」,「진달래」,「호랑나비」 등의 '산 중', '백록담'의 정상 등의 산의 공간 의식에 자리잡고 있다. 여기서 '산'은 현실의 감정이나 사회적 역사적 삶의 공간을 초월한 '무욕', '허정', '무위' 등의 현실적 삶의 정서가 와닿을 수 없는 절대적 세계화의 의식 공간이었다. 이는 그가 40년대 초 겪은 육체와 정신의 피폐한 현실을 초극하기 위한 자아 의식의 태도였다. 여기서 그는 노장 철학의 존재 원리에 따라 허정무위의 존재 인식을 통하여 자연의 질서 속으로 무아화(無我化)하면서 자아의 절대적 세계화의 의식으로 초월하려는 태도를 보여준다.

백석 시의 '산'의 공간 인식

1. 머리말

　백석은 1930년『조선일보』신년현상문예에 단편소설「그 母와 아들」이 당선되고 1935년『조선일보』8월 30일자에 시「定州城」을 발표하면서 문단에 등단하였다. 시「정주성」을 발표한 다음해 1월 시집『사슴』을 발간하여 '토속성과 모더니티'[1]를 지닌 시인으로 30년대 중반 시의 지평에 특이한 세계를 연 시인으로 평가되어 왔다. 그는『사슴』이후의 시들에서도 당대의 민족 현실과 밀착된 토속적 삶의 세계를 보여주었다. 이 무렵의 시들이 고향 상실의 정서를 자아화하여 당시의 현실을 정서적으로 뛰어넘으려 했던 데 비하여 백석은 토속적이고 민속적 삶의 소재들을 깊이 있게 끌여들임으로써 우리 민족의 생활 내면의 원체험의 세계를 형상화하려 했다. 그의 시에 등장하는 민속적 토

---

1) 金容稷,「土俗性과 모더니티」, 고형진 편,『백석』(새미, 1996), pp.241~57 참조.

속적 모티프들은 바로 민족성 상실의 현
실을 초월하여 우리 삶의 원초적 세계를
따뜻하게 인식하게 하였다.

시인 백석

그의 이러한 시적 인식의 세계는 주로
그의 생활의 원체험이 자리잡고 있는 평북
지방을 중심으로 하는 고향의 토속적 공간이
다. 토속적 정서들이 감상적 향토주의에 빠지기
쉬우나 그의 시는 그러한 위험을 철저하게 극복하려
하였다. 그는 생래적으로 고향의 토속적 세계를 그리워하는 낭만적 인
식을 보인 20년대의 시들과는 달리 근대적인 정신의 리얼리티를 추구
하려는 뚜렷한 의도를 지니고 있었다.[2] 그의 시에 등장하는 토속적 인
물들과, 방언 구사, 민속적 삶의 원초적 소재들은 낭만적 정서를 자아
화하는 모티프가 아니라 그 자체가 거느리는 민족의 원초적 정서를 환
기하는 리얼리티를 담고 있기 때문이다. 따라서 백석은 철저한 방언
의식을 통하여 당시 우리 시에서 상실된 민족 현실의 리얼리티를 형상
화하려는 시적 의도를 갖고 있었다고 하겠다.[3]

이 글은 이러한 그의 시적 인식의 바탕을 이루는 상징 유형 중의 하
나가 '산'의 공간으로 집중되어 있음을 발견하고, 이 '산' 상징 유형에

---

2) 김기림도 이러한 그의 정신에 대해 "거의 巖石의 冷淡헤 匹敵하는 不拔한 精神을 가지고 對象과 마조
   선다. 그 點에 「사슴」은 그 外觀의 徹底한 鄕土趣味에도 不拘하고 주착없는 一聯의 鄕土主義와는 明瞭
   하게 區別되는 '모더니티'를 품고 있는 것이다"라고 평한 바 있다(김기림, 「사슴」을 읽고, 『조선일보』
   ,1936. 1. 29).
3) 백석의 방언 의식과 시적 리얼리티 창조에 관한 직접적인 발언은 없었지만 그가 번역 발표한 「죠이쓰
   와 愛蘭文學」 가운데서 이러한 창작 의식의 일단을 읽을 수 있다. "愛蘭農夫들의 말가운데 나오는 모든
   英語의 精神과는 氷炭의 關係에 잇는 것들을 極力 强調하고 또 이런 것들을 論理的인 調和된 體系속으
   로 집어너어서, 그는 그 獨自의 文學的 方言을 創造하엿다―이 方言이야말로 實際生活에 잇서서는 아
   직 使用되여본 길이 업는 것이엇다. 나아가서 이 方言은 主題의 性質上 이것이 使用되여도 無妨한데―
   卽 愛蘭農夫를 題材로 한 戱曲가튼데서만이 아니라 그의 「메트릭」이며 「뷜론」 等의 奇特한 飜譯에서까
   지 이 方言을 使用하엿다."(『朝鮮日報』, 1934. 8. 23일자). "「죠이쓰」는 外部의 世界를 寫實하는 데 놀
   라울 만치 「리알」한 힘을 가진 것으로 有名하거니와 그 힘을 주는 곳이 正確性이다"(『朝鮮日報』, 1934.
   9. 12일자).

나타난 그의 공간 인식의 태도를 살펴보는 것을 목적으로 한다.

원래 '산'을 지향하는 의식은 산에 동화되어 정신적 신성성의 세계로의 나아감이라 할 수 있다. 신화적 상징의 산은 창조주가 하강하는 장소이며, 세계의 중심으로서 한 민족의 발생과 생활의 근거지였다. 무속이나 민간 신앙에서는 大母로서의 신인 老姑, 곧 '산할미'의 풍요와 공동체 삶을 위한 풍요의 상징이었다. 따라서 이 산은 하늘과 소통하는 장소이며, 현실의 위기나 고난을 해결하는 기원의 공간으로 작용하고 있다.[4] 이러한 산은 흔히 우리의 의식 속에서 신성하고 성스러운 은신처요, 새로운 세계로 나아가는 상징적 힘을 갖고 있다. 이러한 산의 상징적 힘은 분열과 상실의 당대 현실을 정신적으로 재생시킬 수 있는 세계 인식이며, 민족 주체성이 상실된 시대를 넘을 수 있는 자아 의식의 한 양상으로 작용한다.

우리 시의 한편에서 '산'의 공간 인식은 '조선 정신'의 상징[5]으로서 민족 정신 지향, 혹은 동양적 정신주의의 지향을 통하여 주체성 상실의 당대 현실 세계를 극복하려는 정신사적 의미를 담고 있었다. 그것은 국권 상실로 인한 정신적 전통이 분열된 현실 상황을 초극하고자 하는 원형적 회복을 의미한다. 앞에서 이러한 자아 인식의 세계를 정지용의 이른바 '산시'에 나타난 상징적 의미를 해명하는 글에서 논의한 바 있다.[6] 정지용 시에 나타난 자아 인식의 지향은 자연과 자아의 동일성 지향을 의식화하고 있으며, 이는 상실된 정신적 현실을 초극하고, 자아의 동일성 상실을 회복할 수 있는 의식을 동화시키고 통합할 수 있는 세계 인식을 담고 있었다.

---

4) 『한국문화상징사전』, 1권(동아출판사, 1995), pp.397~401 참조.
5) 최남선은 『太白山詩集』의 '산'을 소재로 한 시가들에서 '태백산'을 건국신화의 거점으로 보고 '조선 정신'의 표상으로서 자아 의식보다 민족 의식을 각성하고 주체성을 확립하려 하였다. 그러나 이러한 그의 조선 정신은 주체성을 폐쇄적인 외길로 접어들어 가는 계기가 되었으며, 이는 곧 그의 시의 한계를 드러내는 결과를 가져왔다(鄭漢模, 『韓國現代詩文學史』(一志社, 1975), pp.205~208 참조).
6) 金秀福, 「鄭芝溶 詩의 '산'의 象徵性」, 단국대 논문집, 제32집, 1998.

정지용의 '산'을 모티프로 하는 자아 인식이 수직적 상승을 통한 정신주의적 지향을 보이는 데 비하여, 백석의 '산'의 공간 인식은 수평적 인식을 통하여 서민적 토속적 삶의 정신 세계를 형상화하려는 의식 지향을 보인다. 이러한 백석의 '산'의 공간 의식은 1) '고개', '산비탈'의 토속적 속신적, 풍속 체험의 공간 인식, 2) '산골', '산골짝' 토착적 삶의 리얼한 현실 인식, 3) '산길', '산'의 자아의 낭만적 · 자아 정립의 공간 인식 등의 유형으로 대별할 수 있다. 그러면 먼저 '고개'를 상징 유형으로 하는 그의 토속적 속신적 삶의 공간 인식을 살펴보기로 한다.

2. '고개'의 토속적 · 속신적 공간 인식

흔히 우리 고대 전설이나 설화에서 '고개'는 속신이나 전설의 배경으로 등장해 왔다. 백석의 시에 나타나는 산의 상징 유형의 하나인 '고개'는 설화적 속신적 세계 인식이 유년의 경험 세계를 진술하는 한 배경으로 등장하고 있다. 다음의 시 「가즈랑집」, 「넘언집 범 같은 노큰마니」의 중심 배경이 되는 '가즈랑고개'와, '국수당고개'의 공간 인식에는 이러한 토속적 속신적 삶의 세계를 담고 있다.

승냥이가새끼를치는 전에는쇠메든도적이났다는 가즈랑고개
가즈랑집은 고개밑의
山넘어마을서 도야지를 잃은밤 즘생을쫓는 깽제미소리가 무서움게들려
오는집
닭개즘생을 못놓는
멧도야지와 이웃사춘을지나는집

예순이넘은 아들없는가즈랑집할머니는 중같이 정해서 할머니가 마을을
가면 긴담배대에 독하다는막써레기를 몇대라도 붙이라고 하며
　간밤엔 섬돌아레 승냥이가왔었다는이야기
　어느메山곬에선간 곰이 아이를본다는이야기

　나는 돌나물김치에 백설기를먹으며
　넷말의구신집에있는 듯이

　가즈랑집할머니
　내가날때 죽은누이도날때
　무명 필에 이름을써서 백지달어서 구신간시렁의 당즈깨에넣어 대감님께
수영을들였다는 가즈랑집할머니
　언제나 병을앓을때면
　신장님달련이라고하는 가즈랑집할머니
　구신의딸이라고생각하면 슬퍼졌다

—「가즈랑집」일부

황토마루 수무남에 얼럭궁 덜럭궁 색동헌겁 뜯개조박 뵈짜배기 걸리고 오
쟁이 끼애리 달리고 소삼은 엄신낡같은 딥세기도 열린 국수당고개를 몇번
이고 튀튀 춤을 뱉고 넘어가면 곬안에 아늑히 묵은 영동이 묵업기도 할 집
이 한 채 안기었는데

집에는 언제나 센개같은 게산이가 벽작궁 고아내고 말같은 개들이 떠들석
짖어대고 그리고 소거름 내음새 구수한 속에 엇송아지 히물쩍 너들씨는데

집에는 아배에 삼춘에 오마니에 오마니가 있어서 젖먹이를 마을청능 그늘

밑에 삿갓을 씨워 한종일내 뉘어두고 김을 매려 단녔고 아이들이 큰마누래
에 작은마누래에 제구실을 할때면 종아지물분도 모르고 행길에 아이 송장
이 거적돼기에 말려나가면 속으로 얼마나 부러워 하였고 그리고 끼때에는
붓두막에 박아지를 아이덜 수대로 주룬히 늘어놓고 밥한덩이 질게한술 들
여틀여서는 먹였다는 소리를 얼마나 두고두고 하는데

—「넘언집 범 같은 노큰마니」 일부

위의 시 「가즈랑집」은 유년의 화자 '나'가 가즈랑고개 아래 산골 마
을의 가즈랑집에 놀러 가서 보고 들은 할머니의 토속적 삶의 정황이
서술되어 있다. 여기서 '가즈랑고개'는 '가주령고개'로서 근처에 백천
조씨의 집성촌이 있으며, 납청정으로 가는 길목에 있는 고개이다.[7] 가
즈랑고개 밑의 가즈랑집의 속신과 설화적 내용은 가즈랑집 할머니의
삶의 내력 속에 무녀로서의 속신적 삶이 구체화 되어 나타난다. 즉, 3
연의 "간밤엔 섬돌아래 승냥이가 왔었다는 이야기/어느메산골에선간
곰이 아이를 본다는 이야기"에서 승냥이가 간밤에 섬돌 아래까지 왔었
다거나 곰이 아이를 돌본다는 설화성이 짙은 이야기들이 그것이다. 그
리고 속신적 삶의 구체적 진술은 4연의 "내가날 때 죽는누이도날 때/
무명필에 이름을써서 백지달어서 구신간시렁의 당즈깨에넣어 대감님
께 영을들였다는" 가즈랑집 할머니의 무녀로서의 속신적 삶을 인식하
게 한다. 따라서 「가즈랑집」에서의 가즈랑고개는 "산골 깊숙한 곳에
위치한 가즈랑집 배경과 속신의 세계에 묻혀 사는 가즈랑집 할머니의
삶의 모습과 인상을 유년의 순수한 감각을 통해 실감나게 환기시키는"[8]
토속적 속신적 공간 인식을 보여준다.
　이는 우리 민족 삶의 원형 속에 내재하는 무속 신앙의 설화성을 지닌

---

7) 이하 평북 방언에 관한 자료는 宋俊 編, 『白石詩全集』(학영사, 1995)의 「白石詩語辭典」을 참고.
8) 고형진, 「백석시연구」, 『백석』(새미, 1996), pp.48~49.

공간 인식을 담고 있다. 그의 이러한 샤머니즘으로서의 귀신 설화, 혹은 무격 설화의 수용은 공동체 의식의 한 발현이며, 전통적인 존재로서 민간의 습관이나 생활 속에 흡수된 일종의 생활 양식이며 민중적 삶으로서의 생생한 생명력이 굽이치는 세계 인식이라 하겠다.[9]

위의 「넘언집 범 같은 노큰마니」에서도 '국수당고개'를 너머 산골 깊은 큰할머니집으로 가는 유년적 화자 '나'가 보고 듣고 경험한 토속적 속신적 삶의 정경과 세계를 진술하고 있다. 여기서 '국수당고개'는 성황당으로 불리기도 하는 마을의 수호신인 신총사대감이나 토지와 마을 수호하는 수호신인 서낭신을 모신 집, 즉 국수당(國守堂)이 있는 산 고개이다. 국수당 고개는 산 너머 토속적인 산골 마을의 풍정이 어우러진 우리 민족의 원형적인 삶의 모습이 그려지는 배경으로 등장하고 있다. 평북 지방에서는 이 고개를 넘을 때 침을 몇번 뱉고 넘는 민간 풍속이 전해지고 있었다. 이는 나그네가 길가의 돌을 주워 돌무더기 위에 던지는 풍속과도 관계가 있는데 이것은 도로에 배회하는 악령들로부터 안전을 기원하는 의식이 담겨 있다고 한다. 이러한 국수당 고개에는 신수에 잡석을 쌓은 돌무더기와 당집이 있다. 대개 이 곳은 현실 생활의 인간적 소망을 기원하거나, 외부에서 들어오는 액, 질병, 호환등을 막아주는 마을 수호의 토속적 속신적 공간 인식이 자리잡고 있다.

이 시에서 '국수당고개'는 황토마루의 살구나무에 얼룰덜룩하게 걸려 있는 색동 헝겊과 뜯겨진 헝겊이나 천조각이 자아내는 샤머니즘적 분위기를 담고 있다. 국수당에는 짚으로 쌓아 만든 신을 속이기 위한 '오쟁이'가 달려 있고, 짚신 같은 짚세기도 걸려 있는 곳이다. 살구나무가 귀신을 쫓는다는 속신과 함께 '국수당고개'의 분위기는 샤머니즘

---

9) 金載弘, 「민족적 삶의 원형성과 運命愛의 眞實美, 白石」, 『백석』, 앞의 책, pp.183~185.

적 배경을 바탕으로 고개 너머 큰집으로 가는 을씨년스러운 정감을 담
고 있는 곳이다. 고개를 넘어가면 "곬안에 아늑히 묵은 영동이 묵업기
도 할" 큰할머니가 사는 집이 안긴다. 그러나 이 집은 토속적인 삶의
곤궁한 모습이 리얼하게 그려져 있다. 젖먹이를 마을 입구의 그늘진
곳에 삿갓을 씌워 뉘어 놓고 김을 매러 다니고, 아이들이 천연두에 걸
려 홍역을 앓고 죽어 나가는 까닭도 모른다. 아이들의 송장이 거적대
기에 말려 나가면 동네 사람들은 이를 속으로 부러워할 정도로 곤궁한
삶의 실상이 서술되어 있다. 이러한 큰할머니의 토속적 삶의 정황들에
대한 백석의 간접 진술 속에는 그의 토속적 속신적 세계 인식을 확인
할 수 있다.
　이러한 속신적 세계 인식이 담긴 '국수당고개'는 다음의 「오금덩이
라는 곧」에서도 확인할 수 있다.

　　어스름저녁 국수당돌각담의 수무나무가지에 녀귀의탱을걸고 나물매갖후
어놓고 비난수를하는 젊은새악시들
　　―잘먹고가라 서리서리물러가라 네소원풀었으니 다시침노말아라

　　벌개늪역에서 바리깨를뚜드리는 쇳소리가나면
　　누가눈을앓어서 부증이나서 찰거마리를 불으는 것이다
　　마을에서는 피성한눈슭에 절인팔다리에 거마리를 붙인다

　　여우가 우는밤이면
　　잠없는 노친네들은일어나 팟을깔이며 방요를한다
　　여우가 주둥이를향하고 우는집에서는 다음날으레히 흉사가있다는 것은
　　얼마나 무서운말인가

―「오금덩이라는 곧」 전문

이 시에서도 '국수당고개'의 귀신 쫓는 속신적 이야기가 배경으로 작용하고 있다. '국수당돌각담'의 살구나무에 돌림병에 죽은 귀신의 탱화를 걸어 두고 나물과 밥을 갖다 놓고 귀신에게 비는 젊은 새악시들 모습이 그것이다. 이러한 속신적 이야기는 2연에서도 몸이 붓는 부종병에 찰거머리를 붙이거나, 피멍이 든 눈시울이나 팔다리에 거머리를 붙이는 속신적 처방에도 잘 나타나 있다. 3연에서 여우가 우는 밤은 불길한 죽음을 예감하고, 이를 쫓기 위해 노인들은 일어나 멍석 위에 팥을 좌우로 주무르거나 키질을 한다. 팥을 주무르고 키질을 하는 행위는 팥이 귀신을 쫓는다는 속신을 믿기 때문이다. 이와 같이 '국수당고개'를 배경으로 하는 '산'의 공간 인식에는 속신적 설화적 이야기가 깔려 있으며, 이는 토속적 삶의 인식을 드러내는 공간 인식의 세계라고 할 수 있다. 이러한 '고개'를 모티프로 하는 백석의 '산'의 토속적 속신적 삶의 인식은 다음의 '산비탈'을 배경으로 하는 '외따른집'에서 민속적 풍속 체험의 세계를 그려낸다.

3. '산비탈집'의 민속·풍속 체험의 공간 인식

위의 '고개'의 설화적 배경과 토속적 삶의 공간 인식의 태도는 '산비탈'의 집의 배경에서는 민속 체험의 서사적 현실이 등장한다. 다음의 「古夜」의 '산비탈 외따른 집'은 민속 체험의 구체적 사건들이 등장하는 서사적 내용이 주를 이루고 있다.

아배는타관가서오지않고 山비탈외따른집에 엄매와나와단둘이서 누가죽이는듯이 무서운밤 집뒤로는 어느山곬작이에서 소를잡어먹는노나리군들이 도적놈들같이 쿵쿵걸이며다닌다

날기멍석을저간다는 닭보는할미를차굴린다는 땅아래 고래같은기와집에는
언제나 니차떡에 청밀에 은금보화가그득하다는 외발가진조마구 뒷山어늬
메도 조마구네나라가있어서 오줌누러깨는재밤 머리맡의문살에대인유리창
으로 조마구군병의 새깜안대가리 새깜안눈알이들여다보는때 나는이불속에
자즐어붙어 숨도쉬지못한다

또이러한밤 같은 때 시집갈처녀막내고무가 고개넘어큰 집으로 치장감을가
지고와서 엄매와둘이 소기름에쌍심지의불을 밝히고 밤이들도록 바느질을
하는밤같은때 나는아릇목의삳귀를들고 쇠든밤을내여 다람쥐처럼밝어먹고
은행여름을 인두불에구어도먹고 그러다는 이불위에서 광대넘이를뒤이고
또누어굴면서 엄매에게 웃목에둘은평풍의 새빨간천두의이야기를듣기도하
고 고무더러는 밝는날 멀리는못난다는뫼추라기를 잡어달라고졸으기도하고

내일같이명절날인밤은 부엌에 쩨듯하니 불이밝고 솥뚜껑이 놀으며 구수한
내음새 곰국이무르끓고 방안에서는 일가집할머니가와서 마을의 소문을펴
며 조개송편에 달송편에 쥐두기송편에 떡을빚는곁에서 나는 밤소 팥소 설
탕든콩가루소를 먹으며 설탕든콩가루소가가장맛있다고 생각한다 나는얼마
나 반죽을주물으며 흰가루손이되여 떡을빚고싶은지 모른다

섣달에 내빌날이드러서 내빌날밤에눈이 오면 이밤엔 쌔하얀할미귀신의눈
귀신도 내빌눈을 받노라못난다는말을 든든히 넉이며 엄매와나는 앙궁위에
떡돌위에 곱새담위에 함지에 버치며 대냥푼을놓고 치성이나들이듯이 정한
마음으로 내빌눈약눈을 받는다
이눈세기물을 내빌물이라고 제주병에 진상항아리에 채워두고는 해를묵여
가며 고뿔이와도 배앓이를해도 갑피기를앓어도 먹을물이다

이 시에 나타난 '산비탈 외딴집'에서의 여러 민속 체험들은 박태일이 지적한 바와 같이 "난장이 '조마구니네나라'로 드러나는 바 옛이야기 체험, 구르기나, '뫼추라기' 사냥과 같은 놀이 체험, 명절과 음식 체험, 그리고 '눈세기물' 풍속과 같은 사실 체험"[10]으로 그의 풍속적 민속적 공간 인식이 드러난다. 이러한 세시풍속의 체험은 "한국인의 구체적인 삶의 모습을 드러냄으로써 민족적인 삶 또는 민중적인 삶의 원형성을 회복하고자 하는 갈망을 담고"[11]자 하는 세계 인식을 보여준다.

즉, 명절을 앞둔 한 가족의 정겨운 풍경을 그리고 있는 이 시는 북관의 풍속 체험의 한 편의 이야기를 듣는 듯한 느낌을 전해 준다. 멀리 타향으로 떠난 아버지는 돌아오지 않고 엄마와 '나'는 둘이서 무서운 밤을 보낸다. '시집 갈 막내고무'가 치장감을 가지고 와서 엄마와 함께 밤늦도록 바느질을 한다. 그리고 명절을 앞둔 밤이면 온갖 음식을 장만하느라 온 집에 음식 냄새가 그득히 풍겨오는데 '나'는 송편을 먹으며 설탕이 든 콩가루소가 가장 맛있다고 생각하며 흰 가루손이 되도록 떡을 빚고 싶다.

그리고 5연에서는 눈세기물의 풍속 체험이 서술되어 있다. 이 '눈세기물'의 풍속은 동지 뒤의 셋째 未日(일진의 地支가 未인 날) 밤에 내리는 눈을 받아두었다가 감기, 이질 등을 앓을 때 먹는 전통적인 민간 풍속이었다. 여기서도 화자는 엄마와 함께 섣달 내빌날이 되어 밤에 눈이 오면 앙궁, 떡돌, 곰새담 위에 함지와 버치, 대냥푼 등을 놓고 치성을 드리듯 눈을 받는다. 이 내빌눈은 약눈이며, 이 물은 눈세기물이라 하여 제주병, 진상항아리 등에 해를 묵이며 담아두었다가 고뿔(감기),

<hr>

10) 박태일, 「백석 시의 공간현상학」, 위의 책, p.232.
11) 金載弘, 앞의 글, p.178.

배앓이, 갑피기(이질)를 앓을 때 먹는 물이다. 5연의 눈세기물 풍속 체험은 눈이 오자 이 눈세기물을 받는 분주한 풍속 정경으로 그려져 있다. 따라서 이 시는 한 편의 정겨운 옛날 이야기를 듣는 것 같은 느낌을 주는 하나의 이야기 형식을 띠고 있다. 서사 양식을 취함으로서 정겹고 그리운 민간 풍속 체험의 정경이 매우 구체적으로 그려지고 있다. 백석은 당대의 민족적 현실을 묘사하는 시에서도 이러한 서사 양식을 도입하여 독특한 리얼리티를 획득한다.

이「古夜」에서의 민속, 풍속, 설화적 서사화의 공간 인식은 앞의「오금덩이라는 곳」을 비롯하여,「마을은 맨천 구신이 돼서」,「古寺」,「외가집」,「木具」,「七月백중」 등에서도 나타나 있다. 이러한 그의 공간 인식의 바탕에는 국권 상실의 상황에서 우리 고유의 민속과 풍속을 통하여 민족의 뿌리깊은 연대감과 일체감을 표현하려 했던 민족적 연대감이 깔려 있다.

이러한「고야」에서의 '산비탈'을 배경으로 하는 '외따른 집'의 민속적 풍속 체험의 공간 인식은 다음의「국수」에서 평북 지방의 풍속적 정경이 서사적으로 펼쳐진다.

눈이 많이 와서
산엣새가 벌로 날여 멕이고
눈구덩이에 토끼가 더러 빠지기도하면
마을에는 그무슨 반가운 것이 오는가보다
한가한 애동들은 여둡도록 꿩사냥을 하고
가난한 엄매는 밤중에 김치가재미로 가고
마을을 구수한 즐거움에 싸서 은근하니 홍성 홍성 들뜨게 하며 이것은 오는 것이다
이것은 어늬 양지귀 혹은 능달쪽 외따른 산넙 은댕이 예대가리밭에서

하로밤 뽀오얀 흰김속에 접시귀 소기름불이 뿌우현 부엌에

산멍에같은 분틀을 타고 오는 것이다

이것은 아득한 옛날 한가하고 즐겁든 세월로 부터

실같은 봄비속을 타는듯한 녀름 볕속을 지나서 들쿠레한 구시월 갈바람

속을 지나서

대대로 나며 죽으며 죽으며 나며 하는 이 마을 사람들의 으젓한

마음을 지나서 텁텁한 꿈을 지나서

집웅에 마당에 우물든덩에 함박눈이 푹푹 싸히는 여늬 하로밤

아배앞에 그어린 아들앞에 아배앞에는 왕사발에 아들앞에는 새끼사발에

그득히 살이워 오는것이다

이것은 그 곰의 잔등에 업혀서 길여났다는 먼 옛적 큰마니가

또 그 집등색이에 서서 자채기를 하며 산넘엣 마을까지 들렀다는

먼 옛적 큰 아버지가 오는것같이 오는것이다

—「국수」 일부

위의 시는 '외따른 산 옆 은댕이 예대가리 밭' 아래에 있는 북관의 산 마을의 '국수'를 즐겨먹는 풍속 체험을 정겹게 다루고 있는 작품이다. 온 마을 사람들이 모여 정겹게 국수를 나누어 먹는 풍경이 바로 그것이다. 특히 한밤 중 기대감에 부풀어 국수를 기다리던 '나'의 모습을 회상 형식으로 보여줌으로써 정겨운 고향 마을에 대한 아련한 향수를 불러일으키기도 한다. '구수한 즐거움에 차서 흥성흥성' 들떠 있는 마을의 모습이 눈앞에 그려지는 듯하다. 또한 여기에 '쥐잡이', '숨굴막질', '꼬리잡기' 등 아이들의 토속적인 놀이의 세계를 보여줌으로서 풍속의 세계를 더욱 다양하게 보여주고 있다.

이러한 '고개'와 '산비탈'의 산의 공간 인식은 토속적인 풍습이나 풍속, 민담의 세계를 포함한 정겨운 고향의 세계를 형싱화하여 당대의

민족적 현실을 투영하려는 태도를 담고 있다. 이러한 그의 의식은 토착적 방언 주의를 통하여 그의 시를 생생한 리얼리즘의 세계를 인식하게 한다. 민속 체험의 형상화 공간으로서의 '산비탈'의 공간 인식은 다음의 「쓸쓸한 길」에서는 산길의 쓸쓸한 정경의 묘사를 통한 토착적 삶의 세계로 나타난다.

거적장사하나 山뒷옆비탈을올은다
아— 딸으는사람도없시 쓸쓸한 쓸쓸한길이다
山가마귀만 울며날고
도적갠가 개하나 어정어정따러간다
이스라치전이드나 머루전이드나
수리취 땅버들의 하이얀복이 서러웁다
뚜물같이흐린날 東風이설렌다

—「쓸쓸한 길」 전문

여기서 '산뒷옆비탈'을 오르는 자리 장사가 가고 있는 산비탈길은 쓸쓸한 삶의 정감을 담고 있다. 동행하는 사람도 없고 산까마귀만 울며 날으고, 떠돌이개 한 마리가 어정어정 따라가는 길이다. 그 산비탈길은 앵두, 머루가 지천으로 퍼져 있는 수리취와 땅버들의 하얀 털이 서럽게 있고 동풍이 설레는 흐린 날을 배경으로 하고 있다. 이러한 쓸쓸한 삶의 행로는 유랑의 삶의 행로로 떠돌 수밖에 없는 당대의 리얼리즘적 인식을 보여준다. 이러한 당대 삶의 리얼리즘적 인식의 세계는 '산골', '산골짝'의 산의 공간으로 심화되어 서민적 삶의 현실 인식을 형상화하는 공간으로 나타난다.

4. '산골', '산골짝'의 토착적 삶의 리얼한 현실 인식

위의 '고개'의 토속적 속신적 공간 인식, '산비탈'의 민속 풍속적 체
험의 공간 인식의 '산'의 상징은 '산골', '산골짝'의 공간에서는 당대
삶의 토착적 현실이 감도는 인식의 변화를 보여준다. 이러한 당대 삶
의 현실성을 형상화하는 그의 '산골', '산골짝'의 토착적 삶의 리얼한
현실 인식은 그의 산문에서도 다음과 같이 그려져 있다.

> 새 세상, 그것은 덕항녕감과 저척노파의 양아들 양며누리가 두 늙은이를
> 버리고 밤중에 도망을 해버린 것이었다. 새세상, 그것은 해골같은 비애와
> 절망의 집팽이를 앞세우고 식컴은 죽음의 그림자를 뒤에끌고 밥어드러가게
> 한 것이었다. (……) 새 세상이 녕감노파에게 온뒤로 이 산골의 물과 바위와
> 물속의 가재와 산새와 닭 개 즘생과 숲풀과 나무와 낮하늘의 해와 밤하늘의
> 별들은 가난하고 외롭고 늙어 병신이 된 이 두 불상한 생령을 무서워하고
> 경계하는 듯하였다.[12]

백석의 이 산문적 진술 속에는 그가 우리 삶의 토속적 현실을 리얼하
게 인식하고 있음을 드러낸다. 양아들 양며느리가 밤중에 도망가 버린
'덕항녕감과 저척노파'가 비애와 절망의 지팡이를 짚고 시커먼 죽음의
그림자를 뒤에 끌고 밥 얻으러 가는 삶의 곤궁한 현실이 짙게 그려져
있다. 이는 새 세상이 왔으나 오히려 두 노인은 양아들 부부로부터 버
려지고, 산골의 물과 바위와, 물 속의 가재와 산새, 닭 등의 짐승과, 수
풀과 나무와 해와 밤 하늘의 별들조차 외롭고 늙은 두 노인과는 화해
로운 친화의 관계가 아니라, 무서워하고 경계하는 소외의 현실이다.

---

12) 白石, 「마을의 遺話」, 『조선일보』, 1935. 7. 20.

이러한 새 세상이 와도 외롭고 병든 노인의 곤궁한 현실은 당대 우리
민족 공동체적 삶의 현실 인식을 담고 있다. 백석의 당대 삶의 곤궁한
현실 인식은 다음의 「女僧」, 「旌門村」에 리얼하게 그려져 있다.

平安道의 어늬 山깊은 금덤판
나는 파리한 女人에게서 옥수수를샀다
女人은 나어린딸아이를따리며 가을밤같이차게울었다

섭벌같이 나아간지아비 기다려 十年이갔다
지아비는 돌아오지않고
어린딸은 도라지꽃이좋아 돌무덤으로갔다

山꿩도 설게울은 슬픈날이있었다
山절의마당귀에 女人의머리오리가 눈물방울과같이 떨어진날이있었다

—「女僧」 일부

주홍칠이날은旌門이하나 마을어구에있었다

'孝子盧迪之之旌門' —몬지가 겹겹이앉은 木刻의額에
나는 열살이넘도록 갈지子둘을웃었다

아카시아꽃의 향기가가득하니 꿀벌들이많이날어드는 아츰
구신은없고 부헝이가 담벽을띠쪼고 죽었다

기왓골에 배암이푸르스름히빛난달밤이있었다
아이들은 쪽재피같이 먼길을돌았다

旌門집가난이는 열다섯에

늙은말군한테 시집을갔겄다

—「旌門村」 전문

위의 시 「여승」은 깊은 산 '山절'이 자리잡고 있는 '산골'을 공간으로 하여 곤궁한 삶의 인식을 통하여 비극적인 가족붕괴의 모습을 처절하게 그려보이고 있다. 「정문촌」 또한 '기왓골'을 배경으로 한 가족의 몰락사를 리얼하게 서사화 하고 있다. 이들 작품들에 형상화된 가족붕괴의 실상은 당시 우리 민족이 처해 있던 토착적 삶의 현실이라 할 수 있다. 이 「여승」에 나타난 토착적 삶의 붕괴는 다음과 같은 서사적 현실을 담고 있다. 집 떠난 남편을 기다리는 한 여인과 그 딸이 있다. 나이 어린 딸아이를 데리고 여인은 힘든 세상살이를 한다. 그러나 집 떠난 남편은 십 년이 지나도 돌아오지 않고 딸도 그만 죽어 버렸다. 그리고 여인은 산으로 들어가 머리를 깎고 승려가 된다. 그러나 이 표면적인 서사 속에서 우리는 한 가족의 비극적인 파탄과 붕괴, 더 나아가 그런 현실을 만들어낼 수밖에 없었던 국권 상실의 현실을 생생히 느낄 수가 있다.

그리고 「旌門村」에서도 '기왓골'이라는 산골을 배경으로 '정문집'이라는 한 가족의 몰락이 리얼하게 서사화 되어 있다. 기왓골의 정문은 정주의 마산면 동창동에 살았던 효자 '노적지'를 표창하여 마을 어구에 세웠던 것이다. 그러나 이 정문은 이미 "주홍칠이 날은"것으로 퇴색한 가문의 붕괴와 "孝子盧迪之之旌門"의 목각액도 먼지가 겹겹이 앉았다는 것으로 보아 후손의 몰락을 보여 준다. 그리고 이 '정문집'은 아카시아에 뒤덮혀 아침에 꿀벌들이 날아들고, 밤에는 부엉이가 담벽을 부리로 쪼다가 죽었다. 귀신은 없지만 뱀이 푸르스름히 빛난 달밤에는

아이들도 무서워서 가까이 가지 못하고 먼 길을 돌아갔다. 이러한 정
문집의 폐허와 같은 정경은 이 한 효자 가문의 몰락을 선명하게 환기
시켜 준다. 그리고 마지막 연의 "정문집 가난이는 열다섯에/늙은 말군
한테 시집을 갔겄다"에는 정문집의 몰락을 서사적으로 함축하고 있다.
　이러한 '산골'을 배경으로 하는 토착적 삶의 붕괴와 가족의 몰락은
다음의 「八院」에서도 '묘향산행'을 배경으로 서사적으로 함축되어 나
타난다.

　　　차디찬 아침인데
　　　妙香山行 乘合自動車는 텅하니 비어서
　　　나이 어린 계집아이 하나가 오른다
　　　옛말속 가치 진진초록 새저고리를 입고
　　　손잔등이 밧고랑처럼 몹시도 터졌다
　　　계집아이는 慈城으로 간다고하는데
　　　慈城은 예서 三百五十里 妙香山百五十里
　　　妙香山 어디메서 삼촌이 산다고 한다
　　　새하야케 얼은 自動車 유리창박게
　　　內地人 駐在所長같은 어른과 어린아이 둘이 내임을 낸다
　　　계집아이는 운다 느끼며 운다
　　　텅 비인 車안 한구석에서 어느 한 사람도 눈을 씻는다
　　　계집아이는 몃해고 內地人 駐在所長집에서
　　　밥을 짓고 걸레를 치고 아이보개를 하면서
　　　이러케 추운 아침에도 손이 꽁꽁얼어서
　　　찬물에 걸레를 첫슬것이다

—「八院」 전문

이 시는 묘향산으로 가는 승합 자동차에 오르는 한 "나이 어린 계집 아이"를 형상화 하여 당시 우리 토착적 삶이 겪는 북방의 서사적 현실 을 리얼하게 그리고 있다. 차디찬 아침 텅빈 묘향산행 승합 자동차에 한 나이 어린 계집아이가 오른다. 마치 옛날 이야기 같이 나들이 가는 진한 초록 저고리를 입고 있지만 손잔등은 밭고랑처럼 몹시 터져 있는 것으로 보아 매우 심한 고생을 한 것으로 보인다. 자성으로 간다고 하 는데 그곳 어디에 삼촌이 살고 있다고 한다. 얼은 창문 밖에서 內地人 주재소장과 같은 어른과 두 아이가 환송을 하고 있다. 이 광경을 보고 있는 텅 빈 차안의 승객 한 사람이 눈물을 씻는다. 이 계집아이는 그 집에서 갖은 집일을 하면서 손이 꽁꽁 얼어서도 찬 물에 걸레를 쳤을 것이다. 이러한 한 어린 계집아이가 겪은 서사적 삶의 고난과 붕괴는 정착 안주할 수 없는 당대 현실의 우리의 토착적 삶의 한 모습이라 할 수 있다. 즉, 이는 앞의 「여승」에서의 여인이 집떠난 남편이 돌아오지 않고 딸 아이 마저 죽게 되자 산 깊은 절로 들어가 여승이 되는 현실이 나, 「정문촌」에서 폐가가 된 정문집 가난이가 어린 나이에 말꾼한테 시 집으로 팔려간 한 가문의 몰락, 그리고 이 「팔원」에서의 주재소장 집에 서 온갖 힘든 일을 하다가 묘향산 어디 삼촌이 사는 곳으로 가는 한 계 집아이의 삶이 겪는 가족 공동체의 붕괴에 따른 서사적 현실이 바로 당대 삶의 한 리얼한 현실을 담고 있는 것이다.

이러한 「女僧」, 「旌門村」, 「八院」 등의 '산골'을 배경으로 하는 민족 공동체적 삶의 리얼한 현실 인식은 토착적 삶의 붕괴로 인한 유랑적 삶의 현실을 인식하는 태도로 나타난다. 이러한 유랑적 삶의 현실 인 식은 토착적 삶의 훼손으로 인한 당대 민족적 삶이 겪는 현실을 바탕 으로 하고 있다. 이러한 그의 '산골'의 유랑적 삶의 공간 인식은 「山 宿」 등에 나타난다.

旅人宿이라도 국수집이다

모밀가루포대가 그득하니 쌓인 웃간은 들믄들믄 더웁기도하다.

나는 낡은 국수분틀과 그즈런히 나가누어서

구석에 데굴데굴하는 木枕들을 베여보며

이山골에 들어와서 이木枕들에 새깜아니때를 올리고간 사람들은 생각한
다

그사람들의 얼골과 生業과 마음들을 생각해본다

—「山宿」 전문

위 「산숙」의 '산골'을 배경으로 하는 '산골 여인숙'은 서민적 삶의
현실이 그려져 있다. 메밀가루 포대가 그득하게 쌓인 산골 여인숙 방
에서 이곳을 거쳐간 사람들을 생각하고 그들의 생업과 마음들을 함께
생각해보는 화자의 인식은 바로 유랑적 삶의 공동체적 애정이 자리잡
고 있다. 산골의 국수집을 겸한 산골 여인숙의 방에서 낡은 국수 분틀
과 여러 사람이 줄줄이 누워서 밤을 지새지만 나는 구석에 데굴데굴하
는 목침들을 베여보고, 이 산골까지 거쳐가면서 목침에 새까만 때를
올리고 산 사람들을 생각한다. 따라서 이 시는 유랑적 삶의 화자를 통
하여 민중적 삶의 애정을 담고 있는 서사적인 현실을 묘사하고 있다.

　이러한 백석의 '산골', '산골짝'을 공간으로 하는 토착적 삶의 붕괴
와 유랑적 삶의 서사적 현실은 다음의 '산길', '산'의 공간에서는 자아
의 회복을 꿈꾸는 의식 지향으로 나아간다.

5. '산길', '산'의 자아의 낭만적 · 자아 정립의 공간 인식

이제까지 백석 시에 나타난 '산'의 공간 인식은 대체로 설화적, 토속

적, 풍속 체험의 회상적 공간 세계인 '고개', '산비탈', '산골'의 정태
적 공간 인식이 주를 이루어 왔다. 이러한 정태적 '산'의 공간 인식은
토속적 삶의 인식을 통한 민족 정신의 원형적 배경으로 작용하였다.
여기서 '고개', '산비탈' 등의 토속적 속신적 삶의 공간 인식은 민족의
공동체적 삶의 원형을 통한 현실 초월의 세계 인식이었다면, '산골',
'산골짝'을 공간으로 하는 토착적 삶의 리얼한 현실 인식은 당대 민족
공동체적 삶의 현실을 인식하는 태도를 담고 있었다. 토착적 삶의 훼
손과 붕괴는 가족 공동체 삶의 훼손에 따른 유랑적 삶의 현실을 인식
하는 계기가 되었다. 유랑적 삶의 현실은 자아와의 단절과 동일성 상
실에서 오는 자아 의식을 담고 있다.

　여기서 유랑적 삶의 운명을 성찰하고 자아의 회복을 꿈꾸는 의식 공
간으로 '산길', '산'이 등장한다. 이러한 '산'을 마음속으로 대상화하
여 자아의 훼손된 모습을 치유하고 실존적 자아 의식으로 나아가고자
하는 인식의 태도를 보인다. 다음의 시「昌原道; 南行詩抄 1」, 「球場
路」, 「나와 나타샤와 힌당나귀」, 「南新義州 柳洞 朴時逢方」 등이 그것
이다.

　　솔포기에 숨었다
　　토끼나 꿩을 놀래주고십흔 山허리의길은

　　업데서 따스하니 손녹히고십흔 길이다

　　개덜이고 호이호이 회파람불며
　　시름노코 가고십흔 길이다

　　궤나리봇짐벗고 따ㅅ불노코안저

담배한대 피우고십흔길이다

승냥이 줄레줄레 달고가며
덕신덕신 이야기하고십흔 길이다

—「昌原道; 南行詩抄 1」 일부

三里박 江쟁변엔 자갯돌에서
비멀이한 옷을 부숭부숭 말려입고 오는 길인데
山모퉁고지 하나 도는 동안에 옷은 또 함북저젓다

한二十里 가면 거리라는데
한겄 남아 걸어도 거리는 뵈이지 안는다
나는 어니 외진 山길에서 맛난 새악시가 곱기도 하든것과
어니메 江물속에 들여다 뵈이든 쏘가리가 한자나 되게 크든것을 생각하
며
山비에 저젓다는 말럿다 하며 오는길이다

—「球場路」 일부

'산'의 공간 인식이 '고개'나 '산비탈'의 설화적 토속적 삶의 정태적 세계 인식의 표현이라면. '산길'은 동적인 세계 인식의 통로이다. 산길은 마을과 마을이 소통하는 공동체적 정서를 형성한다. 유랑의 현실을 담고 있으면서도 길과의 일체감은 바로 민족 공동체적 삶이 환원하는 장소이기도 하다. 위의 「창원도; 남행시초1」을 비롯한 기행 연작시들은 바로 백석의 이러한 민족 공동체적 삶의 현장을 직접 탐방하면서 쓴 시들이다. 1936년 시집 『사슴』을 펴낸 후 남노 지방을 탐방하면시 체험한 정서들을 담고 있는 이 기행시들은 이러한 그의 시적 인식을

확인할 수 있는 작품들이다. 이 「창원도」에서의 '산길'의 공간 인식도 억압이나 속박이 없는 공동체적 삶을 화해롭게 누릴 수 있는 공간 지향을 담고 있다. 여기서 '산허리길'은 솔포기에 숨었다가 토끼나 꿩을 놀래주고 싶은 길이며, 엎드려 따뜻하게 손을 녹이고 싶은 길이며, 개 데리고 휘파람을 불며 시름없이 가고 싶고, 개나리 봇짐을 훌훌 벗어 놓고 담배 한 대 피우고 싶은 길이며, 승냥이 줄래줄래 달고 가며 득실득실 이야기하고 싶은 민족 공동체적 삶이 어우러진 길의 인식이 펼쳐져 있다.

이러한 '산길'은 「구장로」에서 '산모퉁고지'를 도는 고개길이다. 화자는 이 고개길을 가고 있다. 이 산길은 "三里박 江쟁변엔 자갯돌에서/ 비멀이한 옷을 부승부슝 말려입고 오는 길"이었지만 산모퉁지 고개길을 돌아오는 동안 다시 옷이 흠뿍 젖은 길이다. 그러나 이 고개길은 비에 젖은 삶의 고통을 느끼는 길이 아니라 "한二十里 가면 거리"가 나타나는 유랑의 삶이 어우러진 '거리'가 있는 길이다. 비록 걸어도 보이지 않는 길이지만, 시적 화자는 어느 산길에서 만난 새악시의 고운 모습이나, 어느 산 아래 강물 속에 한 자나 되는 쏘가리를 생각하며, 산비에 젖은 옷이 젖었다 말랐다 하며 오는 길이다. 여기서 '산길'은 비가 오는 삶의 고통의 현실의 자리가 아니라, "옹기장사가 온다는 거리", "따뜻한 구들이 있는 '주류판매업'이라고 써부친 집"으로 들어가는 민족 공동체의 삶의 정서가 있는 곳이다.

이러한 「창원도」의 '산허리길'과 「구장로」의 '산모퉁지 길'의 민족 공동체적 삶의 정서를 담고 있는 '산길'의 공간 인식은 다음의 시에서 자아의 낭만적 회복을 꿈꾸는 의식 공간으로 나타난다.

가난한 내가
아름다운 나타샤를 사랑해서

오늘밤은 푹푹 눈이나린다.

나타샤를 사랑은하고
눈은 푹푹 날리고
나는 혼자 쓸쓸히 앉어 燒酒를 마신다
燒酒를 마시며 생각한다
나타샤와 나는
눈이 푹푹 쌓이는밤 힌당나귀타고
산골로가쟈 출출이 우는 깊은산골로가 마가리에살쟈

눈은 푹푹 나리고
나는 나타샤를 생각하고
나타샤가 아니올리 없다
언제벌써 내속에 고조곤히와 이야기한다
산골로 가는것은 세상한테 지는것이아니다
세상같은건 더러워 버리는것이다

눈은 푹푹 나리고
아름다운 나타샤는 나를 사랑하고
어데서 힌당나귀도 오늘밤이 좋아서 응앙응앙 울을것이다
—「나와 나타샤와 힌당나귀」 전문

이 시에서 '산골'은 현실적 배경이 아니라 낭만적 환상적 배경으로
등장하고 있다. 즉, 아름다운 나타샤를 사랑해서 혼자 쓸쓸히 앉아 소
주를 마시면서 눈이 푹푹 쌓이는 밤 흰 당나귀를 타고 "산골로 가쟈 출
출이 우는 깊은 산골로 가 마가리에 살쟈"고 꿈꾸는 낭만적 인식의 공

간이다. 그러나 이 "산골로 가쟈"고 하는 화자는 나타샤를 생각하고 그
녀가 아니 올 리 없다고 믿으면서 "언제벌써 내속에 고조곤히와 이야
기한다"는 환상을 갖고 있다. 나타샤와의 사랑을 '깊은 산 오두막'으
로 가 실현하고자 하는 낭만적 인식은 "세상한테 지는" 도피가 아니라
"세상같은건 더러워 버리는" 초월의 의식이다. 따라서 "산골로 가는"
자아의 의식 지향은 세상의 현실에 패배한 결과가 아니라 완전한 사랑
을 실현하고자 하는 낭만적 공간 인식을 담고 있다고 하겠다. 이러한
그의 '산'의 낭만적 공간 인식은 다음의 「南新義州 柳洞 朴時逢方」에
이르러 자아의 성찰을 통한 자아 정립의 의식 지향으로 나타난다.

> 나는 이런 저녁에는 화로를 더욱 다가 끼며 무릎을 꿀어 보며
>
> 어니 먼 산 뒷옆에 바우 섶에 따로 외로이 서서
>
> 어두어 오는데 하이야니 눈을 맞을 그 마른 잎새에는
>
> 쌀랑쌀랑 소리도 나며 눈을 맞을
>
> 그 드물다는 굳고 정한 갈매나무라는 나무를 생각하는 것이었다.
>
> —「南新義州 柳洞 朴時逢方」일부

위의 「南新義州 柳洞 朴時逢方」은 그의 대표작으로서 '한국시가 낳
은 가장 아름다운 시 중의 하나'[13]로, 그리고 '높은 격조를 이룬 페시
미즘의 절창'[14]으로 꼽혀 왔다. 여기서 백석의 자아 정립의 세계 인식
은 '굳고 정한 갈매나무'가 서 있는 '먼 산'의 공간이다. 가족과 고향에
대한 상실감, 그리고 그로 인한 자아의 쓸쓸함과 슬픔이 작품 전반에

---

13) 김현, 김윤식, 『한국문학사』(민음사, 1973), pp.217~220. 여기서 김현은 "백석은 샤머니즘적 세계관
   의 탐닉을 보여주며 그는 그의 샤머니즘의 세계에서 인간의 自由意志와 決斷을 건지어내지 못하고 체
   념 수락의 수동적 세계관으로 후퇴했다"고 평하고, 이 작품을 그런 그의 태도를 잘 보여주는 대표작
   일 뿐 아니라 한국시가 낳은 가장 아름다운 시 중의 하나로 꼽고 있다.
14) 柳宗鎬, 『非純粹의 宣言』(新丘文化社, 1963), pp.105~106.

백석의 육필과 1939년에 정현웅
이 그린 그의 초상

짙게 배어 있다. 그의 이력에서도 알 수 있듯이 그는 매우 오랜 세월 동안을 만주의 이곳 저곳을 유랑하며 보냈다. 그러한 유랑생활 중 그는, 생계를 위해 측량서기, 소작인, 국경세관원 등으로 일한 바 있다. 오랜 유랑생활은 그에게 깊은 상실감과 쓸쓸함을 안겨 주었고 그러한 상실감과 쓸쓸함을 많은 시에서 노래하였다. 「남신의주 유동 박시봉 방」은 그러한 유랑적 삶이 가족과 고향에 대한 상실감이 매우 쓸쓸하게 그려져 있는 작품이다. 시적 자아는 어느 낯선 곳의 허름한 집에서 '어느 사이에 아내도' 없어지고 '아내와 같이 살던 집도 없어'진 것을 생각한다. 그리고 '살뜰한' 부모와 동생들과도 멀리 떨어져 혼자 쓸쓸히 낯선 거리를 헤메이는 자신의 신세를 한탄한다. 이러한 가족 상실감은 곧 고향 상실감으로 이어진다. 아내와 부모와 동생들과 함께 행복하게 살았던 그 공간은 다름아닌 고향일 것이기 때문이다. 고향을 떠나와 낯선 땅에서 그리움을 달래며 살아가는 이 시적 자아는 곧 백석 자신의 모습이었으며 그것은 또한 당시 우리 민족의 유이민적 삶을 보여주는 것이기도 하다. 가족과 뿔뿔이 헤어져 고향을 등지고 그리하여 낯선 땅에서 고달픈 삶을 살아가야만 했던 당시의 많은 민중들의 모습이 이 시에는 반영되어 있는 것이다.

6. 맺음말

이상에서 백석 시의 '산'의 상징 유형에 나타난 공간 인식의 태도를 살펴보았다. 백석은 토속적이고 민속적 삶의 소재들을 형상화하여 우리 민족의 생활 내면의 원체험의 세계를 그려낸 시인이었다. 그의 시에 등장하는 민속적 토속적 모티프들은 바로 민족성 상실의 현실을 초월하여 우리 삶의 원초적 세계를 따뜻하게 인식하게 한다. 이는 '모어의 위대한 힘'을 느끼게 하는 그의 토착적 방언 의식에 기인하기도 했다.

그의 이러한 시적 인식의 세계는 주로 그의 생활의 원체험이 자리잡고 있는 평북 지방을 중심으로 하는 고향의 토속적 공간이다. 토속적 정서들이 감상적 향토주의에 빠지기 쉬우나 그의 시는 그러한 위험을 철저하게 극복하려 하였다. 그는 생래적으로 고향의 토속적 세계를 그리워하는 낭만적 인식보다는 민족의 원초적 정서를 환기하는 리얼리티를 형상화하려는 시적 의도를 갖고 있었다.

그의 이러한 시적 세계 인식의 바탕에는 '산'의 상징 유형들인 '고개', '산비탈', '산골', '산길'의 공간 인식이 상상력의 주류를 이루고 있었다. 우리 시의 '산'의 상징적 인식이 '조선 정신'의 표상이나, 수직적 상승을 통한 정신주의적 세계 인식을 보이는 데 비하여, 백석의

‘산’의 공간 인식은 수평적 인식을 통하여 서민적 토속적 삶의 정신 세계를 형상화하려는 의식 지향을 보였다. 그러면, 이제 백석의 ‘산’의 공간 유형인 ‘고개’, ‘산비탈’, ‘산골짝’, ‘산길’과 ‘산’ 등에 나타난 그의 공간 인식을 정리하여 다음과 같이 결론으로 삼고자 한다.

1) 그의 ‘고개’의 공간 인식은 「가즈랑집」, 「넘언집 범 같은 노큰마니」 등의 시들에서 ‘가즈랑고개’, ‘국수당고개’를 배경으로 설화적, 토속적 삶의 세계 인식을 보여준다. 이러한 인식의 태도는 ‘고개’가 마을과 마을을 서로 넘나드는 공동체적 삶의 소통과, 속신적 배경으로서의 토속적 삶의 자리라는 공간 상징의 의미가 작용하고 있다.

2) ‘고개’의 속신적 토속적 인식이 회상과 유년 체험의 상상력의 표현이라면, ‘산비탈’의 공간 인식은 서사적 현실 인식이 주를 이룬다. 서사적 현실이 자리잡고 있는 ‘산비탈’의 공간 인식은 「고야」, 「국수」, 「쓸쓸한 길」 등 수 편에서 당대의 곤궁한 삶의 현실 인식과 북방 정서가 깊이 있게 담긴 삶의 현실을 리얼하게 담고 있다. 이는 ‘비탈’이라는 삶의 가파른 고난의 공간적 의미와 함께 당대 민족 현실을 상징하는 의미를 지니기도 한다.

3) ‘산’의 또 하나의 공간 유형인 ‘산골’, ‘산골짝’은 당대 삶의 토착적 현실이 감도는 리얼한 삶의 인식을 담고 있다. 그의 시 「여승」, 「정문촌」, 「팔원」, 「산숙」 등에서 민족의 보편적 삶의 인식을 보여주는 공간으로 등장하고 있다. 이러한 인식에는 가족 공동체적 삶의 붕괴와 몰락의 서사적 현실 인식이 깔려 있으며, 이는 당대 민족이 겪은 토착적 삶의 훼손을 그려내는 서사적 현실성을 함축하고 있다.

4) 이제까지의 ‘고개’와, ‘산비탈’, ‘산골’, ‘산골짝’ 등이 유년적 회상적 삶의 인식을 통하여 우리 민족의 토속적 서사적 삶의 세계를 형상화하려는 상상력이라면, ‘산길’과 ‘산’은 자아 정립의 세계 인식을 담고 있다. 그의 ‘산길’과 ‘산’의 공간 인식은 「나와 나타샤와 힌당나

귀」, 「구장로」, 「남신의주 유동 박시봉방」 등에서 민족 공동체적 정서
와 자아의 낭만적 인식 그리고 유랑적 삶에서 훼손된 자아를 성찰하
고, 이를 정립하고자 하는 의식 공간으로 작용하고 있다.

백석 시의 '집'의 공간 인식

1. 머리말

시는 현상학적인 표징을 갖고 있다. 한 편의 시 작품은 표면적인 반향과 내면적인 깊이의 울림의 현상이라 할 수 있다. 시 작품은 그 시의 표면적인 풍요로움으로써 우리들 내면의 심층을 일깨워 준다. 표면적인 풍요로움은 시에 나타나는 상징적 이미지로 나타나며, 이들은 시인의 내면적 깊이를 형성하는 의식 세계를 이루고 있다.[1] 시인에게 있어서 공간 체험은 자아의 행복한 공간 의식을 형성하는 장소이며, 또한 적대적 외부 세계와의 자기 비호의 의식이 자리잡고 있다. 따라서 시에 나타나는 공간 모티프들은 그 시인의 내면 세계나 세계 인식의 태도를 확인할 수 있는 의식 공간으로 작용하고 있다.[2]

---

1) G. 바슐라르, 郭光秀 옮김, 『空間의 詩學』(民音社, 1990), pp.90~112.
2) 바슐라르는 인간의 내면적인 삶의 장소들에 대한 조직적인 심리적 연구로서 '장소분석'이라는 용어를
 사용하면서 집의 이미지에서 시인의 심리적 통합 원리를 고찰할 수 있다고 보았다(위의 책, pp.109).

백석은 토속적이고 민속적 삶의 소재들을 통하여 우리 민족의 생활 내면의 원체험의 세계를 형상화하려 했다. 그의 시에 등장하는 민속적 토속적 모티프들은 바로 민족성 상실의 현실을 초월하여 우리 삶의 원초적 세계를 인식하게 하는 의식의 자장을 이루고 있다.

그의 시에 등장하는 토속적 삶의 공간으로 '집'과 '산'의 모티프들이 의식 공간에 깊게 자리잡고 있음을 발견할 수 있다. 앞에서 백석 시의 이러한 세계 인식을 나타내는 '산'의 공간 의식을 살펴본 바 있다.[3] 따라서 이 글 또한 그의 의식 세계를 담고 있는 토속적 삶의 인식을 형상화한 '집'의 공간 인식을 규명하려는 의도를 담고 있다.[4]

원래 집은 신화나 설화 등에서 우주의 모상이나 신이 머무르는 장소의 원형적 의미를 갖고 있었다. 따라서 한 민족이 꿈꾸고 있는 우주상이나 우주의 구성을 이루는 원형적 장소였다. 이러한 집의 신화적 상징 의식은 우리의 풍습 가운데서 점차 삶의 근거가 되고 안정을 이루는 공간, 즉 인간의 내면적인 의식이 자리잡은 삶의 상징성을 띄는 공간으로 변형되어 지향되었다.[5] 따라서 '집'은 인간의 내밀한 존재 의식의 지형도라 할 수 있다. 인간의 의식은 집, 즉 인간의 영혼의 구조 안에서 형성되고 집은 자아 의식의 거소로서 작용해 왔다.[6]

우리 현대시에서도 '집'은 자아의 화해와 성찰을 지향하는 의식 공간으로 작용해 왔다. 특히 국권 상실의 상황 아래서는 민족의 동일성을 꿈꾸는 자아 인식을 이루는 공간 의식을 담고 있었다. 김소월의 시에 있어서 국권 상실의 시대 인식이 '집'의 부재 의식으로 나타났으며,

---

3) 김수복, 「백석 시의 '산'의 공간 의식」, 단국대 논문집, 제33집, 1998.
4) 백석 시의 공간 현상에 대해 박태일은 다음과 같이 논하고 있다. "백석 시의 독특한 공간 체험은 장소 사랑이라는 든든히 지향 배경 위에 중심 장소로서 단단하게 지어진 집과 그것이 상징하는바 혈연적 유대감을 넓혀 나가는 통로, 그리고 행위 통로로서의 길과 과거 친족 체험을 거쳐 겨레 역사에 이르는 시간 통로로서 독특한 기억의 건축술의 지향 상태로 보여준다"(박태일, 「백석 시의 공간현상학」, 고형진 편, 『백석』, 새미, 1996, pp.221~240 참조)고 해명한 바 있다.
5) 김열규, 「집」, 『한국문화상징사전 1』(동아출판사, 1992), pp.554~55 참조.
6) G. 바슐라르, 앞의 책, pp.109~110.

이를 회복하려는 자아의 태도로 초월 의식이나 재생 의식의 심리 양상
으로 표출되고 있음이 그것이다. 김소월의 '집'의 공간 의식은 민족적
본질적 삶의 상실된 현실을 초월하여, 민족적 공동체적 삶의 회복을
꿈꾸는 태도를 담고 자리잡고 있었다.[7]

 이러한 김소월의 '집'의 공간 인식과는 달리 백석의 '집'의 공간은
토속적 민속적 의식을 담고 있는 공동체적 삶의 회복과 상실의 정서를
담고 있다. 그의 '집'의 공간 유형으로는 '방', '부엌', '울타리'의 형태
로 나타나고 있다. 그러면 먼저 집의 일부를 이루는 '방'의 공간 인식
의 태도를 살펴보고자 한다.

2-1) '방'의 공간 의식

 '방'은 집의 일부를 이루는 인간 생활의 가장 밀접한 주거 공간으로
서 원초적 삶의 위안과 안식을 주는 의식 공간으로 작용해 왔다. 이는
인류가 경험한 낙원의 상징의 인간적 형식이며, 모태 복귀의 반복을
상징하는 공간 의식을 담고 있다.[8] 따라서 방은 외부 세계와 단절된 고
립의 의식 세계나, 자아 성찰을 의식하는 자아 성숙과 재생 의식을 형
성하는 공간으로 작용한다. 우리 시의 한편에서 방은 이러한 외부의
억압적 현실과 대립을 의식하는 공간으로 나타났으며, 이러한 현실 속
에서 민족성과 자아의 상실을 회복하거나 초월하려는 의식 지향의 공
간을 형성하기도 했다.[9] 이러한 방의 원초적 의식은 백석의 시에서도
가족 공동체의 삶의 현장으로 공동체적 삶을 인식하거나 삶의 유랑에

---

7) 김수복, 『정신의 부드러운 힘 : 우리 시의 표정과 상징』(단국대 출판부, 1994), pp.23~37 참조.
8) 黃浿江, 「韓國古典文學과 原型」, 『國文學論集』, 11집(檀國大 國語國文學科, 1983), p.61 참조.
9) 특히 윤동주는 방의 모티프를 통하여 당대 민족의 억압적 현실과 대립을 의식하는 공간 의식을 드러내
 며, 그러한 당대의 민족 현실을 극복하려는 한 방법으로 자아 성찰과 재생의 공간 의식을 지향하고자
 했다. 즉, 방 밖의 세계는 차가운 겨울이거나 어둠의 세계이며, 이러한 어둠을 의식하는 방 안의 자아
 는 자기가 처한 현실 속에서의 자아를 성찰하고 새로운 세계를 지향하고자 하는 자아 의식을 인식하는
 공간 의식을 이루고 있다(김수복, 앞의 책, pp.99~111 참조).

서 돌아와 자아의 성찰과 자아 회복 지향을 이루는 공간으로 등장하고
있다. 먼저 가족 공동체적 삶의 의식을 인식하는 공간 의식을 담고 있
는 작품으로 「여우난곬족」, 「고야」, 「넘언집 범 같은 노큰마니」 등을
들 수 있다.

　이그득히들 할머니할아버지가있는 안간에들모여서 방안에서는 새옷의내
음새가나고
　또 인절미 송구떡 콩가루차떡의내음새도나고 끼때의두부와 콩나물과볶
운잔디와고사리와 도야지비게는모두 선득선득하니 찬것들이다

　저녁술을놓은아이들은 외양간섶 밭마당에달린 배나무동산에서 쥐잡이를
하고 숨굴막질을하고 꼬리잡이를하고 가마타고시집가는노름 말타고장가가
는노름을하고 이렇게 밤이어둡도록 북적하니논다
　밤이깊어가는집안엔 엄매는엄매들끼리 아르간에서들웃고 이야기하고 아
이들은아이들끼리 웅간한방을잡고 조아질하고 쌈방이굴리고 바리깨돌림하
고 호박떼기하고 제비손이구손이하고 이렇게화디의사기방등에 심지를 몇
번이나독구고 홍게닭이 몇번이나울어서 조름이오면 아릇목싸움 자리싸움
을하며 히드득거리다 잠이든다 그래서는 문창에 텅납새의그림자가치는아
츰 시누이동세들이 욱적하니 홍성거리는 부엌으론 샛문틈으로장지문틈으
로 무이징게국을끄리는 맛있는내음새가 올라오도록잔다

—「여우난곬族」 일부

　또이러한밤같은때 시집갈처녀망내고무가 고개넘어큰집으로 치장감을가
지고와서 엄매와둘이 소기름에쌍심지의불을밝히고 밤이들도록 바느질을하
는밤같은때 나는아릇목의샅귀를들고 쇠든밤을내여 다람쥐처럼밝어먹고 은
행여름을 인두불에구어도먹고 그러다는 이불웋에서 광대넘이를뒤이고 또

누어굴면서 엄매에게 웅목에둘은평풍의 샛빨간천두의이야기를듣기고하고
고무더러는 밝는날 멀리는못난다는뫼추라기를 잡어달라고졸으기도하고

　　내일같이명절인밤은 부엌에 째듯하니 불이밝고 솥뚜껑이 놀으며 구수한
내음새 곰국이무르끓고 방안에서는 일가집할머니가와서 마을의 소문을펴
며 조개송편에 달송편에 쥔두기송편에 떡을빚는곁에서 나는 밤소팟소 설탕
든콩가루소를먹으며 설탕든콩가루소가가장맛있다고생각한다　나는얼마나
반죽을주물으며 힌가루손이되여 떡을빚고싶은지 모른다

—「古夜」 일부

　　일가들이 모두 범같이 무서워하는 이 노큰마니는 구덕살이같이 욱실욱실
하는 손자 증손자를 방구석에 들매나무 회채리를 단으로 쩌다두고 딸이고
싸리갱이에 갓진창을 매여 놓고 딸이는데

　　내가 엄매등에 업혀가서 상사말같이 항약에 야기를 쓰면 한창 퓌는함박
꽃을 밑가지 채 꺾어주고 종대에 달린 제물배도 가지채 쩌주고 그리고 그
애끼는 게산이 알도 두손에 쥐어 주곤 하는데

　　우리 엄매가 나를 갖이는 때 이 노큰마니는 어늬밤 크나큰 범이 한마리우
리 선산으로 들어오는 꿈을 꾼 것을 우리엄매가 서울서 시집을 온것을 그리
고 무엇보다도 내가 이 노큰마니의 당조카의 맏손자로 난것을다견하니 알
뜰하니 깃거히 녁이는것이었다

—「넘언집 범 같은 노큰마니」 일부

　　위의 「여우난곬족」에서 ‘방 안’은 토속적 공동체적 삶의 고유한 정취
가 환기되는 공간이다. 이 시에서 화자는 명절날 온 가족이 모여서 음

식을 장만해 놓고 '안간'(안방)에 모여 있는 민속적 정경과 명절 음식의 풍속적 정서 체험을 떠올리고 있다. 그리고 밤이 깊어갈 때까지 '엄매'들은 아랫방에서 웃고 이야기하며 지내고, 어린아이들은 '웃간한방'(아랫방 옆에 딸린 윗방)을 잡고 조아질(공기놀이)을 하고, 쌈방이(주사위)를 굴리고, 바리깨(주발뚜껑)를 돌리고, 호박떼기[10]를 하고 노는 풍속적 놀이를 하고 있다. 유년의 놀이 체험을 담고 있는 이러한 '방'의 공간 인식은 우리 민족 고유의 풍속이나 풍물의 정취를 담고 있다. 이러한 공간 인식은 우리 민족 고유의 가족 공동체 의식을 담고 있으며, 여기에는 우리 민족의 삶의 풍속적 삶의 모습이 유년의 화자를 통하여 속도감 있는 리듬에 의해 한층 활기 있고 기쁨이 충만한 삶의 모습[11]으로 형상화되었다. 따라서 「여우난곬족」에서의 '방'은 '안방', '아랫방', '아랫방 옆의 윗방'에서 명절 전날 밤의 민속적 공동체적 삶의 정서를 체험하는 공간 인식을 보여준다.

그리고 「고야」에서도 '방'의 풍속적 공간 인식은 명절을 앞둔 한 가족의 정겨운 풍경을 통하여 북관의 풍속 체험의 서사적 정경을 술회하고 있다. 여기서 '방 안'은 시의 앞부분에서 멀리 타향으로 떠난 아버지는 돌아오지 않고 엄마와 '나'는 둘이서 무서운 밤을 보낸다. 이러한 쓸쓸한 밤에 시집 갈 막내 고무가 치장감을 가지고 와서 엄마와 함께 밤늦도록 바느질을 한다. '나'는 방 안의 아랫목 삿자리 한 귀퉁이에서 '쇠든밤'(말라서 새들새들해진 밤)을 다람쥐처럼 발거 먹고 은행알을 구워 먹고, 이불 위에서 '광대넘이'(광대를 흉내내어 뒹구는 놀이)를 뒤이

---

10) '호박떼기'는 3명씩 편을 나누어 서로 잡고 있으면 한 편이 서로 잡고 있는 한 편을 한 사람씩 떼어놓는 아이들의 놀이이다. 이때 다 떼어지면 다시 다른 한 편이 똑같은 위치에서 떼어내기를 한다. 이때 한편은 성공하고 다른 한 편이 실패하면 떼어낸 편이 이기는 놀이이다. 둘 다 떼어내기를 성공하거나 실패하면 비기고, 다시 떼어내기를 하는데 같은 편끼리 3명이 안 떨어지기 위해 필사적으로 서로 안고 있으면 이기므로 재미있고 공동체적 유대를 느끼는 아이들의 놀이이다(宋俊 편, 「백석 시어 사전」, 『白石詩全集』(학영사, 1995), p.296. 이하 백석 시어 해석은 이 책을 참조).
11) 고형진, 「백석시 연구」, 『백석』, 앞의 책, pp.53~54.

백석이 수학한 정주 오산학교 교사(1935년경).

고, 엄마에게 병풍의 '천두'(천도복숭아) 이야기를 듣는다. 그리고 다음 연에서 명절을 앞둔 밤이면 온갖 음식을 장만하느라 온 집에 음식 냄새가 그득히 풍겨오는데 '나'는 송편을 먹으며 설탕이 든 콩가루소가 가장 맛있다고 생각하며 흰 가루손이 되도록 떡을 빚고 싶어한다는 서사적 술회를 담고 있다. 따라서 이 시의 '방 안'의 정경은 한 편의 정겨운 옛날 이야기를 듣는 것 같은 정겹고 그리운 풍속 체험의 정경이 매우 구체적으로 그려지고 있다. 백석은 당대의 민족적 현실을 묘사하는 시에서도 이러한 서사 양식을 도입하여 독특한 리얼리티를 획득하고 있다.

이러한 「여우난곬족」과 「고야」의 명절날 밤의 민속적 풍속적 삶의 정서와 함께 「넘언집 범 같은 노큰마니」에서도 '방'은 집안의 제일 큰집의 큰할머니에게 이야기를 듣는 민속적 가족 공동체적 삶의 일체감을 체험하는 공간으로 나타난다. 이 시의 앞부분은 '국수당고개'를 너머 산골 깊은 큰할머니집으로 가는 유년적 화자 '나'가 보고 듣고 경험한 토속적 속신적 삶의 정경이 그려져 있다. 여기서 큰할머니집은 고개를 넘어가면 '골 안에 아늑히 묵은 영동이 무겁기도 할' 큰할머니가 사는 집이 안기는 것으로 묘사되어 있다. 여기서도 '방'의 공간은 집안의 일가 사람들이 '범같이 무서워하는 노큰마니'(큰할머니)와 함께 있는 가족 공동체적 삶의 체험이 자리잡고 있다. 큰할머니는 방 안에 '구덕살이'(구더기)같이 욱실욱실하는 손자 증손자들과 방 안에서 '들매나무 회채리를 단으로 쩌다두고' 싸리갱이에 갓신창(소가죽으로 만든 신의 밑창)을 매여 놓고 따고 있다. 그리고 '내'가 엄마 등에 업혀가서 '상사말'(길들이지 않은 말) 같이 '항약에'(조르고 떼를 쓰며), 악을 쓰고 소리지르면 큰할머니는 함박꽃을 밑가지째 꺾어 주고 나무의 한가운데 줄기에 달린 제물로 쓸 귀한 배까지 가지째 꺾어 주고 게산이(거위) 알도 두 손에 쥐어 주곤 했던 유년적 체험을 술회하는 공간으로 '방'이 자리잡고 있다.

이러한 '방'의 큰할머니와의 가족 공동체적 삶의 유년적 공간은 다음의 「수라」에서 가족 공동체적 삶의 훼손에 따른 연민의 정서를 '거미'를 통하여 상징적으로 언표하고 있다.

거미새끼하나 방바닥에 날인것을 나는아모생각없시 문밖으로 쓸어 벌인다
차디찬밤이다

어니젠가 새끼거미쓸려나간곧에 큰거미가왔다
나는 가슴이짜릿한다
나는 또 큰거미를쓸어 문밖으로 벌이며
찬밖이라도 새끼있는데로가라고하며 설어워한다

 제1부 상징과 자아 동일성의 시론

이렇게해서 아린가슴이 싹기도전이다

어데서 좁쌀알만한 알에서 가제깨인듯한 발이 채 서지도못한 무척 적은 새끼거미가 이번엔 큰거미없어진곧으로와서 아물걸인다

나는 가슴이 메이는듯하다

내손에 올으기라도하라고 나는손을내어미나 분명히 울고불고할 이 작은 것은 나를 무서우이 달어나벌이며 나를서럽게한다

나는 이작은것을 고이 보드러운종이에받어 또 문밖으로벌이며

이것의엄마와 누나나 형이 가까이이것의걱정을하며있다가 쉬이 맞나기나했으면 좋으렀만하고 슬퍼한다

—「修羅」 전문

여기서 '방'은 새끼거미를 '방 밖'으로 버리고, 뒤이어 온 어미거미를 새끼가 있는 곳으로 가라고 '찬 밖'으로 버리는 자신을 서러워하는 화자의 의식이 자리잡고 있다. 이러한 장면은 거미들이 자기 가족을 못 찾고 헤매는 혼란된 가족 상황을 암시하고 있다. 제목 '수라'[12]가 암시하고 있는 바와 같이 거미새끼와 큰 거미, 그리고 알에서 갓 깨어난 서지도 못하는 작은 새끼거미가 서로 못 찾고 헤매는 상황을 상징적으로 나타내고 있다. 화자가 마지막 연에서 보드라운 종이에 작은 거미를 받아 문 밖으로 버리며 거미들이 "엄마와 누나나 형이 가까이 이것의 걱정을 하며 있다가 쉬이 만나기나 했으면 좋으런만" 하고 슬퍼하고 있다. 이러한 화자의 의식에는 "우리 민족의 삶의 연대감에 대한 추구가 완강하게 깔려 있음을 간접적으로 확인할 수 있으며"[13] 방의 공동

---

12) 불교 설화에서 '修羅'는 싸움을 잘하는 무섭고 용맹스러운 귀신으로 나타나며, 여기서 거미들을 방 밖으로 쓸어내는 화자를 자신들의 생활의 질서를 무참하게 파괴하는 인상을 담고 있는 상황으로 제시하고 있다. 이러한 상황은 민족적 삶이 훼손되는 당대의 민족적 현실 인식과 이에 대응하는 공동체적 삶의 의식을 암시하려는 의도가 깔려진 것으로 볼 수도 있을 것이다.

13) 고형진, 앞의 글, p.54.

체적 의식이 훼손된 삶의 상황을 상징적으로 언표하고 있다.

　이러한 '방'의 민족 공동체적 삶의 정서를 담고 있는 공간 인식은 다음의 「추야일경」, 「산숙」, 「구장로」 등에서 민속 음식을 만드는 정경과 유랑적 삶의 정경을 담고 있다.

　　닭이 두홰나 울었는데
　　안방큰방은 홰즛하니 당등을 하고
　　인간들은 모두 웅성웅성 깨여있어서들
　　오가리며 석박디를 썰고
　　생강에 파에 청각에 마눌을 다지고

　　시래기를 삶는 훈훈한 방안에는
　　양염내음새가 싱싱도하다

　　밖에는 어데서 물새가 우는데
　　토방에선 햇콩두부가 고요히 숨이들어갔다

―「秋夜一景」 전문

　　旅人宿이라도 국수집이다
　　모밀가루포대가 그득하니 쌓인 웃간은 들믄들믄 더웁기도하다.
　　나는 낡은 국수분틀과 그즈런히 나가누어서
　　구석에 데굴데굴하는 木枕들을 베여보며
　　이山골에 들어와서 이 木枕들에 새깜아니때를 올리고간 사람들을 생각한
　　다

―「山宿」 일부

이젠 배도 출출히 곱핫는데

어서 그 옹기장사가 온다는 거리로 들어가면 무엇보다도 몬저 『酒類販賣
業』이라고 써부친 집으로 들어가자

그 뜨수한 구들에서

따끈한 三十五度 燒酒나 한잔 마시고

그리고 그 시래기국에 소피를 너코 두부를 두고 끌인 구수한 술국을 트근
히 멧사발이고 왕사발로 멧사발이고 먹자

—「球場路」일부

위의 시들에서 '방'은 시래기를 삶는 훈훈한 '방 안'이나, 유랑의 현
실감이 감도는 '산골 여인숙'과, '주류판매업'이라고 써 붙인 집의 따
뜻한 구들방이다. 먼저 「추야일경」에서 '방 안'은 새벽까지 밤새도록
등불을 켜놓고 '인간들'(식구들)이 모두 모여 '오가리'(박, 무, 호박 등의
살을 오리거나 말리는 것)며 '석박디'(물김치)를 썰고 생강, 파, 청각, 마
늘을 다져 시래기를 삶는 훈훈한 방의 정취를 담고 있다. 이러한 토속
적 음식을 만드는 '방 안'의 가을 정경은 물새가 어디서 우는 방 밖의
세계와 대응되면서 '토방'의 햇콩 두부가 숨이 드는 정경과 어우러져
토속적 삶의 정취를 담고 있다.

그리고 「산숙」의 국수집의 '여인숙 방'과 「구장로」의 '뜨수한 구들'
의 방의 공간 인식에는 유랑적 삶의 정취가 물씬 풍긴다. 「산숙」에서
화자는 메밀 가루포대가 가득 쌓인 여인숙 방에서 이곳을 거쳐간 사람
들을 생각하고 그들의 생업과 마음들을 함께 생각해 보는 공간 인식을
보이는 장소이다. 이러한 인식은 유랑적 삶의 공동체적 의식이 자리잡
고 있다. 즉, 그것은 산골의 국수집을 겸한 여인숙 방에서 낡은 국수
분틀이 있는 방에서 여러 사람이 공동으로 잠을 자는 자리에서 화자는

구석에 굴러다니는 목침들을 베어 보면서 거쳐 간 사람들을 생각하는 인식의 태도로 나타난다. 이는 「구장로」에서도 비를 맞은 옷을 강변에서 말리고 산모퉁이를 돌아오는 동안 옷이 다시 비에 젖었지만, "그 옹기장사가 온다는 거리"로 들어가 '주류판매업'이라도 써 붙인 집으로 들어가 '뜨수한 구들'에서 소주를 마시고 구수한 술국을 몇 사발이고 마시자는 유랑적 삶의 정서를 담고 있기도 하다. 따라서 이들 두 시가 담고 있는 '방'은 민족 공동체의 유랑적 삶의 정서를 담고 있는 공간 인식이 담겨 있다.

이제까지 백석 시의 '방'은 토속적 삶의 정경이나 공동체적 삶의 정서를 담고 있는 공간으로 작용하고 있었다. 이러한 '방'의 공간 인식은 대체로 유랑적 삶을 통하여 겪은 자아와 민족 정서의 상실감을 극복하고 자신의 삶의 성찰과 자신이 처한 운명론적 세계를 벗어나고자 하는 자아 성찰의 공간 의식을 다음의 시 「흰 바람벽이 있어」, 「남신의주 유동 박시봉방」 등에서 보여주고 있다.

오늘저녁 이 좁다란방의 흰 바람벽에

어쩐지 쓸쓸한것만이 오고 간다

이 흰 바람벽에

히미한 十五燭전등이 지치운 불빛을 내어던지고

때글은 다 낡은 무명샷쯔가 어두운 그림자를 쉬이고

그리고 또 달디단 따끈한 감주나 한잔 먹고싶다고 생각하는 내 가지가지 외로운 생각이 헤매인다

그런데 이것은 또 어인일인가

이 흰 바람벽에

내 가난한 늙은 어머니가 있다

내 가난한 늙은 어머니가

이렇게 시퍼러둥둥하니 추운날인데 차디찬 물에 손은 담그고 무이며 배
추를 씻고 있다

또 내 사랑하는 사람이 있다

내 사랑하는 어여쁜 사람이

어늬 먼 앞대 조용한 개포가의 나즈막한 집에서

그의 지아비와 마조 앉어 대구국을 끓여놓고 저녁을 먹는다

벌서 어린것도 생겨서 옆에 끼고 저녁을 먹는다

그런데 또 이즈막하야 어늬사이엔가

이 흰 바람벽에

내 쓸쓸한 얼골을 쳐다보며

이러한 글자들이 지나간다

—나는 이 세상에서 가난하고 외롭고 높고 쓸쓸하니 살어가도록 태어났
다

그리고 이세상을 살어가는데

내 가슴은 너무도 많이 뜨거운것으로 호젓한것으로 사랑으로 슬픔으로
가득찬다

그리고 이번에는 나를 위로하는듯이 나를 울력하는듯이

눈질을하며 주먹질을하며 이런 글자들이 지나간다

—하늘이 이세상을 내일적에 그가 가장 귀해하고 사랑하는것들은 모두

가난하고 외롭고 높고 쓸쓸하니 그리고 언제나 넘치는 사랑과 슬픔속에
살도록 만드신것이다

초생달과 바구지꽃과 짝새와 당나귀가 그러하듯이

그리고 또 「프랑시쓰 쨈」과 陶淵明과 「라이넬 마리아 릴케」가 그러하듯이

—「흰 바람벽이 있어」 전문

바로 날도 저물어서

바람은 더욱 세게 불고, 추위는 점점 더해 오는데

나는 어느 木手네 집 헌 샅을 깐

한 방에 들어서 쥔을 붙이었다.

이리하여 나는 이 습내 나는 춥고, 누긋한 방에서

낮이나 밤이나 나는 나 혼자도 너무 많은 것 같이 생각하며

딜옹배기에 북덕불이라도 담겨 오면

이것을 안고 손을 쬐며 재우에 뜻 없이 글자를 쓰기도 하며

또 문밖에 나가디두 않구 자리에 누어서

머리에 손깍지 벼개를 하고 굴기도 하면서

나는 내 슬픔이며 어리석음이며를 소처럼 연하여 쌔김질하는 것이었다.

내 가슴이 꽉 메어 올적이며

내 눈에 뜨거운 것이 핑 괴일 적이며

또 내 스스로 화끈 낯이 붉도록 부끄러운 적이며

나는 내 슬픔과 어리석음에 눌리어 죽을 수밖에 없는 것을 느끼는 것이었
다.

그러나 잠시 뒤에 나는 고개를 들어

허연 문창을 바라보든가 또 눈을 떠서 높은 천장을 쳐다보는 것인데

이 때 나는 내 뜻이며 힘으로 나를 이끌어 가는 것이 힘든 일인 것을 생각
하고

이것들보다 더 크고 높은 것이 있어서 나를 마음대로 굴려 가는 것을 생
각하는 것인데

이렇게 하여 여러 날이 지나는 동안에

내 어지러운 마음에는 슬픔이며 한탄이며 가라앉을 것은 차츰 앙금이 되
어 가라앉고

외로운 생각만이 드는 때 쯤 해서는

더러 나줏손에 쌀랑쌀랑 싸락눈이 와서 문창을 치기도 하는 때도 있는데

나는 이런 저녁에는 화로를 더욱 다가 끼며 무릎을 꿀어 보며

어니 먼 산 뒷옆에 바우 섶에 따로 외로이 서서

어두어 오는데 하이야니 눈을 맞을

그 드물다는 굳고 정한 갈매나무라는 나무를 생각하는 것이었다.

—「南新義州 柳洞 朴時逢方」 일부

여기서 '방'의 서정적 공간은 「흰 바람벽이 있어」에서 흰 바람벽에 어쩐지 쓸쓸한 것만 오고가는 '좁다란 방'과, 「남신의주 유동 박시봉방」의 어느 목수네 집에 헌 삿을 깐 '습내 나는 춥고 누긋한 한 방'이다. 이들 '방'에서의 자아 의식은, 「흰 바람벽이 있어」에서 십오 촉 전등이 비치는 방 안의 바람벽을 보며 가난한 늙은 어머니와 남의 아내가 된 사랑하는 여자를 생각하거나, 가족들과 멀리 떨어져 유랑적 삶의 정처를 회상하며, 문 밖에도 나가지 않고 자신의 삶을 성찰하거나, 「남신의주 유동 박시봉방」에서 지나온 삶의 슬픔과 어리석음을 자탄하다가 어느 먼 산의 눈을 맞을 굳고 정한 갈매나무를 생각하며 자아의 정립을 지향하고자 하는 태도를 보인다.

그러면 먼저 「흰 바람벽이 있어」에서 '좁다란 방'에서의 공간 인식의 태도를 살펴보자. 여기서 화자는 '때글은'(오랫동안 때와 땀에 절은) 다 낡은 무명 샤쓰를 입고 좁다란 방에 누워 흰 바람벽을 바라보며 쓸쓸하고 외로운 생각에 잠겨 있다. 그리고 가난한 늙은 어머니가 추운 날 차디찬 물에 배추를 씻고 있는 모습과, 그리고 사랑하는 사람이 어느 먼 해안 개포가의 나즈막한 집에서 남편과 자식들과 함께 저녁을 먹는 모습을 떠올린다. 이렇게 늙은 어머니와 사랑하는 사람을 떠나 화자는 가난하고 외롭게 살아온 자신의 유랑의 정처를 성찰하면서, "하늘이 이세상을 내일적에 그가 가장 귀해하고 사랑하는것들은 모두/가난하고 외롭고 높고 쓸쓸하니 언제나 넘치는 사랑과 슬픔속에 만드신것이

1987년 창작과비평사에서 발행된 『백석시전집』.

다"라고 자아 회복의 의식을 지향하고 있다.

이러한 유랑적 삶의 성찰과 자아 정립의 의식 지향은 「남신의주 유동 박시봉방」에서도 확인된다. 화자는 아내와 집을 잃고 추위가 닥쳐오는 거리를 방황하다가 남 신의주 유동의 어느 목수집 세든 단칸 방에서 밖에 나가지도 않고 삶의 부끄러움과 탄식과 자책을 되새긴다. 그리고는 "내 어지러운 마음에는 슬픔이며 한탄이며 가라앉을 것은 차츰 앙금이 되어 가라앉고/(……)/나는 이런 저녁에는 화로를 더욱 다가 끼며 무릎을 꿇어보며/(……)/그 드물다는 굳고 정한 갈매나무를 생각하는 것이었다"라고 자아 정립의 의식 지향을 나타내고 있다.

2-2) '부엌'의 공간 의식

이러한 백석 시의 '방'의 공간과 함께 '부엌'의 공간도 그의 자아 의식을 드러내는 공간으로 깊이 작용하고 있다.

'부엌'은 신화에서 부엌의 아궁이와 부뚜막을 관장하는 신인 조왕신의 거처로서, 인간의 생사 회복의 기본 욕구를 충족시키는 성소라는 의식이 지배적으로 작용해 온 공간이었다. 따라서 무속이나 민속에서 조왕신에게 가정의 화평과 수호를 위해 비는 기원의 장소이기도 했다. 아궁이가 있는 벽 쪽에 조왕증발을 마련해 놓고 정화수를 초하루와 보름에 떠놓는가 하면, 지방에 따라 삼베 조각이 담긴 바가지나 백지, 헝겊조각을 조왕의 신체(神體)로 삼아 비는 풍습이 그것이다.[14]

이러한 '부엌'의 민속적 기원적 공간 의식은 백석의 시에서 토속적 삶의 공간 인식으로 자리잡고 있음을 발견할 수 있다. 다음의 시 「주막」,「적경」에서 토속적 삶의 공간으로서의 '부엌'의 정경을 담고 있다.

호박닢에싸오는 붕어곰은 언제나 맛있었다

부엌에는 빨갛게질들은 八모알상이 그상웋엔 샛파란 싸리를그린 눈알만한盞이뵈였다

아들아이는 범이라고 장고기를 잘잡는 앞니가 뻐드러진 나와동갑이었다

울파주밖에는 장군들을따러와서 엄지의젓을빠는 망아지도 있었다

—「酒幕」 전문

신살구를 잘도먹드니 눈오는아츰
나어린안해는 첫아들을낳었다

人家멀은山중에
까치는 베나무에서짖는다

컴컴한부엌에서는 늙은홀아비의시아부지가 미역국을끄린다
그마을의 외딸은집에서도 산국을끄린다

　　이들 시에서 '부엌'은 공동체적 삶의 연대감이 바탕으로 깔려 있다. 부엌은 가족이나, 공동체가 나누어 먹는 음식을 만드는 장소라는 점에서 가족 혹은 공동체적 삶의 정서를 담고 있는 곳이다. 「주막」에서 '부엌'은 빨갛게 질이 든 '八모알상'이라는 팔각의 개다리 소반 위에 눈알만한 싸리 무늬가 그려진 잔이 놓여 있는 정경으로 묘사되어 있다. 이러한 부엌의 정경은 우리의 민속적이고 토속적인 정경을 담고 있다. 주막의 정경 또한 호박잎에 싼 붕어를 구운 '붕어곰'의 맛과 잔고기를 잘 잡는 주막집의 아들 '범'은 화자와 동갑나기이고, 주막집의 울타리 밖에는 장꾼들을 따라와서 어미의 젖을 빠는 망아지가 있는 토속적인 삶의 정서가 풍기는 장소이다.

　　「적경」에서도 '부엌'은 첫 아들을 낳은 며느리를 위해 늙은 홀아비 시아버지가 산후 음식인 미역국을 끓이는 광경을 묘사하고 있다. 눈오는 아침 나이 어린 아내의 아이 출산의 기쁨은 배나무에 까치가 짖어대고, 마을 외따른 집에서도 산국을 끓이는 마을 전체로 이어진다. 이는 우리의 토속적인 마을의 구조가 씨족으로 형성되어 있는 것처럼 한 집의 첫 아들의 출산은 곧 마을의 공동의 기쁨으로 나누어 갖는 공동체적 삶의 정서를 담고 있다.

　　이러한 '부엌'의 공간 의식은 음식을 만드는 장소인 동시에 공동체적 삶의 정서를 확인할 수 있는 의식으로 확대되어 있다. 즉, 「주막」에서 팔각의 개다리 소반이 있는 '부엌'에서, 화자와 동갑인 주막집 아들이 호박잎에 싸온 '붕어곰'은 언제나 맛있었으며, 주막집 울타리 밖에 서 있는 어미젖을 빠는 망아지의 정경으로의 공동체적 삶의 정서가 담긴 공간으로 확대됨이 그것이다. 또한 「적경」에서도 홀아비 시아버지가 며느리를 위해 미역국을 끓이는 '부엌'에서 배나무 위에서 짖는 까치 소리로, 외따른 집에서도 아이의 출산을 반기는 산국을 끓이는 마을 전체의 분위기로 확대되고 있음 또한 공동체적 삶의 공간 인식을 드러낸다. 이러한 '부엌'의 공간 인식은 다음의 시들「미명계」,「야반」에서도 토속적인 삶의 정서를 형상화하는 장소로 나타난다.

자즌닭이울어서 술국을끄리는듯한 鰍湯집의부엌은 뜨수할것같이 불이뿌연히밝다

초롱이히근하니 물지게군이우물로가며
별사이에바라보는그믐달은 눈물이어리었다

행길에는 선장대여가는 장군들의종이燈에 나귀눈이빛났다
어데서 서러웁게 木鐸을뚜드리는 집이있다

—「未明界」 전문

토방에 승냥이같은 강아지가 앉은집
부엌으론 무럭무럭 하이얀김이 난다.
자정도 활신 지났는데
닭을잡고 모밀국수를 눌은다고한다.
어늬 山옆에선 캥캥 여우가운다

—「夜半」 전문

이들 시에 나타난 '부엌'의 공간도 풍속적인 음식을 만드는 장소에서 토속적인 삶의 정서를 담고 있는 공간 인식의 태도를 담고 있다. 이는 「미명계」에서는 '추탕(鰍湯)'을 끓이는 따뜻한 부엌으로, 「야반」에서는 닭을 잡고 메밀 국수를 늘이는 부엌으로 묘사되어 나타난다.

이러한 백석 시의 '부엌'의 공간 인식은 부엌이 식생활과 밀접한 장

소로서 토속적 음식을 통하여 잊혀져 가는 민속의 맛을 그리워하는 화자의 의식 지향으로 나타나 있다. 이는 바로 당대 민족의 동질성이 상실되어 가는 상황 속에서 우리의 토속적 맛을 통해 공동체적 생활 의식을 형상화하고자 하는 의미를 지니고 있다. 그의 시에 등장하는 풍속적이고 토속적인 음식들은 대체로 유년 시절의 화해로운 고향집이나 기행시들에 나타나는 그 지방의 토속적 음식들이 주류를 이루고 있다.[15]

2-3) '울타리'의 공간 의식

백석 시의 토속적 삶의 공간 인식을 보여주는 '부엌'과 함께 '울타리' 공간 유형은 그의 의식 세계를 담고 있는 집의 공간으로 작용하고 있다.

'울타리'는 신화에서 신역(神域)을 나타내는 경계 표지였다. 우리의 전통적 거주 공간인 집의 경계를 표지하는 공동체적 의식을 나타내는 상징적 의식이 담겨 있는 장소이기도 했다. 따라서 울타리는 신역의 징표로서 가정이 신에 의해 수호된다는 신화적 믿음의 표징으로 작용해 왔다.[16] 우리의 공동체적 동질성을 드러내는 문화적 상징이며, 주체성의 현실적 체현으로서 우리 민족의 삶의 상징을 함축하는 장소이다. 백석의 시에서 '울타리'의 공간 유형으로는 '담벽'이나, '돌각담' 등으로 나타난다. 먼저 다음의 「초동일」, 「창의문외」에서 '담벽'은 토속적인 삶의 정취를 담고 있는 장소로서 나타난다.

---

15) 김명인의 조사에 의하면 백석 시의 음식과 식생활에 관한 시어들은 대강 110여 종에 달한다. 그의 시 87편들에는 국수가 메밀 국수를 포함하여 5번, 두부가 햇콩 두부, 두부 산적, 두부국을 포함하여 5번 등을 비롯하여, 시레기국, 송편, 가지취, 도야지고기 등 대체로 평안도 지방의 토속적이거나 서민들이 즐겨 먹는 음식들이다. 그의 시들 87편 중 음식이 등장하지 않는 것은 30여 편에 불과하다(김명인, 「白石詩考」, 고형진 편, 『백석』, 앞의 책, pp.94~95 참조).
16) 『한국문화상징사전』, 2권, 앞의 책, pp.555~56 참조.

흙담벽에 볕이따사하니
아이들은 물코를흘리며 무감자를먹었다

돌덜구에 天上水가 차게
복숭아나무에 시라리타래가 말러갔다

─「初冬日」 전문

무이밭에 힌나뷔나는집 밤나무 머루넝쿨속에 키질하는소리만이들린다
우물가에서 까치가작고짖거니하면
붉은숫닭이높이 샛덤이웋로올랐다
텃밭가在來種의 林檎나무에는 이제도콩알만한푸른알이달렸고 히스무레
한꽃도 하나둘픠여있다
돌담기슭에 오지항아리독이빛난다

─「彰義門外」 전문

위「초동일」에서 '흙담벽'은 토속적인 집의 울타리로서 우리의 토속
적 생활의 한 정경을 담고 있다. 햇볕이 따사한 날 아이들이 콧물을 흘
리며, 고구마를 먹고 있는 모습은 바로 우리 삶의 토속적인 생활의 한
단면을 담고 있다. 이 정경은 집의 토속적 정경을 함축하고 있는 공간
인식을 보인다. 집 마당의 돌절구에 하늘에서 빗물이 차게 고여 있고,
복숭아 나무에는 씨래기타래가 말라 가고 있는 정경의 묘사가 그것이
다. 이는 '흙담'의 토속적 정경을 통해 당대 곤궁한 현실 속에서도 토
착적인 삶을 구체적으로 형상화한 백석의 토속적 삶의 인식을 나타내
는 공간 지향을 상징하고 있다고 하겠다. 이러한 인식은 '국수당 돌각
담'의 모티프를 통해 무속적 민속적 상징으로 구체화된다. 다음의「오
금덩어리라는 곤」과 앞의「넘언집 범 같은 노큰마니」 등의 시적 배경

백석 시의 '집'의 공간 인식 173

에서 잘 드러난다. 여기서는 「오금덩이라는 곧」의 '국수당돌각담'의 속신적 공간 의식을 살펴보자.

어스름저녁 국수당돌각담의 수무나무가지에 녀귀의탱을걸고 나물매갖추
어놓고 비난수를하는 젊은새악시들
　―잘먹고가라 서리서리물러가라 네소원풀었으니 다시침노말아라

벌개늪역에서 바리깨를뚜드리는 쇳소리가나면
주가눈을앓어서 부증이나서 찰거마리를 불으는것이다
마을에서는 피성한눈슭에 절인팔다리에 거마리를붙인다

여우가 우는밤이면
잠없는 노친네들은일어나 팟을깔이며 방요를한다
여우가 주둥이를향하고 우는집에서는 다음날으레히 흉사가있다는 것은
얼마나 무서운말인가

―「오금덩이라는 곧」 전문

　이 시에서 '돌각담'은 '국수당고개'의 귀신 쫓는 속신적 이야기를 배경으로 하고 있다. '국수당돌각담'의 살구나무에 돌림병에 죽은 귀신의 탱화를 걸어 두고 나물과 밥을 갖다 놓고 귀신에게 비는 젊은 새악시들 모습이 그것이다. 이러한 속신적 이야기는 2연에서도 몸이 붓는 부종병에 찰거머리를 붙이거나, 피멍이 든 눈시울이나 팔다리에 거머리를 붙이는 속신적 처방에도 잘 나타나 있다. 3연에서 여우가 우는 밤은 불길한 죽음을 예감하고, 이를 쫓기 위해 노인들은 일어나 멍석 위에 팥을 좌우로 주무르거나 키질을 한다. 팥을 주무르고 키질을 하는 행위는 팥이 귀신을 쫓는다는 속신을 믿기 때문이다. 이와 같이 '국수

당고개'를 배경으로 하는 '돌각담'의 공간 인식에는 속신적 설화적 이야기가 깔려 있으며, 이는 토속적 삶의 인식을 드러내는 공간 인식의 세계라고 할 수 있다.

아카시아꽃의 향기가가득하니 꿀벌들이많이날어드는 아츰
구신은없고 부헝이가 담벽을띠쫓고 죽었다

기왓골에 배암이푸르스름히빛난달밤이있었다
아이들은 쪽재피같이 먼길을돌았다

旌門집가난이는 열다섯에
늙은말군한테 시집을갔겄다

—「旌門村」 일부

위 「정문촌」에서 '울타리'는 '담벽'으로서 이곳은 부엉이가 부리로 마구 쪼다가 죽은 곳으로 '기왓골'의 한 가문의 몰락을 암시하는 배경으로 등장하고 있다. 기왓골의 '정문집'의 가문의 몰락을 리얼하게 형상화한 이 작품에서 이 '담벽'은 아카시아 향기가 가득하고 꿀벌들이 날아드는 아침이지만, 귀신은 없고 부엉이만 담벽을 쪼다 죽은 한 가문의 몰락을 상징하는 분위기를 담고 있다. 이 작품의 실제 배경이 되는 기왓골의 정문집은 정주의 가산면 동창동에 있으며, 이 정문은 '효자노적지지정문'이라는 주홍칠이 낡은 목각액에 적힌 대로 이 마을의 효자 '노적지'의 효성을 칭송하는 정문이 있는 집이다. 따라서 이 집의 담벽은 음산한 가문의 몰락의 분위기가 지배적으로 깔려 있으며, 귀신은 없지만 뱀이 푸르스름히 빛난 달밤에는 아이들도 무서워서 가까이 가지 못하고 족제비처럼 살금살금 멀리 돌아서 가는 폐허가 된 집의 한 곳이다. 여기서 담벽의 폐허와 같은 정경은 담벽 안의 세계가 무너졌으며, 이는 가문의 몰락을 상징하고 있다.[17]

3. 맺는말

이상에서 백석 시의 '집'의 상징 유형에 나타난 공간 인식의 태도를 살펴보았다.

우리 현대시에서 '집'은 자아의 화해와 성찰을 지향하는 의식 공간으로 작용해 왔다. 특히 국권 상실의 상황 아래서는 민족의 동일성을 꿈꾸는 자아 인식을 이루는 공간 의식을 담고 있었다. 김소월의 시에 있어서 국권 상실의 시대 인식이 '집'의 부재 의식으로 나타났으며, 이를 회복하려는 자아의 태도로 초월 의식이나 재생 의식의 심리 양상으로 표출되고 있음이 그것이다. 따라서 '집'은 민족적 본질적 삶의 상실된 현실을 초월하여, 민족적 공동체적 삶의 회복을 꿈꾸는 태도를 담고 자리잡고 있었다.

백석의 시에서도 '집'은 민족 고유의 삶의 공동체적 의식이 지배적으로 자리잡고 있는 의식 세계를 보였다. 그의 시에 나타난 '집'의 상징 유형으로는 '방', '부엌', '울타리' 등의 공간 모티프들이 주류를 이루고 있었다. 그의 의식 세계를 지배하는 '집'의 공간 의식에는 고향의 토속적 세계를 그리워하는 낭만적 인식보다는 민족의 원초적 정서를 환기하는 리얼리티가 자리잡고 있었다.

그러면 그의 '집'의 상징 유형들인 '방', '부엌', '울타리' 등의 공간

---

17) 여기서 '울타리'의 집의 몰락한 분위기는 울타리가 하나의 세계를 감싸 외부의 불길한 세력이 안으로 들어오는 것을 방어하는 상징으로 볼 때, 울타리의 무너짐은 곧 한 가문의 몰락을 암시하는 것으로 볼 수 있다(『한국문화상징사전』 2, 앞의 책, p.557 참조).

에 나타난 그의 공간 인식의 태도를 정리하면서 이를 결론으로 삼고자 한다.

1) 백석의 시에 나타난 '방'은 가족 공동체의 삶의 현장으로 공동체적 삶을 인식하거나 삶의 유랑에서 돌아와 자아의 성찰과 정립을 다짐하는 공간으로 등장하고 있다. 이는 「여우난곬족」, 「고야」, 「넘언집 범같은 노큰마니」, 「수라」 등에서 가족 공동체적 삶의 공간 인식으로서 풍속적 삶과 민족적 삶의 훼손을 회복하고자 하는 의식 지향으로 나타났다. 그리고 「추야일경」, 「산숙」, 「구장로」 등에서는 토속적 삶의 정서와 공동체적 연대감을 인식하는 자아의 태도를 담고 있다. 「흰 바람벽이 있어」, 「남신의주 유동 박시봉방」 등의 시에서는 유랑적 삶을 성찰하고 자아 정립을 다짐하는 공간 인식을 태도를 보였다.

2) '부엌'의 공간 의식은 음식을 끓이는 장소인 동시에 공동체적 삶의 정서를 담고 있다. 「주막」, 「적경」 등에서 공동체적 삶의 정서가 담긴 공간 인식을 드러낸다. 또한 「미명계」, 「야반」에서는 토속적인 음식을 만드는 장소로서 토속적 삶의 정서를 형상화하는 공간 의식을 보였다. 이러한 부엌의 공간 인식은 토속적 삶의 정경을 통하여 민족적 주체성이 상실된 당대 현실을 극복하고자 하는 정신적 태도를 함의하고 있다.

3) '울타리'는 우리의 전통적 거주 공간인 집의 경계를 표지하는 공동체적 의식이 담겨 있는 장소였다. 백석의 '울타리'에 나타난 공간 인식은 「초동일」, 「창의문외」에서는 토속적인 삶의 정경을 드러내고 있으나, 「오금덩어리라는 곧」에서는 풍속적 무속적 삶의 기원의 장소로, 「정문촌」에서는 가문의 몰락을 서사적 묘사로 인식하는 태도를 보였다. 이러한 '울타리'의 공간 인식은 토속적 삶과, 가문의 몰락이라는 서사적 현실을 통하여 당대 우리 삶의 공동체적 현실을 확인케 한다.

제2부

상징과 서정의 힘

상징의 힘

1. 상징의 힘

한 편의 시는 각각 자기의 표정을 갖고 있다. 그 표정들은 시인의 의식과 세계관을 대신하여 시의 문면으로 나타난다. 문화적 현실의 벽을 단단하게 느끼는 시인들은 그 현실의 벽을 단단하게 한 배경을 해체하여 자유를 성취하려는 욕망의 시선을 담고 있다. 현실의 문화적 벽이 주는 억압을 초월하려는 의식을 지닌 시인들의 시의 표정은 그 현실의 물리적 시간을 초월하는 영원한 시간 의식을 갖고 그 억압을 벗어나려는 세계관을 보여준다. 이러한 시의 표정들은 세계에 대한 자아의 해체와 통합의 심리적 세계관을 대신하고 있는 것이다. 우리 시에서 80년대 문화적 상황 속에서의 해체적 문화의 대응은 이러한 자유 추구의 욕망의 표정으로 나타났으며, 이러한 물결은 그 문화적 억압의 배경이 사라진 후에도 유행하는 시대적 추수의 대열을 이루어 왔다. 마치 자아의 뒤틀린 표정들이 깊은 사유를 대신하는 듯한 표정들은 이제 내면

이 없는 문화의 껍질이 되어 버렸다. 시대가 어려울 때 시대를 고뇌하는 반시적 표정들과는 다른, 배경의 긴장이 사라진 문맥으로의 반시적 표정은 마네킹과 같은 유행을 대신하는 한 전시에 불과한 것이다. 정보화 세계화를 외치는 상업적 기호들에 상처받는 인간 존재의 현실을 치유하려는 노력보다 그 상업적 정보화의 기호들에 물들어져 자아의 상실과 상처를 주는 가학의 시선을 담으려는 욕망이 물결치는 현실 속에서, 우리는 시를 대하고 그러한 시들의 상처에 시달리고 있는 것조차 무감각해져 버렸다. 자아의 상실과 해체의 표정은 이제는 정보화 상업적 기호들이 주는 자아에 대한 가해의 의미에 가담하는 것에 지나지 않는다. 한 세기의 벼랑은 인간 존재의 위기, 자아 상실의 위기, 완전한 자아의 몸체가 부서지는 아픔을 느끼는 위기 시간의 벼랑이 아닐까. 이러한 문화적 위기를 극복하기 위한 시의 표정은 '주체'의 회복을 통한 자아의 통합, 자아 동일성의 완전한 몸의 시학, 자아의 상처를 치유하는 '상징의 시학'으로서의 모습을 담고 있다. 상업적 과학적 이해를 신봉하는 문화적 상황에서 우리는 비인간화된 자아 상실의 아픔을 얼마나 맛보았는가. 인간이 자연과 우주 안에서 고립되고, 추방당하여 자연과 우주와의 일체감을 상실하고, 상품적 가치와 물리적 기호로 전락해진 현실의 상처를 치유하기 위해서, 우리는 자연과 우주로의 귀환을 통한 자아 동일성의 상징적 현실을 구현하지 않으면 안 된다. 이러한 문화적 위기 속에서 우리 시들이 자연과 우주 속으로의 화해로운 존재 의식으로, 자아의 근원적인 무의식의 시간 속으로 귀환하려는 상징적 표정들에는 인간적 향기가 우러나온다. 지난 계절의 시들 중에서 이러한 상징적 표정을 담고 있는 시들로 이건청의 「가문날」(『현대시학』, 98년 12월호), 강은교의 「물방울 하나가 5」(『창작과비평』, 겨울호), 이성선의 「신화」(『현대문학』, 99년 1월호), 문인수의 「동해일출」(『시와반시』, 겨울호), 최승자의 「연인들;두마리 새의 화답」, 장옥관의 「나무에 올라가 물고기를 구하다」(『시안』, 겨울호) 등이 주목을 끈다.

2-1. 이건청의 「가문날」 : 지상의 가장 깊은 우물 찾기

흙은 말라 먼지를 날리고 씨앗들은 흙 속에서 묵묵부답이다. 해질 녘까지, 해지고 별 뜰 때까지 새들이 하늘의 별들을 이고 지고, 끌면서 사라지고 빈 하늘 새벽 황사만 가득한 날, 지상의 가장 깊은 우물에 두레박을 내리고 물을 찾는 사내가 있다. 차고 시린 한 두레박의 물을 위해 목마른 세상의 밤을 뜬눈으로 지새며 흙먼지 속을 엎드려 사는 사람이 있다. 이 물로 마른 씨앗을 적실 수만 있었으면, 뿌리를 적실 수 있었으면, 아아, 가문 날.

—「가문날」 전문

이 시의 상징적 표정들의 주류를 이루고 있는 것은 '흙'과 '새'와 '별', 그리고 '물을 찾는 사내' 등이다. 흙은 현실 속에서 '먼지'를 날리고 새벽에도 '황사'를 가득하게 하는 현실의 삭막한 표정이며 본래의 생명의 원천으로서의 생명력을 상실한 표상으로 나타나 있다. 이러한 원초적 삶의 상실을 가져오게 하는 현실을 극복하기 위해 화자인 사내는 생명을 불어넣을 수 있는 생명의 물을 찾고자 한다. 흙 속의 씨앗조차 '묵묵부답'이고, 새들이 별을 끌고 사라진 다음 새벽에도 희망은 오지 않고 황사만 가득한 '가문날'의 현실 속에서 화자는 지상의 가장 깊은 우물에 두레박을 내리고 물을 찾고 있다. '지상의 가장 깊은 우물'은 인간 존재의 무의식적 원초적 삶을 소생시킬 수 있는 원초적 치유의 상징 공간인 셈이다. 이 원초적 삶의 심연에서 한 두레박의 물을 찾기 위해 뜬눈으로 밤을 새우는 사내, 이는 곧 생명 부재의 현실인 '가문날'에도 뜬눈으로 밤을 새우면 씨앗을 적실 수 있는, 우리의 인간

존재를 소생시킬 수 있는 생명의 물을 찾는 사내이다. 이러한 사내의
원초적 삶의 재생을 꿈꾸는 의식은 새들이 별을 이고 지고 끌면서 사
라지는 곳, 곧 원초적 우주적 질서 속에서 귀환하려는 존재 의식의 한
상징적 질서를 형성하는 것이리라. 따라서 이건청의 「가문날」은 원초
적 생명이 상실된 황사 먼지가 날리는 현실 속에서 지상의 가장 깊은
우물을 찾아 나서는 삶의 치열한 존재 의식, 그 우물 찾기의 한 전형을
이루는 작품이다.

2-2. 강은교, 「빗방울 하나가 5」 : 우주적 삶을 두드리기

이건청의 「가문날」이 지상에서의 가장 깊은 우물 찾기의 존재 의식
을 담고 있다면, 강은교의 「빗방울 하나가 5」는 우주의 귀를 열고 우주
적 질서의 세계와의 동일성을 꿈꾸는 자아 의식을 보여준다.

무엇인가가 창문을 똑똑 두드린다.
놀라서 소리나는 쪽을 바라본다.
빗방울 하나가 서 있다가 쪼르르륵 떨어져내린다.

우리는 언제나 두드리고 싶은 것이 있다.
그것이 창이든, 어둠이든
또는 별이든.

—「빗방울 하나가 5」 전문

우리가 살고 있는 동안 우주적 순환의 질서는 항상 움직이고 살아 있
다. 그런데 강은교는 우주의 무의식적 공간에서 빗방울이 창문을 똑똑

두드리는 소리에 놀라서 소리나는 쪽을 바라보니 빗방울 하나가 서 있
다가 떨어져 내리는 것을 보고, 우리도 무엇인가를 두드리고 싶은 원
초적 욕망을 느낀다. 화자가 두드리고 싶은 것은 '창'과 '어둠', 또는
'별'이다. 두드리고 싶다는 것은 그 대상과 하나가 되고자 하는 의식의
표현이며, 내면적 원초적 동일성을 이루고자 하는 상징적 욕망을 담고
있다. 여기서 화자는 물방울 하나가 창문에 서 있다가 떨어져 내리는
현상을 보고 내면적 자아의 동일성을 이루려는 의식 지향을 느끼고 있
다. 그 동일성의 대상이 '창'이든 '어둠'이든 '별'이든 그 우주적 질서
속에 있는 대상과의 일체화를 이루고자 하는 것이다. '창/어둠/별'의
대상들은 화자의 존재 의식을 형성하는 상징적 표상들로서 작동한다.
창을 두드리는 것은 자아의 투영을 통해 자신의 삶을 성찰하는 존재
행위이며, 어둠을 두드리는 것은 세상의 어둠과도, 아니 깊은 상처의
어둠과도 하나가 되고자 하는 삶의 태도이며, 별을 두드리는 것은 우
주적 눈을 열고 자아의 이상을 대상화하는 존재 행위의 상징화라고 할
수 있다.

따라서 강은교의 「빗방울 하나가 5」는 창문을 두드리는 빗방울을 통
해 우주적 귀를 열고 세상의 어둠과 우주적 삶의 질서와의 동일성을
이루려는 존재 의식을 드러내고 있다.

2-3. 이성선의 「신화」 : 신화적 삶의 구현

강은교의 「빗방울 하나가 5」가 '빗방울', '창', '어둠', '별'의 심리적
전이를 통해 우주적 삶의 존재 행위를 희원하는 '두드리는' 존재 의식
의 세계라면, 이성선의 「신화」는 신화적 공간에서의 완전한 신화적 몸
을 꿈꾸는 자아 의식의 표상이라 할 수 있다.

아이가 가재를 잡으려고
저녁 산골 개울에서 돌을 뒤집었다

돌 밑에서 가재가 아니라
달이 몸을 일으켰다

일어난 달은 아이를 삼키고
집채보다 더 크게 자라서
동구 밖에 섰다

달의 뱃속에 지금 아이가 산다

—「신화」 전문

   여기서 완전한 신화적 몸은 '달의 뱃속에 사는 아이'이다. 따라서 이성선은 '지금'이라는 우리의 존재 시간을 신화적 시간 속에서 이해하고 있다. 신화적 시간은 현실의 물리적 시간을 초월하는 영원한 무의식적 시간이다. 현실의 세속적 시선들이 닿지 않는 곳, '저녁 산골 개울'에서 아이가 가재를 잡으려고 돌을 뒤집는 곳이다. 그곳에서 화자는 돌 밑에서 달이 몸을 일으켜, 아이를 삼키고 집채보다 더 크게 자라서 동구 밖에 서 있는 '달'을 보고 있다. 그 달의 뱃속에 아이가 살고 있는 달의 원초적 온몸, 즉 신화적 몸의 표상으로 '달'을 형상화하였다. 이성선의 많은 시들에서 추구하고 있는 시간과 공간 의식에는 이러한 신화적 삶의 구현을 꿈꾸는 자아 의식이 깊게 자리잡고 있다.

2-4. 문인수, 「동해일출」 : 신이 눈뜨는 시간

이성선의 「신화」가 달의 신화적 삶의 구현을 꿈꾸는 존재 의식을 담고 있다면, 문인수의 「동해일출」은 원초적 시간으로 달려가 정동진에서의 일출의 시간, 신이 눈을 뜨는 시간에 닿아 있다.

동해 정동진에 와 있다.

正東은 유일해서 세상 어디나 서쪽인데
세상 모든 서쪽으로부터 온 것들,
삼라만상이 기우뚱, 갑자기 붉다 갑자기 우,
붉게 밀릴 때

눈

뜨는 중이다 저 동해 일출
神의 한 쪽 눈이 지금 정동진에 있다.

이제 다시 제 앞이 밝은 것들
주섬주섬 서쪽으로 간다.

—「동해일출」 전문

우리가 널리 알다시피 '정동진'의 일출은 권력과 정치적 사슬을 벗어나 사랑을 느끼는 세속의 상징 장소로서 이름난 곳이다. 여기서 '정동(正東)'은 세계의 시작이며, 시간의 원초적 순간이 태동한다. 화자는 동해 정동진에 와 있다고 한다. 화자가 서 있는 지금 정동진은 세상의 모든 서쪽으로부터 온 것들, "삼라만상이 기우뚱, 갑자기 붉다 갑자기 우./붉게 밀릴 때", 즉 세상의 모든 것들이 붉게 녹아 밀릴 때, "신의 한쪽 눈"이 뜨는 곳이다. 이는 '동해일출'을 '신의 한쪽 눈'으로 인식하고 있는 원초적 존재 의식을 나타낸다. '일출'은 하루의 시작이 아니라, 삼라만상, 즉 서쪽의 모든 것들이 태초의 시간으로 돌아가 재생되는 장소이자 원초적 시간이다. 이 원초적 시간, 즉 '일출'의 시간이 지난 후 삼라만상은 "이제 다시 제 앞이 밝은 것들/주섬주섬 서쪽으로 간다."

2-5. 최승자의 「연인들; 두 마리 새의 화답」 : 우주 중심으로 날아오르기

문인수의 「동해일출」이 신이 눈뜨는 시간, 즉 재생과 원초적 시간의 우주 속에 움직이는 삼라만상, 즉 서쪽의 모든 것들의 흐름에 시선이 닿아 있다면 최승자의 「연인들」은 우주의 중심으로 날아오르기를 꿈꾸는 존재 의식을 지향하고 있다.

지하 사무실,
나의 지하 묘지,
아직 덜 깨어난
아직 덜 부활한 내 귀를 위해
낮게 열린 창밖으로부터
들려오는 두 마리의 화답.
보이지 않는 어디에선가
서로 통신하는 저것들,

지직, 재잭, 지직, 재재잭

저 두 마리 새는 내안에서 울고있나,
내 밖에서 울고있나,
아니 저것들은 수세기 전에 운 것인가,
아니면 수세기 뒤에 우는 것인가,

이제는 납골당만해진
시간의 이부자리를 마저
납작하게 개어놓고
나 또한 깨어나 그들에게
여인처럼 화답할 때,
갇혀 있던 다른 한 마리의 새처럼
지하무덤, 이제는 뻥 뚫려버린
시간을 뚫고 무한을 향해
우주 중심까지 수직상승할 때

—「연인들; 두 마리 새의 화답」 전문

　화자는 지하 사무실, 지하 묘지에 있다. 지하 사무실은 무의식의 공간이며, 억압에 사로잡혀 있는 곳이며, 자아의 미분화된 덜 깨어난 자아 의식의 세계이다. 그런데 낮게 열린 창 밖으로부터 두 마리 새의 화답의 소리가 들려온다. 두 마리 새의 화답의 소리는 억압된 자아에겐 해방이며, 비상을 꿈꿀 수 있는 신호이다. 따라서 화자는 두 마리 새의 화답의 소리를 통해 미분화된, 혹은 억압의 의식에서 깨어난다. 자아의 "안과 밖", 혹은 수 세기 전의 과거와 수 세기 뒤에 오는 미래가 통합되는 우주적 존재 의식을 갖게 된다. 존재의 안과 밖/과거와 미래가 통합되는 우주론적 존재 의식을 통해 지하 사무실의 무의식적 억압된 자아는 해방되고 초월한다. 이러한 새의 화답을 통해 우주론적 존재 의식을 갖게 되고, 자아의 초월과 해방을 꿈꾸게 된다. 따라서 화자는 납골당만해진 시간의 이부자리마저 개어 놓고 지하 무덤, 곧 부활의 지하 사무실에서 시간을 뚫고 무한을 향해 우주 중심까지 수직하는 존재 초월을 지향한다.

2-6. 장옥관의 「나무에 올라가 물고기를 구하다」 : 어머니의 바닷속의 부활 의식

최승자의 「연인들」이 지하 사무실, 지하 묘지에서 부활을 꿈꾸며 우주의 중심으로 날아오르고자 하는 존재 초월의 의식 세계를 지향하고 있다면, 장옥관의 「나무에 올라가 물고기를 구하다」는 "산/바다", "나무/물고기"의 이항 대립의 세계를 우주론적 존재 의식의 세계로 치환하여 현실 세계를 환유하고 있다.

문득 내가 그 산에 들어섰을 때
비릿한 물비린내 속으로 굴참나무들
번쩍이는 은갈치를 달고 있었다
후득이며 떨어지는 빗방울
억수 속에서 산은 점점 물이 차 올라
그 어머니의 바다
내 아가미로 들락거리던 깨꽃 같은 별똥별
자꾸 등줄기를 간질이던
불가사리, 해파리의 작은 움직임

꼬리지느러미 아래 초록의 비늘이 번뜩이고

둥근 봉분 속에 숨겨놓은 비밀

오래 입 다문 비단 조개가 제 몸을 연다

퇴적암 속 양치식물 움이 돋는다

내 몸 속 어딘가에 숨어있을 물고기 알

어린 치어들이 빗줄기를 거스른다

굴참나무 떫은 도토리 실하게 맺힌다

―「나무에 올라가 물고기를 구하다」 전문

여기서 화자는 후득이는 비가 내리는 산에 들어섰을 때 굴참나무 잎들이 은갈치처럼 매달려 있음을 느낀다. 빗방울은 후득이며 떨어지고 물은 점점 차올라 산은 어머니의 바다가 된다. 이 산은 어머니의 봉분이 있는 곳이다. 어머니의 바닷속에서 깨꽃 같은 별똥별이 들락거림을 느끼고, 둥근 어머니의 봉분 속에 숨겨 놓은 비밀, 오래 입 다문 비단 조개도 제 몸을 열게 된다. 수 세기 전의 퇴적암 속의 양치식물도 움이 돋고, 몸 속의 물고기 알이 치어가 되어 빗줄기를 거슬러 오르고, 굴참나무 떫은 도토리도 실하게 맺힌다. 이러한 비오는 날의 "산/바다", "나무/물고기"의 이항 대립의 현실은 어머니의 바다로, 퇴적암의 양치식물이 움이돋는, 치어가 알에서 깨어나는 부활의 우주론적 존재의 세계로 환유되어 나타난다. 즉, 산은 어머니의 바다로서 우주의 모태 공간이며, 부활의 상징적 공간이다. 따라서 이 시는 우리가 흔히 "연목구어(緣木求魚)"라는 현실의 이룰 수 없는 것을 구하는 우의적 의미를 "산/바다/어머니"라는 우주론적 존재 의식을 통하여 존재의 심연을 들여다보는 상징적 힘을 느끼게 한다.(1998)

서정의 힘

1.

　지금 우리는 '산문의 시대'에 살고 있다. 우리 삶의 현실을 휩쓸고 있는 산문적 담론들이 우리를 쓸쓸하게 한다. 정치 논리, 과학 논리, 정보 논리 등으로 위장된 가치들이 인간의 따뜻한 인문학적 사고들을 위협하고 있는 상황 속에서 존재론적 자아는 점점 존재의 의미를 상실하게 되는 위험한 현실을 겪고 있다. 우리는 이러한 '산문의 시대'라고 하는 세속적 삶을 향한 욕망의 시대에 길들여져 우리의 저 깊은 존재의 우주를 잊고 살아가는 것은 아닌가 자문해 본다. 시가 현실의 외재적 삶보다는 인간의 근원적인 세계를 자아화하여 현실을 초월하고 우주와의 일체를 이루는 주체적인 존재 의식을 추구하는 장르 중의 중심이라는 것은 이미 널리 알려진 일일 것이다.

　따라서 이러한 시대일수록 우리는 인간의 저 깊은 원초적인 고향이나 삶의 질서를 꿈꾸는 시적 위상을 염원할 수밖에 없다. 인간의 근원적인 정서를 통하여 인간 존재의 절대적 세계를, 혹은 그리움이나 추억, 현재적 삶을 뛰어넘을 수 있는 시간의 저편을 향한 존재의 모습을 시적 정서로 끌어안으려는 까닭도 여기에 있지 않을까. 지난 계절에 발표된 시들의 모습이나 표정 속에서 이러한 인간의 근원적인 존재의 인식을 확인할 수 있는 서정의 힘을 느낄 수 있었다. 서정의 힘은 현실에서 이룰 수 없는 자아의 완전한 꿈을, 세계와의 일체화를 통해 존재의 근원적 세계를 인식할 수 있는 상상력이라 할 수 있다. 이러한 서정의 힘을, 이 거친 산문적 홍수와 세속의 세계에서 느낄 수 있다는 것은 여간 다행한 일이 아니었다. 한 세기의 막다른 상황이 조장하는 자아의 불안한 풍조가 만연하는 가운데서도 이 서정의 힘은 세계를 자아화하여 현실의 얽매인 삶을 화해하는 의식 지향을 추구한다. 이러한 자아의 서정적 인식을 통한 존재의 근원적인 세계를 꿈꾸는 시들로서, 임영조의 「강화도시첩」(『현대시학』, 9월호) 연작, 정진규의 「사진들을 찢으며」(『시와반시』, 가을호), 이문길의 「바위」, 안도현의 「오래된 우물」(이상『현대문학』, 10월호), 양은창의 「장작을 패며」(시집『내 그리운 운문의 시대』) 등이 주목을 끈다.

2-1.

임영조의 「강화도 시첩」 연작은 현실을 벗어나 절대적 세계를 지향하고자 하는 서정적 인식을 담고 있는 시들이다. 이들 연작 중 「참성단에 오르다」는 "그대 깊고 푸른 중심을 사를/필생의 불씨 하나를 얻으러" 참성단에 오르는 절대적 세계를 지향하고자 하는 서정적 인식이 돋보이는 작품이다.

산문 밖 물소리로 귀를 헹구고
사람 대신 나무와 들꽃에 눈맞추며
호젓한 구절양장 언덕길을 오른다
하늘은 또 왜 언짢으신가
온하루 비구름만 자욱이 풀어
山色을 지우고 길을 감춘다
오르기 전의 산은 은유였으나
오를수록 가파른 관념이었다
안 보이는 길을 더듬어 오르는
초행은 더러 설레고 불안했으나
내 마음의 외딴 성지에 닿기까지
나는 무려 쉰 해 남짓 까먹고 왔다
숨이 가빠 잠시 너럭바위에 앉아
오던 길 뒤돌아 보면 그 끝머리는
빈 낚시 같은 물음표로 휘어져 있다
안개비에 젖어 더욱 조신한 숲이
천상으로 가는 길만 층층으로 터줄 뿐
청정한 향기로 산을 치켜세우는
강화도 마니산에 오른다, 말을 버리고
나무와 들꽃과 새 이름을 외우며
오르노라면 저절로 입안까지 싸하다
머리 속 온통 초록 물들고 귀도 순해져
바람의 농지거리쯤 예사롭게 듣는다
저 안개 속 방파제를 넘보는 파랑
끝내 넘치지 않는 소리까지 보인다
그럼에도 나는 왜 이 높은 산을

힘겹게 오르는가? 스스로 자문하면

답은 궁한데 더 멀어진 봉우리여

그대 깊고 푸른 중심을 사를

필생의 불씨 하나 얻으러

나는 지금 하늘 가장 가까운

마니산 참성단에 오른다.

—「강화도 시첩 3 – 참성단에 오르다」 전문

여기서 시적 자아는 산문 밖에서 물소리로 세속의 귀를 헹구고 절대적 세계인, 하늘과 가장 가까운 마니산 참성단에 올라 그대의 깊고 푸른 중심을 사를 불씨를 얻기 위한 존재론적 인식을 보여준다. 마니산 참성단을 오르는 자아의 의식 지향은 '구절양장'과 '가파른 관념'의 세계를 벗어나, '청정한 향기'로 천상으로 가는 길만 층층이 터 주는 숲과 '은유'의 세계로 나아가는 존재론적 절대화의 세계 인식을 담고 있다. 이 존재의 절대적 세계로의 지향은 안 보이는 길을 더듬어 오르는 불안과 비구름이 자욱히 풀어 길을 감추는 세속적 삶을 벗어나, 존재의 새 세계로의 상승을 추구하고자 한다. 절대적 세계로의 존재 인식은 세속의 말을 버리고, 나무와 들꽃과 새들의 이름을 외우며 산을 오르면, 머릿속도 온통 초록으로 물들고 귀도 순해져 절대적 자아의 세계로 접어들게 된다. 이러한 산을 오르는 절대적 자아는 이제 바람의 농지거리를 예사롭게 들어 넘길 수 있으며, 저 세속의 안개 속 방파제를 넘보는 파랑의 넘치지 않는 소리까지 볼 수 있게 된다. 그러나, 이러한 절대적 자아화로의 과정에서도, 화자는 "나는 왜 이 높은 산을/힘겹게 오르는가? 스스로 자문하는" 세속의 의문에 휩싸이면 절대적 세계의 상징인 봉우리는 더 멀어짐을 느낀다. 결국 화자는 마니산 참성단에 오르는 절대적 세계로의 산행이 그대의 깊고 푸른 중심을 사를 불씨 하나를 얻기 위한 존재론적 지향임을 인식하게 된다.

2-2.

　임영조의 「강화도 시첩」이 현실적 삶의 자리를 벗어나 존재의 절대적 세계 지향의 서정적 인식을 담고 있다면, 정진규의 「사진들을 찢으며」는 지나온 삶이 멈춰 있는 사진들을 '찢어 버리'고자 하였으나, 생각대로 하지 못하고 그간의 '슬픈 자존'들과 '부끄러운 사랑의 온기'들을 확인하는 자아의 존재론적 인식을 보여주는 작품이다. 지나온 삶의 기억을 담고 있는 사진들을 하나씩 들추면서 먼동이 틀 때까지 밤을 밝히고 찾아낸 지나온 삶의 기억을 소중히 담고 있는 존재 의식을 보인다.

　모조리 찢어버리자는 처음의 생각대로는 하지 못하고 찢는 동안 다시 살아난 욕망들을 달래가며, 이게 무슨 무덤 속에 묻어둘 나의 誌石일 수 있을까를 의심하며, 혹은 그간의 내 슬픈 자존들을 혹은 어쩌다가는 내 부끄러운 사랑의 온기들을 가만히 만져보기도 하였다 부연히 먼동이 트고 있었다 밤은 밝혔다 그 중의 하나는 이러했다 분명히 내가 직접 셔터를 눌렀을 것이다 네가 홀로 서 있는 아득한 제주 들판, 왜 그랬을까 불어가다 몸추어버린 바람, 서풍이었을까 모든 풀들이 모로 누워 있는 그 풀들의 침묵이 찍혀져 있었다 우리들의 그날이 그렇게 멈추어 있었다 그렇게 오늘까지 멈추어져 있는 그날의 풀밭 한 장은 찢어버리지 못했다.

—「사진들을 찢으며」 전문

　여기서 화자는 지나온 삶의 기억을 담고 있는 한 장의 사진 속에서 불어가던 서풍이 멈추어 있고, 모든 풀들이 모로 누워 있는 풀들의 침묵이 찍혀 있고 우리들의 그 날이 그렇게 멈추어 있음을 발견한다. 이러한 존재의 발견은 화자로 하여금 처음 모든 사진을 찢어 버리고 자신의 지나온 삶의 기억을 지워 버리고자 했으나, 그렇게 오늘까지 멈추어져 있는 그날의 풀밭 한 장은 찢어 버리지 못한다. 사진 속의 풀밭 한 장 속에는 바로 화자의 '그날이 그렇게 오늘까지 멈추어져 있는 그날'이 있기 때문이다. 따라서 화자는 처음 모든 사진들을 찢어 버리고자 했으나 이를 찢지 못하는 존재 인식을 보인다. 이는 자아의 그날과 오늘까지 지나온 존재의 기억을 담고 있는 사진을 통하여 지나온 그날과 오늘의 존재를 잇는 자아 인식의 존재론적 태도를 담고 있다.

2-3.

이문길의 「바위」는 그가 그 동안 시집 『허생의 살구나무』, 『불끄는 산』 등에서 일관되게 추구해 온 동양적 삶의 사유와 직관이 함축적으로 제시되어 있는 작품이다.

산밑에서
비 맞은 늙은 바위의
얼굴을 본다

너무 수척하여
눈이 안 보인다

가까이 가서 보니

입도 없고 코도 없다

얼마나 청천이
보고 싶었으랴

땅속에서 나와
할 일 없이 늙었다

비 다 젖었다
저승버짐 검다

―「바위」 전문

그의 시가 단아한 어조로 그려내는 대상들은 대부분 자연의 세계의
일부에 속해 있지만, 이 자연의 대상들은 인생론적 삶의 사유와 직관
을 담고 있다. 이문길은 자연이 자연 그대로 존재하는 객관적 세계가
아니라, 동양적 세계관이 바탕이 된 인생론적 은유의 세계로 주관화되
어 존재한다. 따라서 그의 시 속의 자연관에는 인생론적 은유를 통하
여 우리 삶의 오묘한 이치를 생동적으로 각성케 하는 서정적 힘이 내
재되어 있다. 그만큼 그의 시는 우리 시의 전통에 밀착되어 있으면서
도 그 전통적 자연 정서는 우리 삶의 저변에서 인생론적 은유의 새로
운 각성으로 다가온다. 이번의 시 「바위」에서도 ‘바위’는 너무 수척하
여 눈이 안 보이는 늙은 바위로서, 저승 버짐이 비에 다 젖어 검은, 인
생의 한 모습으로 은유되어 있다.

2-4.

다음은 안도현의 「오래된 우물」이다.

뒤안에 우물이 딸린 빈집을 하나 얻었다

아, 하고 소리치면
아, 하고 소리를 받아주는
우물 바닥까지 언젠가 한 번은 내려가보리라고
혼자서 상상하던 시절이 있었다
우물의 깊이를 알 수 없었기에 나는 행복하였다

빈집을 수리하는데
어린것들이 빗방울처럼 통통하며 뛰어다닌다
우물의 깊이를 알고 있기에
나는 슬그머니 불안해지기 시작하였다
오래된 우물은
땅속의 쓸모 없는 허공인 것

나는 그 입구를 아예 막아버리기로 작정하였다
우물을 막고 나서는
나, 방안에서 안심하고 시를 읽으리라
인부를 불러 메우지 않을 바에야 미룰 것도 없었다
눈꺼풀을 쓸어내리듯 함석으로 덮고
쓰다 만 베니어 합판을 덧씌우고
그 위에다 끙끙대며 돌덩이를 몇 개 얹어 눌렀다

그리하여
우물은 죽었다

우물이 죽었다고 생각하자
나는 갑자기 눈앞이 캄캄해졌다
한때 찰박찰박 두레박이 내려올 때마다
넘치도록 젖을 짜주던 저 우물은
이 집의 어머니,
별똥별이 지는 밤하늘을 밤새도록 올려다보다가
더러는 눈물 글썽이기도 하였을
저 우물은
이 집의 눈동자였는지 모른다

나는 우물의 눈알을 파먹은 몹쓸 인간이 되어
소리친다
아, 하고 소리쳐도
아, 하고 소리를 받아주지 않는
우물에다 대고

—「오래된 우물」 전문

　　이 시에서 '우물'은 집의 어머니이자 눈동자이다. 그러나 우물이 딸
린 빈집을 얻어 수리하다가 우물의 깊이를 알게 된 화자는 불안해져
우물의 입구를 막아 버리기로 작정한다. 오래된 우물은 땅 속의 쓸모
없는 허공이므로 빗방울처럼 통통거리며 뛰어다니는 아이들을 생각하
니 슬그머니 불안해졌기 때문이다. 인부를 부를 필요도 없이 눈꺼풀을

쓸어내리듯 함석으로 덮고 베니어 합판으로 덧씌우고, 그 위에다 돌덩이 몇 개까지 얹어 누른다. '눈꺼풀을 쓸어내리듯' 우물의 입구를 막아 버렸기 때문에 우물은 죽었다. 화자는 우물이 죽었다고 생각하자 눈앞이 갑자기 캄캄해진다. 그때서야 우물이 두레박이 내려올 때마다 젖을 짜주던 이 집의 '어머니'였을지도 모르며, 별똥별이 지는 밤 하늘을 밤새 올려보다가 눈물을 글썽이기도 했을 이 집의 '눈동자'였을지도 모른다고 생각하게 된다. 그래서 화자는 우물의 눈알을 파먹은 몹쓸 인간이 되어 버린 한탄을 소리치지만 우물은 아무런 소리도 받아주지 않는다.

안도현의 이 「오래된 우물」의 상상력의 구조에는 '우물'의 깊이를 알수 없었던, "아, 하고 소리치면/아, 하고 소리를 받아주던" 행복했던 우물의 우주론적 화해의 상상력이 우물의 깊이를 알고 오래된 우물은 땅 속의 허공이라고 생각하여 불안해져 우물의 입구를 막아 버린 자신의 행위가, 우물의 눈알을 파먹은, 곧 우물을 죽인 우물의 현실적인 세계를 대비한 낭만적 아이러니의 구조로 되어 있다. 낭만적 아이러니가 환상과 화해의 세계를 동경하다가 그것이 현실 속에서 존재하지 않음을 깨닫고, 현실 속의 도달할 수 없는 인간적 이상과 화해의 세계를 절감케 하는 기법이었다. 이 「오래된 우물」의 우주론적 환상의 우물과, 현실적으로 불안해져 우물의 입구를 막아 버리는, 즉 넘치도록 젖을 짜 줄 수 있는 두레박도 내려올 수 없고, 눈물을 흘리며 밤 하늘의 별똥별을 올려다볼 수 없는 현실적 죽음의 우물의 대비가 그것이다.

2-5.

최근에 나온 양은창의 두 번째 시집 『내 그리운 운문의 시대』(도서출

판 세림)는 우리의 근원적인 존재의 내면을 향한 상상력이 역동적으로
펼쳐져 있다. 그의 시들은 표제에 상징적으로 함축된 바와 같이 '운문
의 시대'를 그리워하고 있다. 세속적 현실의 세계가 존재의 '밖'의 세
계라면, 그리운 운문의 세계는 존재의 '안'의 상상력의 세계일 것이다.
따라서 그는 세속의 '밖'의 쓸쓸하고 거친 산문적 현실을 그리면서도
그의 상상력은 '안'의 존재의 근원적 삶의 질서를 갈구하고 있다. 그가
인식하고 있는 '밖'의 세계는 세속적 삶의 가치들이 횡횡하는 세계다.
인간의 원초적인 관계가 해체된 현실을 고통스럽게 인식하고, 해체된
현실을 회복하려는 상상력의 구체적 노력들이 '안'의 세계를 향한, 존
재의 근원적인 설화적 상상력이나 삶의 내면적 질서를 꿈꾸는 태도로
나타나 있다. 다음의 「장작을 패며」를 보자.

　　며칠 몸이나 누이면 법화사 행자로 쉬어 가겠다는 게으른 늦잠에 이순의
스님은 밥값이나 하라며 도끼를 냈다. 마른 팔을 걷어붙이고 운동 삼아 달
려든 도끼질이 번번이 빗나가 마당을 찍어댈수록 오기에 힘을 실어 무거운
신음과 함께 나이테를 겨냥하지만 마냥 찍어대는 토막은 상처만 남긴 채 도
무지 속이 드러나지 않는다. 무딘 날을 나무라며 손바닥에 침을 뱉고 용도
써 보지만 만신창이 토막이 남기는 건 끈끈한 향기로 뭉쳐진 송진뿐이다.
분에 못 이긴 도끼날이 허공을 가를수록 온몸은 땀에 절어 숨조차 제대로
가누지 못할 즈음 어깨 너머 스님의 도끼날에서 튕겨 나가는 나무의 속살이
봄 햇살에 유난히 밝다. 여태 젊다는 믿음으로 산 세상 이젠 그것도 잃었구
나. 어디 세상을 힘으로만 살까만은 한낱 도끼질에도 도가 있음을 보란 듯
이 보란 듯이 스님은 나무를 가른다. 정교한 리듬으로 난무하는 폭과 깊이
를 알 수 없는 살생의 법도가 엄숙한 절도의 매듭에서 풀려 나오는 산사의
뒷마당에 주저앉아 우주가 물리적 법칙으로만 존재하지 않음을 본다. 오직
정신의 한 가닥 줄에 매달려 세상을 조율하는 경이로운 힘을 본다.

—「장작을 패며」 전문

여기서 시적 화자는 산사의 뒷마당에서 우주가 물리적 법칙만으로 존재하는 것이 아니라, 정신의 경이로운 힘에 있음을 깨닫는다. 이러한 세계와의 화해가 물리적 현상으로 존재하는 것이 아니라 세계와의 일치를 이룰 수 있는 정신의 경이로운 힘에 있다는 존재론적 인식을 담고 있다. 그것은 이순의 스님과 함께 장작을 패면서, 스님의 도끼질을 보며 도끼질에도 절도가 있으며, 세상을 조율하는 정신의 경이로운 힘을 보고 알게 되었다는 진술로 나타나 있다. 스님보다 젊은 화자는 힘을 실어 나이테를 겨냥하지만 장작 토막은 상처만 남기고, 도끼날은 허공만 가를 뿐이다. 아무리 힘을 써보지만 나무의 속살은 보이지 않는다. 세상을 힘으로 살 수 있다고 믿은 자신을 모두 잃었다고 느낀다. 그러나 이순이 된 스님의 도끼날에는 나무의 속살이 봄 햇살에 유난히 밝게 빛남을 보고 한 가닥 정신의 힘으로 조율하는 경이로운 힘에 의해 우주의 법칙이 있다는 것을 깨달았다는 것이다.

이러한 장작을 패면서 화자는 우주의 움직임이 물리적 힘에 있지 않고 정신의 힘에 있다는 각성은 그의 존재론적 인식을 보여준다. 그의 많은 시들이 고통스런 현실과 마주하면서도 현실의 고통을 이겨내고 세계와의 화해로운 관계 지향을 추구하는 것도 이러한 인식의 기초 위에 있기 때문이다. 앞에서 그의 시가 '밖'의 일상을 그리면서도 존재의 따뜻한 시선을 하고 있다고 한 것도 이러한 바탕 위에 있다는 것이다. 따라서 그는 '밖'의 일상의 중압감과 고통의 현실을 '안'의 세계로 내면화하여 현실을 초월하거나 극복하고자 하는 태도를 보인다. 그의 많은 시들이 '밖'의 스산한 삶의 정경들을 그리면서도, 따뜻하고 인간적 그리움과 진실을 담아내려는 상상력은 그의 시적 진정성을 확인할 수 있는 덕목이다. 바슐라르가 그랬듯이 '안'을 향한 존재의 인식은 인간의 원초적인 삶의 질서를 회복하는 상상력인 것처럼 그의 시들은 우리를 거친 세속의 삶의 현실로부터 존재의 근원을 응시할 수 있게 하기 때문이다.

3.

　이제까지 지난 계절의 시들 중에서, 세계를 자아화하여 존재의 절대적 세계, 혹은 세계를 존재론적으로 인식하려는 시적 지향을 살펴보았다. 이러한 인식들은 대체로 자아의 서정적 인식을 바탕으로 대상을 자아화하는 태도를 보인다. 세계를 존재론적으로 인식한다는 것은 그만큼 인간성을 중심으로 한 인문학적 상상력의 세계가 바탕이 되는 것이다. 오늘의 현실과 같은 거친 담론의 시대에 이러한 서정적 인식이 풍부한 시들을 읽는다는 것은 그만큼 존재의 신비한 숲을 거니는 것처럼 완전한 존재론적 기쁨을 느끼게 한다. 자아의 불안과 자아의 상실에 휩싸이게 하는 세기의 짙은 안개 속에서, 자아의 존재론적 인식을 확인케 하는 서정의 힘은 우리를 맑게 하리라. (1998)

인생론적 삶 의식의 세계

―김용호의 시

　김용호의 시에는 인생론적인 주제 의식이 가득 차 있다. 그의 인생에 대한 따뜻한 정감들은 첫시집 『향연』(홍아사, 1941)에서부터 유고 시집 『혼선』(청자각, 1974)에 이르기까지 다채로운 이미지로 변주되어 나타난다.

　그의 첫시집 『향연』 등의 초기시들에서는 절망과 비탄에 젖은 감상적인 색채를 지닌 주조들이 넘치고 있다. 이는 인생 혹은 현실에 대한 투철한 자아 의식보다는 자아의 감상적인 시각으로 사물을 바라보고 있기 때문이다. 그것은 그의 등단 작품으로 발표된 「춘원」(『동아일보』, 1930. 4. 14), 「사랑하는 여인아」(『신인문학』, 1935. 8), 「첫여름밤에 귀를 기울이다」(『신인문학』, 1935. 10) 등을 비롯한 일련의 시들에서, 현실의 어두운 내면을 바탕에 깔고 있으면서도 감상성을 벗어나진 못한 애상적인 정감들에 의존하고 있음에도 드러난다.

　그의 「상밥집」의 "밥 한 순갈에도/눈물이 고였다//물 한 모금에도/설움이 어렸다//눈물을 삼키고/설움을 마시고//문득 푸른산 저 너머/

고향 하늘이 그리워//좁은 골목을 나서며/나는 휘파람을 불었다"에서와 같은 궁핍한 현실의 삶을 배경으로 하면서도 현실 의식보다는 감상적인 동경을 그리는 데 그치고 있다. 따라서 그의 『향연』의 시들은 대체로 이와 같은 감상적 현실 인식의 태도들이 중심이 되어 있다.

그러나 두 번째 시집 『해마다 피는 꽃』(시문학사, 1948)에 이르면 현실에 대한 직설적 화법으로 변모하면서 현실 의식을 토로하기 시작했다. 특히 이 시집에는 해방 전에 발간하려 했다가 자의로 포기했던 장시 「낙동강」을 수록하고 있는 것이 특징이다. 이 장시는 그가 일본 명치대학에 입학하던 해인 1938년 『사해공론』에 발표했던 작품이다. 그리고 그는 1943년 시집 「부동항(不凍港)」을 상재하려 했으나 일제에 압수되어 그 뜻을 이루지 못하고 몇 개월의 영어 생활을 겪은 바 있었다. 이러한 그의 고난의 역경과 함께, 이 『해마다 피는 꽃』에는 그의 투철한 현실 의식이 직설적 표현으로 나타나 있다.

「조선」, 「독이 되어라」, 「혁명 투사에게 바치는 노래」, 「간다 거리에서」 등 제목에서도 언표된 바와 같은 민족적 현실 의식이 가득 담겨 있음이 쉽게 발견된다. 이들 작품들에는 어두운 현실 아래서 겪은 민족적 감정이 깊이 있게 토로되어 있다. 그런 이러한 어둠의 체험이 자아의 피해 의식이나 심리적 상처를 극복하고 있는 점에서 낙관적 역사 의식과 결부되어 있다. 이는 물론 광복을 맞이하면서 어둠의 굴레를 벗어난 자아의 해방 심리에 기인하는 것이다.

  나는 이제 버리자
  지팡이를 짚던 버릇을

  오목조목 산기슭에나
  드문드문 시냇가에나

  푸그은이 자리잡는 마음속에
  뭉게뭉게 피어나는 즐거움

—「조선」에서

  과녁인 듯 배창자를 꿰뚫는 총소리
  머리통을 짓밟고 달리는 말굽소리

  그래도 우리들은 끝내 지지 않았다
  맨주먹 맨손으로 이겼다

—「해마다 피는 꽃」에서

　여기서 보이는 바와 같이 이『해마다 피는 꽃』에 수록된 시들은 대부분 일제하에서의 억압적 현실과 대응하려는 정신적 자세와, 이를 벗어난 해방 공간에서의 민족적 삶의 회복을 담고 있는 직설적 호흡들로 나타났다. 특히 장시「낙동강」은 민족적 삶의 터전으로서, 정신적 표상으로서의 상징적 체계를 통한 어두운 민족 현실을 극복하려는 낭만적 세계 지향을 보여주고 있다. 이러한 그의 세계 인식은 그 이후의 서사시「남해찬가」로 이어지면서 역사적 세계 인식의 태도로 전환되고 있다.

『해마다 피는 꽃』에서의 민족적 현실 인식의 태도는 제3시집 『푸른 별』(대문사, 1952)에 이르러 자연을 대상으로 하는 서정적 세계 인식으로 나타났다.

『푸른별』의 세계는 「또 한 송이의 나의 모란」, 「한나절 호숫가」, 「석류」, 「가을의 편지」, 「푸른 별」 등의 시들에서와 같은 자연적 동경이나 자연을 즉물적으로 토로하는 정서적 태도들에 침윤되어 있다. 이러한 자연을 통한 서정적 인식에는 그의 초기시들에서 보인 감상적 색채는 벗어나 있다. 애상적인 감정이 가시어지고, 자아의 서정적 인식을 통한 감정의 세계를 대상화하려는 시적 관심을 보여주는 것이 이 시기의 특징이라 하겠다.

모란꽃 피는
유월이 오면

또 한 송이의 꽃

나의 모란

추억은 아름다워
밉도록 아름다워

해마다
해마다
유월을 안고 피는 꽃
또 한 송이의 나의 모란

—「또 한 송이의 나의 모란」 전문

포도송이
한줌 쥐고
알알이 헤면

토실 토실
그리움이 간지러웁다

—「한알 한알을」에서

별들이 의좋게 반짝거리는 밤엔
구슬픈 곡마단의 트럼펫 소리에 귀가 젖어
고스란히 별과 함께
그냥 샌 밤이 있었더란다 나의 푸른 별을 안고

—「푸른 별」에서

이들 『푸른 별』에 수록된 시들에서는 자연 대상과의 일체감을 통한 서정적 자아 인식들이 주조를 이루고 있음을 볼 수 있다. 위의 「또 한 송이의 나의 모란」에서 해마다 유월에 피는 모란을 대상으로 하면서 '추억'에 젖는 자아의 서정적 일체감, 또 「한알 한알을」에서 포도송이를 만지면서 그리움의 촉각 이미지, 「푸른 별」에서 밤 하늘에 반짝이는 별을 안고 그냥 밤을 새운 추억 등 자아의 서정적 인식들은 바로 이 무렵의 그의 시들이 자연과 일체화를 통한 서정적 인식 지향을 보여주는 단적인 예라 하겠다. 따라서 이 『푸른 별』의 시들은 그의 『해마다 피는 꽃』의 민족적 현실 의식에서, 그 이후 『날개』(대문사, 1956)의 서민적 현실 의식의 세계로 전환되는 하나의 전기를 이루는 서정적 공간이라 할 수 있다.

이 『날개』에 이르러, 김용호의 자아 인식은, 『푸른 별』에서의 향수와 그리움의 정서로부터 서민적 삶의 애환과 생활 감각의 세계로 옮겨졌다. 이 무렵의 시에 대해 송하섭이 '서민 의식의 확대와 승화'라는 표현으로 비교적 깊이 있게 다룬 바대로, 그의 『날개』의 시들은 대체로 생활 현장에서 감지되는 정감들을 다루고 있다. 앞에서 필자가 김용호의 시를 인생론적 주제 의식이 가득 차 있다고 한 단언은 이 무렵의 시들이 담고 있는 세계 인식과도 관련된다. 그러나 이러한 생활의 정감들을 형상화하고 있는 그의 시들은 현실과 밀착된 삶 의식이 밀도 있게 제시되지 못하고 관념적인 진술로 일관하고 있다. 물론 동대문 주변의 주막집이나, 플랫폼 등 일상적 삶의 정경을 형상화하고 있음에도 절실한 생활 체험이 우러나 있지 않다. 그것은 바로 현실의 서민적 정감을 통한 '삶'의 의미를 관념적으로 형상화하려 한 그의 자아 인식에서 비롯된다.

넌
이 어쩔 수 없는 인생에

두 팔을 들고 항복한 나의 符號란 것을

―「Y라는 부호」에서

거리에 서면
부후연 먼지와 거센 바람

파아란 하늘이 그리워
발돋움하면
넌, 나를
절름발이라 하는구나

〔…중략…〕

내
날고 싶구나
짧은 한쪽 다리를 어루만져
내 날고 싶구나

날개 돋칠 두 어깨에
힘은 솟아라

―「날개 1」에서

어디든 멀찌감치 통한다는
길 옆
酒幕

그
수없이 입술이 닿은
이빠진 낡은 사발에
나도 입술을 댄다.

〔…중략…〕

세월이여!

소금보다도 짜다는
人生을 안주하여
酒幕을 나서면
노을 비낀 길은
가없이 길고 가늘더라만

내 입술이 닿은 그런 사발에
누가 또한 닿으랴
이런 무렵에

—「酒幕에서」에서

 이들 『날개』에 수록된 시들은 앞에서 말한 바대로, '생'에 대한 통찰을 통한 인생론적 삶 의식이 밀도 있게 그려져 있음이 발견된다. 이 무렵의 그의 시들은 동대문 부근, 간이역, 혹은 피난 생활 현장 등 전후의 황폐한 현실을 소재로 하면서 삶에 대한 자아의 생활 의식을 담고 있다. 「Y라는 부호」에서 Y라는 부호의 형상을 인생론적 관심으로 형상화하면서, "이 어쩔 수 없는 인생에/두 팔을 들고 항복한 나의 부호"

로서 '生'에 대한 자아의 현실인식을
토로하고 있다(여기서 'Y'는 김용호의
다른 글들에서도 반복되어 나타나는 대상
의 약호이다. 특히 편지글이나 그 밖의 산
문에도 Y라는 대상을 향한 글들이 눈에
띈다). 또「날개 1」에서도 "부후연 먼
지와 거센 바람"이 부는 현실 속에서,
"내/날고 싶구나……날개 돋칠 두 어
깨에/힘은 솟아라"라는 자아의 초월적
존재 의식을 지향하기도 한다. 이러한
삶에 대한 자아의 존재 인식은 그의
시들 중에서 널리 읽혀온「주막에서」

1956년에 발간된 시집 『날개』

에 이르러 서민적 삶의 인생론적 주제 의식으로 나타난다.

「주막에서」의 서민적 삶의 정경은 바로 소금보다도 짠 인생을 안주
로 하여 주막을 나서는 화자와, 그 노을이 비낀 가없이 길고 가는 길의
모습으로 제시된다. 그리고 화자의 "내 입술이 닿은 그런 사발에/누가
또한 닿으랴"는 담론은 삶에 대한 인생론적 통찰을 보여주는 시행이라
하겠다.

이러한 『날개』 무렵의 시들은 현실적 체험을 바탕으로 하면서 삶에
대한 자아의 고뇌와 초월 의식을 통한 삶 의식이 주조로 깔려 있다. 이
는 그의「별」에서 "그 바닷가에도 역시 갈대는 있는 것인가/그리고 '파
스칼' 처럼/생각하고 있는 것인가" 등의 표현에서 확인되는 바대로 삶
에 대한 인생론적 탐구의 태도를 띠고 있다. 이러한 그의 자아 의식은
「겨울 1」에서 "낯선 딴 실체가 나의 공간을 점거하여/나는 거울 속에
있고 나는 그 거울 속에 없다"는 역설적 진술을 통한 자아의 부재 의식
으로 보이기도 한다. 따라서 이 『날개』 시기의 그의 자아 의식은 관념적

현실 의식을 통한 인생론적 자아 탐구의 자세를 지니고 있음이 특징이
라 하겠다.

김용호의 『날개』에 담긴 그의 인생론적 자아 탐구는, 그의 『의상세
례』(일조각, 1962) 이후, 또 그의 유고 시집 『혼선』에 이르기까지의 시
적 후반에서도 지속적인 주제 의식으로 작용하고 있다. 그것은 그의
후학들에 의해 엮어진 유고 시집 『혼선』의 표제시에도 "그렇지./그건
어제와 오늘의/혼선이다./아니, 풀 수 없는 영원한/혼선이다"라는 진
술로 삶에 대한 존재론적 의식의 세계에 그의 시적 촉수가 닿아 있음
을 확인할 수 있다.

그리운 한 채의 따뜻한 집

—원희석의 『물이 옷벗는 소리』론

1.

  원희석의 시가 끈기있게 밀어붙이는 상상력의 공간은 '그리운 한 채의 따뜻한 집'이다. 그의 시는 따뜻한 집을 향한 길을 우리 앞에 제시해 주려는 데 온몸이 던저져 있는 것으로 보인다. 이러한 따뜻한 집을 향한 시적 상상력은 가장 인간다운 삶을 영위하려는 인간적 본질을 추구하려는 태도를 지닌다. 따뜻한 집은 우리 삶의 화해 공간이며, 진실되고 정직한 관계를 이룰 수 있는 세계의 중심으로 인식되어 왔다. 원희석의 따뜻한 집짓기의 작업도 비틀려진 현실의 여러 모습들을 정직하게 바라보고, 그러한 비틀려진 현실적 국면들에 대해 정직하게 부딪치면서 시적 힘을 실현하려는 노력의 한 모습으로 점철되어 있다. 따라서 따뜻한 집이 없는 우리의 현실에 대해 그의 시는 비판적 진술을 통하여 굵은 목소리로 굽이치기도 하며, 부드러운 감성의 가락으로 현실의 아픔을 감싸안기도 하며, 때로는 거칠게 현실의 모습들을 들추어

내어 뒤흔들기도 한다. 그의 시를 읽으면 이러한 끈질긴 상상력과 부드러운 힘에 감겨 현실적 삶의 여러 질곡에 대해 정직하게 대응하고, 진실된 관계를 지탱하려는 시적 의지를 느끼게 된다. 원희석의 이러한 상상력의 장치는 도덕적이고 문화적인 의미 추구와 함께 심미적 형식을 중시하려는 경향을 담고 있다. 도덕적·문화적 의미는 현실의 왜곡된 세태에 대해 정직하게 바라보고 해석하려는 의도를 띠고 있으며, 심미적 형식의 언어적 장치는 현실의 여러 모습들을 낯설게 하려는 형식주의적 태도로 함축되어 있기도 하다.

이러한 원희석의 시적 노력은 우리의 현실에서 부딪치는 각양 각색의 상황을 언어적 장치 속에 수렴시키면서 동시에 그러한 상황 속에 사는 우리 삶의 진실성을 회복하려는 태도까지도 함축하는 데 성공하고 있다.

> (……)며칠동안 밤새워 곱게 기운 내 뜨락의 남루한 말씀의 옷 한 벌 한 뜸 한 뜸 올올이 박힌 내 영혼의 색실들이 살아 반짝잔짝 움직일 때 댕기며 고름이며 앞품이 서로 잘 맞아 햇것의 신선함으로 넘쳐흐를 때 외로웠던 기쁨에 별빛도 몰려와 진탕 놉니다 세상의 소리란 소리들이 모두 몰려와 기뻐합니다 밤새 기운 내 남루한 詩의 옷 한 벌, 평생 기워도 힘들지 않습니다.
>
> —「詩法 1」일부

'바느질'이라는 부제가 붙어 있는 이 작품은 원희석의 시가 궁극적으로 추구하는 시적 상상력의 중심을 이루는 세계를 보여준다. 외로웠던 기쁨에 별빛도 몰려와 기뻐하고, 세상의 소리란 소리들도 몰려와 기뻐하는 세계의 지향, 이것이 바로 원희석의 시적 상상력의 꿈이 펼쳐지는 따뜻한 집의 미학적 공간이다. 이러한 세계의 조화로운 상상력의 공간 실현을 성취하기 위한 그의 시적 노력은 비틀리고, 비현실적

인 뒤엉킨 세태에 대해 끈기 있게 밀어붙이는 서정적 힘을 발휘하는 데서 시작된다. 비틀린 세계에 대한 그의 시적 대응은 G. H. 미드가 인간의 사회적 교섭의 두 가지 형태로 지적한 '몸짓의 대화'와 '의미심장한 상징 사용'의 형태를 추구하고 있다. 이러한 두 가지 대응 형태를 H. 불루머는 '비상징적 교섭'과 '상징적 교섭'으로 정의하면서 상징적 교섭은 행동을 해석하는 과정을 포함하지만 비상징적 교섭은 다른 사람의 행동을 해석하지 않고 직접 그 행동에 반응하면서 일어난다고 설명하고 있다. 이를 불루머는 권투 선수가 상대방의 주먹을 피하기 위하여 자동적으로 손을 놀리는 경우의 반사 작용을 비상징적 교섭이라고 한다. 그러나 만일 권투 선수가 상대편의 주먹이 다음 주먹을 위한 거짓 동작으로 자신을 속이는 것이라고 반사적으로 알아차린다며 그는 상징적 교섭에 참여하고 있는 것이라 한다.

이러한 인간의 사회적 인식의 상징적 태도는 원희석의 사물 이미지에도 깊게 드리워져 있다. 그의 시는 사회 구조의 비틀린 세계에 대한 상징적 교섭을 끊임없이 추구하면서 그러한 해석 과정을 통하여 진실되고 정직한 세계 지향을 꿈꾸는 시적 태도로 집약되어 있다.

2.

사회 현실의 뒤틀린 세계에 대한 원희석의 시적 통찰은 일상의 경험들을 무의미화하는 데서 출발한다. 일상의 경험적 사실뿐만 아니라 자신의 정신 상태까지도 비틀어서 보여줌으로써 그 경험적 사실 속에 따뜻하게 자리잡고 있는 인간적 진실의 분위기를 응축시켜 보여준다.

(……)정말 오늘은 한 그릇의 따뜻한 우리나라 숭늉, 그것밖엔 아무것도

사랑하지 않았다 능숙하게 누워서 「사랑과 야망」만 봤다 누워서 편안히 코
딱지만 후볐다 내가 가지고 있던 門이란 門은 다 열어보았지만 한번도 그
녹슨 열쇠를 사용하진 않았다 조금만 더 숨을 참고 있으면 세상 위로 내가
둥둥 떠오르리라는 느낌이 수초처럼 흔들렸다

—「송장 헤엄」 후반

이 시를 읽어 가면 마치 일상의 여러 체험적 사실들이 서로의 유기적
긴장을 풀어 버리고 해체되어 우리의 의식 속에 감지되어옴을 느끼게
된다. 일상적 경험의 해체된 사실들은 우리 생활의 무의미한 공간을
메우고, 다시 질서 있는 삶의 지향을 이루려는 미학적 층위로 부각되
어 온다. 따라서 원희석의 「송장 헤엄」의 여러 경험적 사실들이 나열되
어 있는 시행의 장치 속에는 따뜻한 삶의 진실된 교감을 이루려는 시
적 열기로 가득 차 있음을 깨달을 수 있다. 일상의 무의미한 행위들에
대한 언어적 투시는 비틀린 세계에 대응하는 진지한 자아 실현과 확인
의 노력까지도 합의하고 있는 셈이다.

이러한 일사의 경험 사실에 대한 뒤틀린 인식을 현실 세태에 대한 사
물화 과정에도 나타난다.

무리하게 박았다 녹슨 망치 하나 있다고 그저 다떨어진 누더기, 내 옷부
터 걸어놓으려고 되지 못한 자존심하나 억지로 심어놓으려고 아무 곳에나
건방지게 꽝꽝 박았다 신나게 박았다 깊은 생각, 겁도 없이 두들겨 박았다
한번 박으면 다시 뽑을 수 없는 길을 잘 박는다고 해서 모두 출세하는 것은
아니다(……)

—「못」 일부

벗어놓은 상투로 체면이고 자꾸 그쪽으로만 몰렸다 친구 결혼식 피로연

막판에서도 그쪽으로만 따뜻한 느낌이 담긴 말 한 마디도 그쪽으로만 소주
잔도 그쪽으로만 그쪽으로만 자꾸 쓰러졌다 혀도 그쪽으로만 꼬부라지고
시선도 그쪽으로, 하다못해 멀쩡한 구두 뒷축도 그쪽으로만 먼저 닳았다 속
수무책 그쪽으로 무너지는 게 나뿐이 아니었다(……)

—「누구나 점점 그쪽으로만」 일부

이들 시가 담고 있는 세계는 현실적 정황에 대한 투철한 탐색에 의해
체득된 사회적 사실들이다. 현실의 구조적 모순들을 '못을 박는 행위'
와 '그쪽으로만 몰리는' 사회 세태들을 언어적 질서 속에 담아내면서
현실의 모순된 체계를 문맥 위로 부상시켜 놓고 있다. 우리의 삶을 에
워싸고 있는 여러 구체적 정황들에 대한 원희석의 비판적 진술은 "이
제야 알았다 개울물도 아래로 흐르는 것 이제야 알았다"(「못」 끝귀절)
라는 사리에 대한 각성적 태도로 상승되어 나타난다.

이러한 인식의 가정에는 자신의 삶을 에워싸고 있는 외부적 층위들
과 끊임없이 대결하면서 진정한 인간적 관계를 회복하려는 노력으로
점철되어 있다. '지금까지 내가 뭉개지지 않고 살아온 것'에 대한 투철
한 자아 인식으로도 나타나며, '아무 곳에나 헤프게 퍼주진 않았는지
아무 곳에나 얼굴 디밀고 다니진 않았는지' 자신의 사회적 관계에 대
한 투철한 각성으로도 돌출되어 나타났다. 사회와의 진정한 관계 속에
서 현실을 바라보는 그의 시적 시선은 매우 비판적이며 비극적 인식을
담고 있다.

새가 없다 산에 이젠 새가 살지 않는다 부드러운 깃털 하나 젖은 햇살 입
에 문 나뭇잎 하나 보이지 않는다 숲 속에 마른 둥지를 틀고 뼈마디 앙상히
드러난 구리빛 동전만 낳는다 아무도 돌아 보지 않았다(……)

—「우리들의 산」 일부

요즈음 하늘에 별들이 하나도 없어 너무나 어두워 모두들 헤매고 있읍니다 별이란 별들은 모두다 어깨나 직장에 심지어는 조무래기 딱지치기에까지 끼어들어서 진짜 있어야 할 곳엔 하나도 없읍니다.

—「별자리 지키기」 일부

원희석의 「우리들의 산」에 함축된 비극적 세계 인식은 "이젠 새가 살지 않는다"라는 진술 속에 표출되어 있다. 나뭇잎 하나 보이지 않는 숲 속의 세계는 바로 현실의 살풍경한 세태를 상징적으로 구도화하여 제시해 놓은 세계이다. 인간의 화해로운 질서를 훼손하는 사회 구조의 여러 정황들을 산새도 살지 않고, 시원한 물소리와 바람소리도 산을 내려와 돌아가지 않는 황폐한 삶의 현장으로서의 '산'을 상징적으로 환치시켜 놓았다. 이러한 본질 세계의 황폐한 정황은 「별자리 지키기」에서 더욱 첨예하게 도출되어 나타난다. 별들이 하나도 없는 '하늘'은 바로 우리의 삶의 정황을 그대로 표출하고 있다. 우리의 현실이 별 없는 하늘처럼 모든 가치는 상실되어 있고, 진정한 인간 질서는 현실적으로 도치되어 있는 '불안하고 황당한' 현실이다. 이러한 '별 없는 하늘'은 '빈깡통이 힘주고 야단인' 오늘의 우리 삶을 에워싸고 있는 상황으로 도치되어 '차근차근 밟고 올라가는' 사회적 관계를 전도시키는 현실 정황에 대한 비판적 진술을 담고 있다. 따라서 「우리들의 산」에서는 모든 가치 질서가 훼손당한 삶의 정황을, 「별자리 지키기」에서는 현실의 정당한 체계와 질서를 무너뜨리는 사회적 불의에 대한 비판적 정황을 제시하면서 사회 구조의 뒤틀린 관계를 정당한 체계 속으로 수렴시키려는 태도를 보여준다. 이러한 원희석의 시들이 합의하고 있는 사물 이미지들은 '따뜻한 집'의 상징적 공간 회복을 위한 상상력의 공간 체계를 담고 있다.

3.

원희석 시의 사회적 표정은 매우 시니컬하면서도 그 표정의 뒤에는 언제나 따뜻한 인간 관계를 지향하려는 이미지들이 흐르고 있다. 이러한 따뜻한 이미지들이 구축하고 있는 세계에는 바로 '따뜻한 집'의 공간이 자리잡고 있다.

앞의 「우리들의 산」이나 「별자리 지키기」를 비롯한 일련의 사회적 관계에 대한 시적 시각들도 '따뜻한 집짓기'의 정신 지향에서 나타나는 사회 인식의 한 과정에 수렴되어 있는 모습들인 셈이다. 그가 경험적 사실에 대해 무의미한 시선을 보내는 것도, 또한 황폐한 사회 정황에 대한 거침없는 비판적 진술을 토로하는 것도, 결국은 인간의 화해로운 삶을 지향하려는 상상력의 한 체계에 귀속되는 이미지 체계들이다. 그는 이러한 이미지 체계들을 통하여 화해로운 삶의 질서를 되찾으려는 진지한 노력을 보여주는 데 성공하고 있다.

> (……)새벽에는 껌정 이불 속에서도 몇 장씩 손에 잡힐듯 말듯한 기억의 하얀 몽당연필로 그리운 한 채의 집 낡은 시간의 헛간을 짓는다.
>
> —「흑백 사진」 일부

> 모두들 집을 짓고 있다 잔잔한 물의 살갗 위에 텅빈 기둥을 내리고 부서지는 뼈대를 모아 떠 있는 물의 집, 허공의 집을 짓고 있다(……)
>
> —「파도의 집」 일부

집은 인간의 삶을 화해롭게 하며, 안식과 평온을 주는 공간이다. 집이 없는 시대에는 불안과 공포와 어둠이 지배하는 시대적 상징으로 집의 공간적 이미지가 나타나 왔다. 원희석의 '그리운 한 채의 집짓기'의 상상력의 공간 의식은 화해와 따뜻한 삶을 지향하는 상징적 의미를 담고 있다. 따라서 '따뜻한 집'을 모티프로 하는 시적 상상력도 "멍석 바위에 널어논 구멍난 고무신"을 비롯한 세탁소집 미완이, 문화극장 태완이 형, 노란색 옷 잘 입던 이은주 등을 비롯한 화해로운 인간 질서를 회복하는, 서정적 공간을 형성하는, 화해로운 삶의 질서를 구축하는 세계이다. 이러한 화해로운 공간 지향은 물의 집, 허공의 집, 영혼의 집 등으로 변환 체계를 형성하면서 따뜻한 삶의 질서를 찾아나선다. 원희석의 따뜻한 집은 영혼과 교감을 이루는 상징적 공간으로 확대되어 우주의 신비한 질서를 수용하는 체계로 정립된다.

그것들이 신선한 햇살의 그것들이 신비스럽게 다독거리며 저희들끼리 두런두런 영혼을 퍼담고 있는 것이 사랑스럽습니다 이럴 땐 큰 소리로 알리지 않아야 합니다 눈을 감고서 껍질마저 벗고서 조그마한 소리로 조그마한 몸짓으로 이야기해야 합니다(……)

—「영혼의 햇과일」 일부

늘푸른 나무에게서 한 그루 잘 마른 영혼의 늘푸른 나무에게서 배우고 있읍니다 이슬 하나 만나서 함께 웃는 법 바람의 언어로 함께 사는 법 다 삭은 낙엽 하나로 춥지 않는 법 홀로 젖고 있읍니다(……)

—「속까지 젖기 위해」 일부

알몸 하나로 젖고 있었다 깨끗해야 그를 만날 수 있다고 좀나무들이 말했다 차가운 밤이슬들의 꿈의 날개 터는 소리, 꽁꽁 걸어 잠근 마른 가슴 여는 소리 때문은 우리들 욕심의 거적때기론 만나지 못한다고 세속의 갈기만 커간다고 그는 조용히 타이르고 있었다(……)

—「소를 찾아서」 일부

「영혼의 햇과일」은 현실의 복잡한 관계에서 일탈된 세계 지향을 보여준다. 신선한 햇살들이 신비스럽게 어울리는 정경을 영혼을 퍼담는 의식으로까지 승화시키고 있다. 이러한 의식의 승화는 큰 소리로 추구하는 '이윤이나 출세, 명예' 등의 현실적 관계를 초월하여 영혼의 화해로움을 회복하는 따뜻한 세계관의 표상이다. 사물 인식에 있어서 현실적 여러 국면들에서 초극되어 진정한 사물 인식의 태도를 보여주고 있다.

「속까지 젖기 위해」에서도 사물의 내면적 질서를 탐색하는 시적 시각이 돋보이면서 사물의 본질적 의미에 다가서는 상상력의 따뜻한 인식이 두드러진다. 그것은 이슬 하나 만나서 함께 웃는 법, 바람의 언어로 함께 사는 법을 통하여 사물의 내면적 질서 속에서 존재의 의미, 삶의 의미를 규명하려는 인식 체계로 표출되어 있다. 또한「소를 찾아서」에서도 형이상학적 체계 속에서 존재의 의미를 규명하려는 시적 인식이 함축되어 있다. 영혼의 소리를 통하여 현실의 부조리한 관계를 질서화시키고 조화롭게 사물 관계를 지향하려는 상상력의 체계를 이루고 있다. 이러한 따뜻한 삶의 인식의 바탕에는 '집'의 상징적 공간 의식이 깔려 있다. 따라서 원희석의 따뜻한 집의 공간 의식에는 영혼의 교감을 이루는 인간적 의미까지도 포괄적으로 수용되어 있다.

이상의 원희석의 첫시집 『물이 옷벗는 소리』에 함축된 상상력의 체계 속에는 따뜻한 집의 화해로운 삶의 질서를 꿈꾸는 서정적 힘이 주조로 되어 있음을 살필 수 있다. 그의 시에 구도화된 사물 이미지들은 비틀린 사회적 경험들이 직설적으로 시행의 여백 속에 숨어 있기도 하고, 따뜻한 감성의 목소리로 가라앉아 있기도 하고, 때로는 사물의 내면적 질서 속에 따뜻하게 수용되어 인간의 삶의 화해로움을 추구하는 자세로 응축되어 있기도 하다.

삶의 근원에 대한 서정적 인식

—백우선의 『우리는 하루를 해처럼은 넘을 수가 없나』론

1.

　백우선의 시는 맑고 단아한 표정을 갖고 있다. 그의 시에 담긴 '무우청빛 하늘'이나 '푸른 불꽃의 무지개'가 바로 그러한 시적 표정의 일부를 드러낸다. 이러한 그의 시적 표정 속에는 절제된 감성의 움직임이 여울지기도 하며, 존재의 근원적인 관계를 회복하려는 정신의 흐름이 일관되어 있기도 하다. 여기서 절제된 감성의 움직임은 단아한 서정적 틀 속에 가라앉아 있으며, 존재의 근원적인 관계를 회복하려는 정신적 태도는 '산' '들녘' 등의 자연적 흐름 속에 수용되어 있음이 발견된다.

　이러한 백우선의 맑고 단아한 표정은 다음의 시들에서부터 찾을 수 있다.

　하오에 다스리는

아내의 머리칼
치렁치렁 내리는
청하늘빛

품안에 일어
집안 그득 고이는 건
아내의 하늘이다.

나와
아이들의
무우청빛 하늘이다.

―「가을」 일부

하늘의 잎새와
어버이의 이마와
이웃의 눈빛에 어린 무지개를 만난다.

―「무지개」 일부

짐승의 눈이 감기우고 떠난
낮은 숨결의

어둠 속에 내리는
어머니 마을

―「古稀의 마을」 일부

여기서 볼 수 있듯이 백우선의 시에는 '청하늘빛' '무지개' '어둠 속

에 내리는 어머니 마을'과 같은 맑고 단아한 서정적 세계가 펼쳐져 있
다. 이러한 세계들은 일상적인 생활 감각을 맑고 단아한 정신적 세계
로 환치되어 있다.

위의 「가을」에는 "아내는 무릎 아래, 무웃단/무우청을 푸는" 하오의
마당귀와 '청하늘빛'의 가을의 정경이 어우러져 있다. 이러한 가을의
단아한 이미지 속에는 "집안 그득 고이는 건/아내의 하늘이다//나와/
아이들의/무우청빛 하늘이다"라는 화해로운 삶의 세계가 펼쳐져 있다.
또 「무지개」에서도 "무지개 서는 날/우리는 비로소 옷섶을 여미며/물
과 해의 아름다운 비밀을 만난다"에서 볼 수 있듯이 '무지개'를 통해서
삶의 근원적인 세계를 통찰하는 따뜻한 시선을 보여준다. 이러한 사물
을 인식하는 따뜻한 시선은 "하늘의 잎새와/어버이의 이마와/이웃의
눈빛에 어린 무지개를 만난다"는 삶에 대한 화해로운 관계 지향을 담
고 있다. 이러한 삶의 화해로운 세계가 이루어지는 곳은 바로 "어둠 속
에 내리는/어머니 마을"이다. 이 어머니의 마을에는 "내가 남기고 떠
나온/안개의 씨앗들에/어둡고 무성한/나무들의 숲이 자라나"기도 하
고, 쉬임없이 기도의 심지가 돋우어지기도 하고, 먼 새벽을 맞으시는
어머니의 이미지들로 가득 차 있다. 이는 존재의 근원적인 이미지를
통하여 화해롭고 조화로운 세계를 꿈꾸는 그의 존재 의식을 나타내는
것으로 보인다.

따라서 백우선의 이러한 일상적 삶의 서정적 진술들에는 존재의 근
원적 관계 회복을 이루려는 따뜻한 시선들로 가득 차 있음을 볼 수 있
다. 그것은 '어머니' '아내' '아들' '이웃' 등의 일상적 삶의 자아들이
'청하늘빛' '무지개' '어머니 마을' 등의 존재의 근원적인 정서들과
어우러져 화해롭고 조화로운 세계를 지향하고자 하는 존재 의식으로
함축되어 있다.

2.

    백우선의 조화로운 삶의 회복을 위한 존재 의식은 삶에 대한 각성의 낮은 울림과 현실적 삶의 고통에 대한 자기 확인의 과정을 수반하고 있다. 그러나 이러한 삶의 고통과 각성의 목소리들은 고통스런 절규나 직설적 토로에 의하지 않고, 자연적 호흡 속에 밀도 있게 삶에 대한 존재 의식을 투영하고 있다는 점에서 더욱 절실하게 인식되고 있다.

> 벌겋게 핀 손의 능선 속으로
> 산의 능선이 솟아오르고
> 산의 능선 속으로
> 사람들의 굽은 등이 솟아오르고
>
> 바람소린지
> 새소린지,
> 바람소린지
> 새소린지,
> 손등의 소리가 귀를 때렸다.

―「산새」 일부

> 어린 나무 하나
> 생각에 젖어 있다.
> 아픔에 젖어 있다.

―「雨日吟」 일부

> 손안에 안기는

이 眉間,
수면에 파문이 인다.

—「木도장」 일부

여기서 「산새」의 '사람들의 굽은 등이 솟아오르고/손등의 소리가 귀를 때렸다'는 서정적 인식은 현실적 삶의 자아 각성을 위한 존재 의식이 담겨 있다. 이러한 존재 의식은 "벌겋게 핀 손의 능선 속으로/사람들의 굽은 등이 솟아 오르고"의 시행 속에 함축된 '벌겋게 핀' '굽은' 등의 의미 파장 속에서 암시되는 바와 같은 자기 각성의 태도를 지닌다. 이는 「雨日吟」에서도 '어린 나무 하나/생각에 젖어 있다/아픔에 젖어 있다'는 진술로 존재의 고통스런 자기 확인의 모습을 띠고 있기도 하다. 또 「木도장」에서도 '손안에 안기는/이 미간/수면에 파문이 인다'는 의식의 긴장된 서정적 인식을 보여주기도 한다. 따라서 백우선의 이러한 「산새」「雨日吟」「木도장」 등에 자리잡고 있는 서정적 존재 의식의 태도들은 존재의 근원적인 세계를 인식하고자 하는 고통이 함께 하며, 또 자아에 대한 각성의 태도들이 점철되어 있음이 확인된다. 그의 이러한 존재 의식은 사물과 사물의 화해로운 관계 회복을 회원하는 현실 의식으로 확대되기도 한다. 그것은 「무우를 심습니다」「모닥불」「꽃」「송광사 들녘」 등의 시들에서 확인된다.

우리들 어깨의 사이사이에
팔과 팔의 사이사이에
눈길 사이사이에
무엇을 심으면 제일로, 부끄러운 허리채로
푸르게 푸르게 넘실거릴 수 있을까요?
옷깃과 옷깃 사이사이

발길과 발길 사이사이
무엇을 심으면 눈부셔질까요?

―「무우를 심습니다」 일부

술은 익는데
모락모락 술은 익는데

등, 우리네
시린 등

등 너머 깜깜한
허허벌판

―「모닥불」 일부

너는
너무 저 가쁜 핏빛이야
물소리도 가리우지 못하는
풀밭
羊의 목털 부비지도 못하는
빈 하늘일 뿐

―「꽃」 일부

「무우를 심습니다」에서의 무를 심는 화자의 삶 의식에는 "무엇을 심으면 눈부셔질까요?"에 암시되어 있는 바대로 '눈부신' 삶의 회복을 위한 서정적 인식이 깔려 있다. 그것은 "무엇을 심으면 제일로, 부끄러운 허리채로/푸르게 푸르게 넘실거릴 수 있을까요"에서의 '푸르름'을 회복하기 위한 존재 의식을 추구하고 있음을 볼 수 있다. 이러한 '푸르름'을 향한 삶의 회복은 현실과 마주할 때 '등 너머 깜깜한/허허벌판'으로 인식되어 온다.

「모닥불」은 사람과 사람 사이의 따뜻한 관계를 회복하는 상상력의 공간이지만 현실에서의 그것은 '허허벌판'으로 삶의 화해로운 회복을 성취할 수 없는 비극적 상황을 담고 있다. 이 비극적 현실 의식은 「꽃」에서 더욱 절실한 어법을 보여준다. "너는/너무 저 가쁜 핏빛이야/물소리도 가리우지 못하는/풀밭"으로 대상화되어 있는 삶의 원초적 모습을 희구하는 절실한 몸짓을 보여주지만 그것은 "물소리도 가리우지 못하는/풀밭"으로 비극적 태도를 띠고 있다. '꽃'의 존재론적 인식이 '존재의 찬란한 실현'이라 한다면 백우선의 「꽃」의 현실적 인식은 "양의 목털 부비지도 못하는/빈 하늘"이라는 비극적 상황을 담고 있다. 그것은 비록 '가쁜 핏빛'이라는 원초적 삶의 실현을 이루려 하지만 현실적 상황은 '물소리도 가리우지 못하는 풀밭'이거나 '빈 하늘일 뿐'이다. 여기에 백우선의 비극적 현실 의식의 태도가 중층적으로 나타난다.

3.

백우선의 이러한 존재의 비극적 인식들은 「사과꼭지에 맴도는 韻」「물고둥」「저녁 배추」「사슴을 달래어」「다섯 잎과 한 잎」「섬진강 2」「山吟」「산처럼」「저녁 일기」「파랑새」 등에 이르러 '산'과 '새' '들' 등의 자연적 호흡 속으로 상상력의 시선이 확대되면서 존재의 화해로운 질서를 회복하는 존재 의식으로 강화되고 있음을 볼 수 있다.

오늘 동행하는 O선생

자두알 같은 그물의 손바닥에
풋풋한 사과 한 알로 들려 있었다.
꼭지까지 창공에 곡선을 그으며

오, 부신 하늘에 보냈던 꼭두빛 돌팔매

—「사과꼭지에 맴도는 韻」 일부

물고둥은
물살을 거슬러오르며
햇빛을 반짝이기도 하고
물을 속으로
물을 낮은 소리로
노래하게도
하나 보더라

—「물고둥」 일부

배추가 따스하다.
천리 북향길
찬바람에 실려 온
배추가 따스하다.
손톱 밑에 드는 흙
피붙이의 살 섞인 살은
금새 가슴살이 된다.
손가락의 배추물
피 삭인 땀방울은
이내 그 긴 어둠

깊은 강이 된다.

—「저녁 배추」 전문

위의 시들에 담겨 있는 상상력의 시선들은 '존재의 황홀한 실현'을 이루고자 하는 의식의 절정들에 휩싸여 있다. 그것은 창공에 던진 돌팔매가 동행하는 O선생의 손에 들려 있는 사과 한 알의 서정적 인식으로 떠오르기도 하며, 물살을 거슬러 오르며 햇빛을 반짝이게도 하고 물을 낮은 소리로 노래하게도 하는 물고등의 화해로운 삶의 황홀한 존재 의식으로 발견되기도 한다. 또 천길 북향길 찬바람에 실려온 배추가 따스하게 느껴지기도 하는 상상력의 시선으로 확인되기도 한다. 이러한 그의 존재의 화해로운 세계에 대한 새로운 발견은 「山吟」에서 "할아버진/이젠 말도 없고/산의 눈빛으로/산을 내린다"의 할아버지와 산의 일체화된 서정적 인식을 담고 있기도 한다. 이 존재의 화해로운 세계에 대한 그의 시적 인식은 「산처럼」에서 "우리도 우리끼리/비스듬히 기대서면/저 산처럼/푸르지 않으랴"에서와 같이 자연의 호흡 속에 존재의 근원적인 의식을 투영하고 있으며, 그러한 자연적 질서 속에서 존재의 의미를 발견하려는 의식을 담고 있다.

이러한 그의 존재 의식은 "사슴의 울타리를 말없이 달래어/사슴의 청산을 말없이 달래어//사슴이랑 훨훨 날고 싶은"(「사슴을 달래어」) 존재의 자연적 질서 회복을 이루고자 하는 의식으로도 함축되기도 하며, "하루의 구석구석에서/몰려나와/온몸을 휘감는 어둠,/우리는 하루를/해처럼은 넘을 수 없나?"라고 존재의 근원을 향한 존재론적 의문을 깊이 있게 되새기는 삶의 현실적 관계를 뛰어넘고자 하는 의식의 태도를 담고 있기도 하다.

이러한 백우선의 시들 속에 담긴 단아한 서정의 표정들은 우리 삶의 근원적인 질문을 우리에게 던져 주면서 우리 삶의 화해로운 관계 회복

을 위한 존재 의식들로 가득 차 있음을 발견할 수 있다. 따라서 그의
단아한 표정 속에 담긴 이러한 서정적 인식들은 스스로 존재의 현실적
한계를 뛰어넘어, 근원적인 삶의 회복을 위한 역동적 상상력으로 구축
되어 있는 점에서 소중한 의미를 지닌다고 볼 수 있다. 다음의 시행은
이러한 그의 존재 의식을 결론적으로 함축하고 있다.

몸과 마음의
삐걱거리는 수레
오늘도
가파른 어둠
길을 돌아 오른다.

—「저녁일기」 끝부분

현실 초월의 낙원 의식

—권오택의 『초록빛 바람이 불면』론

원래 인간은 하늘에 살고 있었다. 이 하늘에서의 삶은 완전했고, 갈등이 없었다. 불안이 없었고, 인간의 삶을 위협하는 어떤 외부적 힘도 없었다. 마음껏 자기 삶을 누릴 수 있었으며, 자율적인 세계를 꿈꿀 수 있었다.

그러던 인간의 천상적 삶의 세계에 불안의 그늘이 깊게 드리워지고, 갈등의 어둠이 나타나기 시작했다. 그것은 하늘로부터의 추락, 즉 천상적 낙원을 상실한 뒤부터였다. 그 이후 인류 문화의 긴 여정은 바로 이 낙원을 회복하려는 소망으로 점철되어 왔다고 해도 과언이 아니다. 인간의 현실이 고통스러우면 고통스러울수록 낙원을 꿈꾸는 열망은 더욱 뜨거웠다.

이러한 낙원 회복의 염원은 바로 인간 생활의 모든 문화 양식의 주제 의식이었다. 특히 문학은 인간의 삶의 양식을 탐구한다는 점에서, 이러한 근원적인 낙원 회복의 정신을 벗어날 수 없었다. 따라서 문학 작품, 특히 시는 인간의 의식을, 가능한 대로 화해와 평온의 심리적 세계로 안내하는 기능을 지니게 되었다. 이러한 시에 대한 생각은 비단 신화문학론적인 인식만을 의미하는 것은 아니다. 시가 지니고 있는 총체적 공간 속에는 이러한 현실 초월의 의식이 깊이 있게 작용하고 있는 것이다.

권오택의 시들은 바로 이러한 현실 초월의 상상적 질서를 보여준다. 낙원을 꿈꾸는 시인의 의식은 천상적 삶을 향한 주제들로 토로되어 왔다. 그러나 그의 시가 환상적이거나 공상적 세계에 몰입되어 인간의 고통스러운 현실과 멀리 떨어진 공허한 목소리에 빠져 있는 것은 아니다. 그의 시들은 인간의 원초적인 세계들인 고향 마을, 산정, 어린 시절 등의 공간 의식을 보여주면서, 현실적 삶의 원초적인 꿈을 담고 있다.

그것은 그의 시집 『초록빛 바람이 불면』의 전체 구조 속에 잘 드러나 있다. 제1부의 '하늘문'에서부터 '이대로 두십시오', '약속의 먼 길', '여름 칼국수', '나의 노래는', '잠든 나무', '무성한 꿈' 등의 제8부까지의 부제들이 함의하고 있는 상상력의 구조 속에는 바로 현실적 삶의 초월 의식이 가득 차 있음을 확인할 수 있다. 따라서 권오택의 시는 인간의 현실 속에 상실된 원초적 세계를 통하여 화해로운 삶을 꿈꾸고자 하는 시정신을 담고 있다. 이러한 의식의 태도를 확인하기 위하여 이 시집의 제1부에 있는 다음 시들을 살펴보자.

강물 풀리는 소리
씨앗 터지는 소리
하늘문 여는 소리

—「새봄」에서

꽃밭은 낙원입니다.

음악이 있고
은총 가득한
사랑이 있습니다.

—「꽃밭」 전문

　강물이 풀리고, 씨앗들이 생명의 숨결로 터지고, 하늘문이 열리는 소리가 들리는 봄의 계절적 이미지는 바로 현실적 갈등을 넘어서서 천상적 삶의 질서로 나아가고자 하는 시인의 의식을 담고 있다. 이러한 의식 지향은 꽃밭을 낙원으로 인식하고 있는 화자의 태도에도 나타난다. 이 화자는 꽃밭을 낙원으로 인식하고 있을 뿐 아니라 그 속에는 은총이 있고 사랑이 있는 세계로 인식하고 있다. 여기서 '은총'은 바로 하늘로부터 내려진 은혜를 의미한다. 따라서 이 꽃밭은 우리가 살고 있는 현실 속에서의 꽃밭이라는 일상적 의미를 넘어서서 하늘문이 열리고 내려진 천상적 공간의 현실적 세계이다.
　권오택의 이러한 원초적 세계를 향한 인식은 현실의 '쓸리는 역사'의 세계로 자리를 옮겨온다.

하늘 열리는 거기서부터
바람은 불어오나 보다

거센 산맥
줄줄이 밀려가고
트이는 광야에
나는 실리어 간다.

요란한 날개소리

지층 흔들고
떠나가는 나를
뒤돌아보면

기억은 씨앗 터져
자랄 땅 없어도
우거지는데

온갖 것 다 여의고
쓸리는 역사
부질없는 절규여
눈 먼 나방이

못견디게 설레는
슬픈 나무들
달랠 길 없다.

바람에 감기어
지는 꽃잎
목놓아 운다.

—「바람부는 풍경」 전문

　이 「바람부는 풍경」은 마치 천상적 질서가 밀려나고 인간적 삶의 세
계가 펼쳐지는 광경을 연상하게 한다. 인간의 현실 세계는 온갖 것 다
여의고 쓸리는 부질없는 절규와 눈 먼 나방의 역사적 삶의 세계이다.
이 현실은 바로 "바람에 감기어/지는 꽃잎/목놓아 운다"는 시행에서

암시되는 바와 같은 비극적 삶의 세계라고 할 수 있다. 그것은 낙원 상실의 현실 공간을 의미한다. 이러한 낙원 상실의 현실을 초월하기 위해서, 또는 현실의 비극적 상황을 통찰하기 위해서 그는 곧잘 일상적 삶의 세계를 벗어난다.

그는 일상적 삶의 공간을 초월하기 위해 천상과 현실의 중간 세계인 '산'을 오른다.

산에서 내려다보면
시가는 아라베스크
양귀비 꽃밭
그 둘레엔 푸른 하늘
도형에서 벗어나
하늘문 열고
내가 살던 일생을
혼자 웃는다

—「산에서 내려다보면」에서

앞을 가리는
안개구름 지우고

통조림 봉인한
까만 가슴 터뜨리면
유령의 나라

빛나는 나의 집

—「산정에 서면」에서

비파산 산마루

노송나무 밑에서

화덕 속 이글거리는

시가를 내려다보았다.

공작시간에 만든

손때 묻은 종이집

상기된 그날의

마침 종소리──

─「산마루에 앉아서」에서

여기서 산은 하늘문이다. 즉 하늘로 가는 중간 세계인 산에서 내려다
보는 현실은 '아라베스크, 양귀비 꽃밭'과 같은 욕망과 현실적 본능에
사로잡혀 있는 삶의 세계이다. 그래서 그는 하늘문을 열고 '내가 살던
일상을/혼자 웃는다'며, 요란한 세상, 한 폭의 유화 같은 현실을 바라
보는 신선이 된다. 하늘에 있는 그는 신선으로서의 천상적 존재이다.
그러나 현실 세계에서는 그는 이방인이라고 인식한다. 이러한 그의
'신선과 이방인'으로서의 존재 인식은 바로 산이라는 중간 세계에서의
갈등을 담고 있다.

따라서 그는 '산정에 서면/외치고 싶다'고 한다. 앞을 가리는 안개구
름을 지우고 통조림 봉인한 것 같은 현실적 굴레를 벗어 버리려고 한
다. 이러한 현실적 굴레를 벗어났을 때, '맑은 하늘'의 천상 세계와,
'푸른 땅'의 현실 세계에 나의 집은 빛나게 된다. 그래서 그는 산정에
서 춤을 즐겁게 출 수 있는 화해로운 자아 인식에 도달한다.

그러나 그는 화덕 속 같은 현실을 내려다보면서, 현실 속에서의 자아
에 대한 실존적 의식에서 자유로울 수 없음을 인식한다. 그것은 바로

'네로 황제가 재단하는 백열의 도시'와 같은 현실 세계에서 '풀잎 입에
물고/얌전한 토끼처럼/생각에 잠겨/침묵의 융단을 깐다'는 실존적 의
식을 보여주는 데서 확인된다.

　이러한 실존적 자아 의식은 '창 밖 내다보면/깊은 밤/환히 새고//검
은 색 흰 색/장엄한 우주 속에/나는 혼자 있습니다'(「눈 내린 밤」)의 절
대적 존재 인식으로, 또는 '마른 하늘/수정비/그 맑은 소리/젖는 하얀
꿈'(「마른 하늘 수정비」) 속의 황홀한 존재 인식을 보여주기도 한다.

　　한 그루 나무가 있습니다.
　　해마다 더 많은
　　푸른 잎 돋았습니다.

　　겨울이 오면
　　해마다 더 많은
　　낙엽이 쌓여
　　그 속에
　　비단꿈 쌓였습니다.

　　계절마다 남기는
　　자욱 때문에
　　해마다 더 많은
　　눈물이 있습니다.

　　그윽한 가슴
　　빛살 나리고
　　마당 지키는

한 그루 나무
미소가 있습니다.

─「마당 섶에 있는 나무」 전문

합천댐 지나
산을 갈라 길이 난
강따라 한 십리
시원한 골짜기
무시로 안개서린
용동이 있다.

빈집 같은 열두셋 집
풀벌레소리에 잠들어 있고
명수대 큰 바위
여름에도 진종일
시원한 그늘
신선되어 앉았더니
동자 서넛이 모여왔다.

저 건너 풀밭에
나비떼 맴돌고
송아지 두 마리
입 맞대고 서 있는데
세상일 산그늘에 묻고
나는 들꽃으로 피었다.

─「용동 나들이」 전문

권오택의 존재 의식은 「마당 섶에 있는 나무」로 전환된다. '나무'는 천상적 존재 의식을 꿈꾸는 상징적 의미를 담고 있다. 그것은 현실의 땅 속 깊이 뿌리를 박고 있으면서, 줄기와 잎들은 하늘을 향해 꿈꾸는 존재로서의 표상을 의미하기 때문이다. 흔히 나무는 우주로 통하는 '우주수(宇宙樹)'로 인류의 의식 속에 오랜 동안 간직되어 왔다. 따라서 이 「마당 섶에 있는 나무」는 바로 권오택의 우주를 향한 존재 의식을 여실히 보여주는 작품이라 하겠다.

즉, 계절마다 남기는 현실적 삶의 자욱 때문에 해마다 더 많은 눈물을 간직한 현실적 존재이지만, 그윽한 가슴에 빛살이 나리는 한 그루 나무로서의 존재는 우주적 삶을 희원하는 낙원 지향의 삶 의식을 표상한다.

이러한 우주적 삶을 희원하는 '나무'의 존재 의식은 「용동 나들이」에서 낙원 지향 태도를 보여준다. '용동'은 바로 지상에 있으면서도 천상적인 세계로서, 현실과는 유리된 낙원이다. 비록 그것은 합천댐을 지나 강 따라 한 십리 떨어진 안개가 무시로 서리는 '용동'이지만, 이곳에 가면 '신선'으로 삶의 전환이 이루어지는 우주적 공간이다. 이 '용동'은 고통과 갈등이 넘치는 현실 세계를 벗어나 "세상일 산 그늘에 묻고/나는 들꽃으로 피"는 초월적 세계인 셈이다.

따라서 권오택의 '산'을 매개로 하는 중간자적 자아 의식은, 이 「용동 나들이」에 와서는 우주적 존재로서의 화해로운 의식을 지닌 자아로 변화되어 있다. 그것은 '산'이라는 중간 세계, 즉 지상을 굽어보고 천상을 향한 세계 인식에서, '용동', '마당'의 현실 세계를 벗어난 현실 속의 초월적 공간에서의 화해로운 세계 의식으로 나타난 것이다.

이상에서 권오택의 『초록빛 바람이 불면』에 깊이 드리워져 있는 현실 초월의 낙원 의식을 개괄적으로 살펴본 셈이다. 위에서 예시한 작품들 외에도 그의 대부분의 시들에 언표된 자아의 존재 의식은 대체로 현실적 삶의 고통과 갈등을 넘어선 초월적 삶 의식을 함의하고 있었다. 여름 저녁 고향의 마당 가운데서 밤 하늘을 바라보며 이야기를 나누는 서정적 정경들은 이러한 그의 낙원 의식을 드러내는 주된 이미지군으로 작용하고 있었다. 그러므로 그의 시들은 현실적 삶의 세계가 고통스러우면 고통스러울수록, 이를 초월하려는 정신적 의지로서, 혹은 고통을 부드럽게 감싸주는 숨결, 즉 우주적 호흡으로 우리 주위로 엄습해 올 것이다.

윤동주의 동시 세계

1. 머리말

윤동주의 시에 관한 논의는 활발하게 진행되어 왔다. 대체로 그 논의들은, 그의 시가 시대 현실에 대해 내면적 대응을 통하여 민족의 정신적 동일성을 회복하려는 자아의 태도를 지니고 있다는 견해를 보이고 있다. 그의 시에 관한 이러한 논의들에도 불구하고 이제까지 그의 동시에 관한 관심은 별로 활발하지 않았다. 따라서 이 글은 윤동주가 그의 시와 함께, 일관된 창작 태도를 가지고 써온 동시들의 세계를 살피는 데 의의를 두고자 한다.

윤동주의 동시 작품은 현재까지 밝혀진 자료에 의하면 35편이다. 전체 작품수인 116편에서 동시가 차지하는 35편은 양적인 비중에 있어 상당한 셈이다. 또한 1934년 12월 24일이라고 부기되어 있는 「내일은 없다」에서부터 1941년의 작품으로 추정되는 「못 자는 밤」에 이르기까지를 추산하면, 그의 동시 창작은 시 창작과 함께 거의 비슷한 연표가 된다. 따라서 윤동주의 동시에 관한 관심은 윤동주의 문학을 이해하는 데 중요한 의미를 지닐 뿐 아니라, 아동문학사적 의의에 있어서도 지나칠 수 없는 의의를 지닌다고 하겠다.

이제까지 윤동주의 동시에 대한 관심은 김흥규에 의해 '세계를 보는 그의 입장이 고뇌에 찬 시각의 변화'[1]로 이해되어 왔다. 이는 윤동주의 시적 변모 과정에 있어 동시 세계는 습작기 시에서 초기시로의 변모 과정에 나타난 세계관의 변화로 보고 있는 점이다. 그 이유로 34년부터 36년까지의 습작기에서 37년에서 40년까지의 초기시로의 시각의 변화에 있어, 동시 창작은 1936년 9월 이후 12월까지 오직 동시만을 쓰고 있다는 점을 미루어 들고 있다. 그러나, 앞서 밝힌 바와 같이 윤동주의 동시 창작은 그의 시작(詩作)과 함께 그 나름대로의 동시관에 의해 창작되어 왔으며, 그 창작 기간도 41년까지 지속되었음을 간과할 수 없다. 따라서 윤동주의 동시 세계는 시작 과정의 한 부분이라기보다는 나름대로의 동시관에 의한 아동문학적인 의미를 지닌 작품 성격을 보여준다고 하겠다.

또한 이재철도 『세계아동문학사전』[2]에서 윤동주의 관심을 집중시켜 동시인으로 해설을 붙이고, 작품 「산울림」, 「굴뚝」, 「햇빛, 바람」 등을 대표작으로 수록하였다. 이는 윤동주의 동시 세계에 대한 아동문학적 위상을 설정하였다는 점에서 의의를 지닌다.

따라서 이 글은 이러한 논의들을 바탕으로 윤동주의 동시 세계를 시적 변모 과정의 한 연속으로 파악하지 않고, 그의 동시들이 지닌 독특한 세계들을 살펴보는 데 의의를 두고자 한다.

---

1) 金興圭, 「尹東柱論」, 『創作과批評』, (창작과비평사, 1974. 가을호), p.637.
2) 李在徹, 『世界兒童文學事典』, (계몽사, 1989), pp.261~262.

2. 윤동주의 동시 창작

윤동주는 명동 소학교 때인 1928년부터 당시 서울에서 간행되던 『어린이』(1923~1934), 『아이생활』(1926~1944) 등의 잡지를 구독하여 즐겨 읽었다.[3] 그리고 5학년 무렵에는 같은 반 급우들과 등사판 문예지 『새 명동』을 간행하면서 자작 동시를 발표하기도 하였다. 그리고 1932년 용정의 은진중학 1학년 때부터 윤석중의 동요 · 동시에 깊이 빠져 있었다. 이 무렵 그는 그의 고종 사촌인 송몽규와 함께 『습작 문집』을 엮어내면서 그의 자작 동시들을 발표했다.[4] 현재 밝혀진 작품 자료에 의하면 1934년 12월 24일에 쓴 것으로 된 「내일은 없다」도 이때의 것이다.

윤동주의 동시 창작은 1936년 봄 평양의 숭실학교가 신사참배 거부로 폐교당하자, 고향 용정으로 돌아와 편입한 광명중학 4학년 때부터 본격화되었다. 이때 그는 밤이면 원고지와 씨름하면서 동시를 지었다.[5] 그의 작품 35편 중 20편 정도가 이 무렵의 작품이다. 이를 살펴보면, 「참새」(1936년 1월 2일), 「병아리」(1월 6일), 「고향집」(1월 6일), 「호주머니」 「사과」 「눈」 「닭」 「개」 「오줌싸개 지도」 「기왓장 내외」 「편지」 (이상 36년 추정), 「햇비」 「빗자루」(9월 9일), 「비행기」 「봄」 「무얼 먹고 사나」 「굴뚝」(이상 10월), 「가을밤」(10월 23일), 「눈」 「버선본」(12월) 등이 그것이다.

그리고, 당시 연길에서 발행되던 『카톨릭 소년』지에 '동주(童舟)'라는 필명으로 「병아리」, 「빗자루」 등의 작품을 발표하였다. 1937년에는 「오줌싸개 지도」, 「무얼 먹구 사나」, 「거짓부리」 등을 발표하면서 동시

---

3) 尹一柱, 「윤동주의 생애」, 『나라사랑』 23집, (외솔회, 1976), p.152.
4) 金秀福, 『어두운 시대의 시인의 길』, (예전사, 1984), pp.43~44.
5) 尹一柱, 앞의 글, p.154.

창작에 관심을 쏟았다. 이때의 작품으로 「둘다」, 「반딧불」, 「할아버지」 등을 들 수 있으며, 1938년에는 「귀뚜라미와 나와」, 「해바라기 얼굴」, 「아기의 새벽」, 「산울림」, 「햇빛, 바람」 등과, 1941년의 작품으로 보이는 「못 자는 밤」이 있다. 이 중 「산울림」은 『소년』지에 발표되었다.

윤동주의 고종사촌 송몽규. 은진중학 1학년 당시 윤동주는 그와 함께 만든 『습작 문집』에 자작 동시들을 발표했다.

이러한 윤동주의 동시 창작은 그가 중학 시절 애독하던 정지용의 동시를 비롯하여, 『윤석중 동요집』, 『잃어버린 댕기』, 『아동문학전집』, 일본의 『오가와(小川未明) 동화집』, 강소천의 『호박꽃초롱』 등에서 깊은 영향을 받았다.[6]

이상의 개략적인 동시 창작 활동에 나타난 윤동주의 동시관은 당시 우리 민족이 처한 현실 생활의 표현이라는 창작 의식에 바탕을 두고 있다. 다음의 증언에서 이러한 그의 동시관을 살필 수 있다.

그밖에 나에게 특별히 보내 준 책으로는 조선일보사 발행의 『아동문학집』, 일본 『오가와 동화집』, 강소천의 『호박꽃초롱』 등이었다. 특히 『아동문학집』 속의 이광수의 동화(제목은 잊었으나 정류장에서 엄마를 기다리는 아이의 이야기), 박영종(木月 朴泳鍾)의 「나루터」, 정지용의 「말」 등에 연필로 간단한 설명을 달아 놓았었는데, 요지는 꿈이 아닌 생활이 표현되었기에 좋은 작품이라는 뜻이었다.[7]

---

6) 위의 글, p.155.
7) 위의 글, p.155~156.

　여기서 '꿈이 아닌 생활이 표현되었기에 좋은 작품'이라는 윤동주의 동시관은 환상적인 세계보다는 민족의 생활 현실을 바탕으로 한 삶의 인식 태도를 담고 있다. 이러한 그의 동시관은 민족적 슬픔을 달래고 억압된 감정을 해소하는 방법으로 불리어진 국민개창가요(國民皆唱歌謠)의 성격을 지니고 있다. 그것은 바로 일제치하의 동요, 동시들이 민족 의식을 고취하는 정신 운동의 성격의 영향으로 볼 수 있다.

　따라서 윤동주의 '생활의 표현'으로서의 동시는 당시 우리 민족의 삶의 실상을 형상화하면서 우리의 삶의 정서를 담고 있다. 이러한 삶의 정서는 일제치하의 민족 현실에 대응하여 민족 의식을 앙양하려는 정신적 태도를 보여준다. 다음의 글은 이 무렵의 이러한 아동문학의 특징을 분명하게 제시하고 있다.

　식민지 시대의 모든 근대적 예술 활동이 그러했듯이, 이 시기의 아동문학도 역시 그러한 정치적, 사회적 자아의 재발견에 의하여 형성, 성장하고 있었던 것이다.[8]

　여기서 시사되는 바와 같이 30년대를 전후한 동시의 일반적 성격도 정치적, 사회적 여건과의 긴밀한 대응 의식을 함의하고 있었다. 윤동주의 동시 창작도 이러한 민족 현실과 긴밀한 관련을 맺고 있으며, 그의 동시관 또한 그의 시가 지향하는 민족적 자아 회복을 통한 민족 정신의 앙양이라는 주제 의식을 담고 있다. 그러면, 그의 동시들이 지향하는 작품 세계를 살펴보고자 한다.

---

8) 李在徹, 『한국현대아동문학사』, (일지사, 1978), p.301.

3. 윤동주의 동시 세계

윤동주의 동시 창작은 은진중학 재학 당시『습작 문집』에서 비롯되어, 1934년 12월 24일에 쓴 것으로 부기된「내일은 없다」를 그 첫 작품으로 출발된다. 앞에서 잠깐 언급한 바대로 그는 생활 현실과 밀착된 삶의 실상을 통한 민족적 정서를 표현하려 하였다. 따라서 그의 동시들은 당시 민족 현실의 모습을 함축하고 있으며, 사회적 민족 자아의 재발견의 시적 주제를 밀도 있게 담으려 하였다. 다음의 동시들은 그의 초기의 작품들로서 이러한 시적 자세를 관념적으로나마 나타내려 하였다.

> 내일 내일 하기에
> 물었더니
> 밤을 자고 동틀 때
> 내일이라고
> 새날을 찾던 나는
> 잠을 자고 돌보니
> 그 때는 내일이 아니라
> 오늘이더라
> 무리여! 동무여!
> 내일은 없나니
> ……

—「내일은 없다 ; 어린 마음이 물은」 전문

이 「내일은 없다」라는 제목 속에 함의되어 있는 세계는 '새날'을 찾는 동심의 밝은 세계를 지향하고자 하는 의식이이라기보다는, 암울한 시대 현실에 대한 비극적 인식이 자리잡고 있다. 그것은 "내일 내일 하기에/물었더니/밤을 자고 동틀 때/내일이라고"라는 구절 속에 담겨 있는 비극적 현실의 '내일'이다. 이는 "내일 내일 하기에"라는 진술 속에 나타난다. '내일 내일'이라고하여 '새날'에 대한 희망과 기대를 갖고 새날을 찾던 '나'는 새날이 아니라 오늘이었다는라는 인식에 이른다. 여기서 '내일'은 단순한 잠을 자고 돌아보니 내일이 아니라 오늘이었 다라는 물리적 시간의 변화에 의해서가 아니라, '새날'과 같은 광명의 내일이 올 수 없는 비극적 현실의 인식이 깔려 있는 셈이다. 즉, 이는 "무리여! 동무여! 내일은 없나니/⋯⋯"라는 다음의 구절에서 확인된 다. 여기서 "내일은 없나니/⋯⋯"에서 "⋯⋯"가 암시하는 말할 수 없 는 시대적 상황의 표현으로 볼 수 있다.

　이러한 「내일은 없다」에서의 민족 현실이 처한 비극적 상황 인식에 의한 관념적 표현은 다음의 「조개껍질」에서 그리움의 정서로 나타난 다.

　　　아롱아롱 조개 껍데기
　　　울 언니 바닷가에서
　　　주워 온 조개 껍데기

　　　여긴여긴 북쪽 나라요
　　　조개는 귀여운 선물
　　　장남감 조개 껍데기

　　　데굴 데굴 굴리며 놀다
　　　짝 잃은 조개 껍데기
　　　한짝을 그리워 하네

아롱아롱 조개 껍데기
나처럼 그리워하네
물 소리 바다 물 소리

—「조개껍질」 전문

이 「조개껍질」은 초기의 습작 동시에 속하지만, 앞의 「내일은 없다」
에서 보인 현실에 대한 관념적 인식에서 벗어나 '조개껍질'이라는 화
자를 통하여 "물소리 바다 물소리"를 그리워하는 그리움의 정서를 나
타내고 있다. 여기서 화자는 언니가 바닷가에서 주워 온 조개 껍데기
를 선물로 받았다. 북쪽 나라이기에 더욱 "귀여운 선물"일 수밖에 없었
다. 따라서 화자는 이 조개 껍데기를 장난감으로 가지고 놀며 "데굴데
굴 굴리며 놀다"가 한짝을 잃은 조개가 다른 한짝을 그리워함을 깨닫
는다. 즉, "물소리 바다 물소리"를 그리워하는 '조개 껍데기'를 통한
그리움의 의식으로 상승된다.

바닷가를 떠나 온 조개껍질이 '물소리 바다 물소리'를 그리워하는
것은 마치 내가 누구를 그리워하는 것과 동일하게 느껴진다. 여기서의
조개껍질을 대상으로 한 화자의 그리움의 의식은 바로 고향을 상실하
고 고향을 그리워하는 당대 현실의 정서적 인식과도 밀접한 관계를 맺
는다. 따라서 이 「조개껍질」은 앞의 「내일은 없다」에서 보인 관념적 현
실 인식에서 벗어나, 현실에 대한 정서적 인식에로의 변화를 보여준
다. 이러한 현실에 대한 정서적 인식은 다음의 「겨울」에서도 계속된다.

처마 밑에
시래기 다래미
바삭바삭

추워요.

길바닥에
말똥 동그라미
달랑달랑
얼어요.

—「겨울」 전문

처마 밑의 시래기와 길바닥의 말똥을 대상으로 하는 이 작품은 우리의 생활 속의 사물을 소재로 삼고 있는 점에서 특징이 있다. 앞에서 '꿈보다 생활의 표현'을 중시했던 그의 동시관에 비추어 볼 때 이「겨울」은 처마 밑에 걸려 있는 시래기 다래미와, 길바닥에 널려 있는 말똥의 동그라미를 통해 생활의 현실감을 표현하는 데 성공하고 있다. 따라서 이 작품은 이러한 생활 현실을 통해 '겨울'이 암시하는 현실의 비극적 정황을 정서적으로 표현하고 있다. "처마 밑에/시래기 다래미/바삭바삭 추워요/길바닥에/말똥 동그라미/달랑달랑/얼어요"에서, '바삭바삭 추워요/달랑달랑 얼어요'의 함축적 문맥 속에 민족의 암울한 현실을 정서적으로 담고 있는 것이다. 이러한「겨울」속에 담긴 암울한 상황의 정서적 인식은 다음의「봄」,「햇비」등에서 다소 동심 지향의 정서적 태도로 나타난다.

우리 애기는
아래 발치에서 코올코올,
고양이는
부뚜막에서 가릉가릉,

애기 바람이
나무가지에서 소올소올,
아저씨 해님이
하늘 한가운데서 째앵째앵.

―「봄」 전문

아씨처럼 나린다
보슬보슬 해ㅅ비
맞아 주자 다같이
　　옥수숫대처럼 크게
　　닷자엿자 자라게
　　해님이 웃는다
　　나보고 웃는다

하늘다리 놓였다.
알롱달롱 무지개
노래하자 즐겁게
　　동무들아 이리 오나
　　다같이 춤을 추자
　　해님이 웃는다
　　즐거워 웃는다

―「햇비」 전문

　이들 두 작품은 윤동주의 다른 동시들에 비해 동심의 세계를 표현하고 있다는 점에서 의의가 있다. 생활 현실의 정조를 살린 다른 작품들과는 달리 동심의 시선을 통하여 밝은 세계를 노래하고 있다. 즉, 「봄」

에서 봄의 계절적 이미지를, "우리 애기는/아래 발치에서 코올코올,/ 부뚜막에서 가릉가릉"의 형상화가 그것이다. 애기가 코올코올, 고양이 가 부뚜막에서 가릉가릉 잠자는 모습은 봄의 평온한 이미지를 살려내 는 데 성공적이라 하겠다. 또 "애기 바람이/나무 가지에서 소올소올,/ 아저씨 해님이/하늘 한가운데서 째앵째앵" 등의 대응을 통해 봄의 계 절적 감각을 살려내고 있다.

이러한 「봄」에서의 평온한 생활의 이미지는 「햇비」에서는 보다 활성 적이며, 생동감 있는 이미지로 제시된다. 그것은 보슬보슬 내리는 햇 비를 '다 같이 맞아주자'라는 청유(請誘)의 동심에서부터, "옥수숫대처 럼 크게/닷자 엿자 자라게/해님이 웃는다/나보고 웃는다"에서의 햇님 과 내가 서로 웃는 동심의 일체감으로 확대된다.

그리고 2연에서 무지개를 보고 즐겁게 노래하자는 진술과, 동무들과 다같이 춤을 추자는 경쾌한 음률은 봄과 햇비의 자연적 대상을 동심의 정조로 그려내고 있다고 하겠다.

비오는 날 저녁에 기왓장 내외
잃어버린 외아들 생각나선지
꼬부라진 잔등을 어루만지며
쭈룩쭈룩 구슬피 웁니다.

대궐 지붕 위에서 기왓장 내외
아름답던 옛날이 그리워선지
주름잡힌 얼굴을 어루만지며
물끄러미 하늘만 쳐다봅니다.

—「기왓장 내외」 전문

이 「기왓장 내외」와 「굴뚝」은 윤동주의 동시들 중에서도 당대의 생활 정서를 밀도 있게 형상화한 작품들이다. 그것은 「기왓장 내외」에서 비오는 날 잃어버린 외아들이 생각나서 꼬부라진 잔등을 어루만지며 울음 우는 정경과, 아름다웠던 옛날이 그리워 주름잡힌 얼굴을 어루만지며 하늘만 쳐다보는 정경 속에 잘 어우러져 있다. 또 「굴뚝」에서도 산골짜기 오막살이에서 대낮에 감자를 구워 먹는 총각애들의 모습은 당시 우리 민족의 생활 현실과 밀착된 정경들이라 하겠다. 이러한 생활 정조가 담긴 정경들은 바로 민족 정서를 깊게 담고 있다.

「기왓장 내외」에서 기왓장을 의인화하여 잃어버린 외아들을 그리워하며 슬피 우는 기왓장 내외의 모습은 바로 당대의 비극적 삶의 정서적 표현이라 하겠다. 2연에서의 아름답던 옛날을 그리워하며 주름잡힌 얼굴을 어루만지며, 처참한 오늘의 삶을 어루만지는 모습 또한 암담한 현실의 민족적 자아의 한 모습이다.

또한 「굴뚝」에서의 '옛 이야기 한 커리에 감자 하나씩 나눠 먹으며 모여 앉아 있는 총각애들이 감자 굽는 내' 또한 생활 현실과 밀접한 정조의 현장이라 하겠다.

산골짜기 오막살이 낮은 굴뚝엔
몽기몽기 웨인 연기 대낮에 솟나,

감자를 굽는 게지 총각애들이
깜박깜박 검은 눈이 모여 앉아서
입술에 꺼멓게 숯을 바르고
옛이야기 한커리에 감자 하나씩.

산골짜기 오막살이 낮은 굴뚝엔

살랑살랑 솟아나네 감자 굽는 내.

—「굴뚝」 전문

빨래줄에 걸어논
    요에다 그린 지도
지난 밤에 내 동생
    오줌싸 그린 지도

꿈에 가 본 엄마 계신
    별나라 지돈가?
돈벌러 간 아빠 계신
    만주땅 지돈가?

—「오줌싸개 지도」 전문

이 작품에 나타나 있는 동심의 세계는 비극적인 어린이의 현실 세계다. 1연에서는 동생이 오줌을 싼 요를 대상으로 하면서 동심 세계의 희극적 비애를 담고 있다. 2연에서 이러한 희극적 비애는 시대 현실의 어두운 상황과 관련된 상상적 체험들로 짜여져 있다. 그것은 양지바른 마당에 널려 있는 이불의 오줌 자욱에서 돌아간 어머니와, 만주로 노역간 아버지에 대한 그리움의 연민으로 바뀌어져 있는 데서 발견된다. 그리하여 이 「오줌싸개 지도」는 비극적인 어린이의 현실 세계를 보여 주면서 당대 삶의 비극적 아픔을 제시하고 있다.

헌 짚신짝 끄을고
    나 여기 왜 왔노
두만강을 건너서

쓸쓸한 이 땅에

남쪽 하늘 저 밑에
따뜻한 내 고향
내 어머니 계신 곳
그리운 고향집

고향을 떠나 있는 소년의 향수를 그린 이「고향집」에서도 위의「오줌싸개 지도」와 같이 유년의 비극적 현실이 담겨 있다. 이러한 그의 동시들이 담고 있는 비극적 현실은 시대 상황의 어두운 현실과 밀접하게 관련되어 있다. 그것은 앞의「오줌싸개 지도」에서 어머니를 잃고, 아버지마저 만주로 떠나 있는 부모 상실의 세계로 나타나 있으며, 이「고향집」에서의 "헌 짚신짝 끄을고/두만강을 건너서" 고향을 떠날 수밖에 없는 고향 상실의 세계가 그것이다. 이러한 부모 상실과 고향 상실의 세계 인식은 바로 당대 삶의 어두운 현실을 상징적으로 담고 있다.

따라서 윤동주의 동시들이 담고 있는 생활 현실의 어두운 모습들은 온 민족이 수난의 질곡 속에 살았던 당대의 시대 상황과 함축적 관계를 지니고 있다고 하겠다. 이러한 세계는 그의「편지」에서도 누나를 향한 그리움의 정서로 나타나기도 한다. "누나!/이 겨울에도/눈이 가득히 왔습니다.//흰 봉투에/눈을 한 줌 넣고/글씨도 쓰지 말고/우표도 붙이지 말고/말쑥하게 그대로/편지를 붙일까요?"라는 눈이 오지 않는 나라에 있는 누나를 향한 그리움의 향수를 담고 있다.

이러한 고향 상실·가족 상실이라는 상징적 민족 현실의 세계와 함께, 꿈과 동경의 동심을 담고 있는 작품들로「무얼 먹고 사나」,「반딧불」,「귀뚜라미와 나와」,「산울림」,「해바라기 얼굴」등이 있다. 그러나 이러한 동심의 세계도 현실의 생활 감정이 깊게 깔려 있다.

바닷가 사람
물고기 잡아먹고 살고

산골엣 사람
감자 구워먹고 살고

별나라 사람
무얼 먹고 사나

—「무얼 먹고 사나」 전문

가자 가자 가자
숲으로 가자.
달조각을 주우려
숲으로 가자.

그믐밤 반딧불은
부서진 달조각,

가자 가자 가자
숲으로 가자.
달조각 주우려
숲으로 가자.

—「반딧불」 전문

위의「무얼 먹고 사나」는 한 어린이의 독백의 진술을 담고 있다. 이
어린이의 독백을 통한 동경의 세계도 현실과 깊은 관련을 띠고 있다.
바닷가의 사람은 물고기 잡아먹고 살고, 산골 사람은 감자 구워 먹고
사는데, 별나라 사람은 무얼 먹고 사는가라는 동경의 진술은 꿈의 세
계를 향한 동경이라기보다는 생활 현실의 감정 세계에 지배되어 있다.
윤동주의 이러한 비극적 생활 정감은 바로 이러한 동심 지향의 작품
속에도 은밀하게 나타나고 있다.

이러한 비극적 현실을 깔고 있는 동심의 세계는 위의「반딧불」을 비
롯한「나무」,「산울림」등에 이르러 내면적 시각을 통한 감각적 세계로
나타난다.「반딧불」에서 제시되는 동심의 세계는 뚜렷이 없다. 그러나
하나의 동심의 세계를 감각적으로 표현하고 있다. 동심의 순진한 의식
세계를 '달조각', '숲' 등의 이미지를 통하여 제시하고자 한다. 이러한
동심의 제시는 재미있는 말로 꾸며내려는 표현과는 다르다. 따라서 윤
동주의 이러한 작품들은 그의 시들이 담고 있는 상징적 세계와 함께
동심의 상상력을 넓혀준다. 그것은 그의「산울림」에서 "까치가 울어서
/산울림,/아무도 못 들은/산울림,//까치가 들었다,/산울림,/저 혼자 들
었다,/산울림"이라는 산울림의 청각적 감각의 세계를 까치를 대상으로
제시하고 있는 점에서도 드러난다. 그리고 표현 기교에 있어서도 쉼표
를 사용하여 산울림의 여운을 살려내고 있는 감각적 표현도 성공적이
다.

하나, 둘, 셋, 넷
....
밤은
많기도 하다.

—「못 자는 밤」 전문

윤동주의 마지막 동시로 알려져 있는 이「못 자는 밤」에서도 동심의 직접적 제시가 없다. 다만 내면 세계의 불안한 정감을 잠이 오지 않는 화자를 통해 드러낼 뿐이다. 그것은 "하나, 둘, 셋, 넷/………/밤은/많기도 하다"는 간결한 표현으로 함축시켜 놓고 있다. 이러한 간결한 표현을 통한 동심의 함축적 제시는 그의「나무」,「사과」,「눈」,「닭」,「할아버지」등에서 의식적인 시도를 보이고 있다. 가령,「나무」에서 "나무가 춤을 추면/바람이 불고,/나무가 잠잠하면/바람도 자오"에서, 또한「할아버지」의 "왜 떡이 쓴은 데도/자꾸 달다고 하오" 등의 함축적 표현을 통해 동심의 세계를 제시하고자 했다.

4. 맺음말

이상에서 윤동주의 동시 세계를 개략적으로 살펴 보았다. 윤동주는 그의 시작 과정과 함께 동시에 깊은 장르적 관심을 지속적으로 가지고 있었다. 그것은 1934년의 그의 시적 출발을 보이는 때부터 1941년에 이르기까지 계속되었다. 즉,「내일은 없다」에서「못자는 밤」까지의 동시 창작의 연표가 그것이다. 물론 이 이전에도 은진중학 당시『습작 문집』을 발간하면서 자작 동시를 발표한 바도 있다. 이러한 동시에 관한 그의 장르적 관심은 시 창작에 부수되는 창작이 아니라 동시에 대한 나름대로의 창작 의식을 지니고 있었음을 드러낸다. 그것은 앞에서 지적한 바와 같이 '꿈이 아닌 생활 현실의 표현'을 중시하는 그의 동시관에도 뚜렷이 제시되어 있다.

이러한 관점에서 볼 때 윤동주의 동시에 대한 관심은 1930년대에서 부터 40년대 초의 아동문학을 이해하는 데 중요한 의미를 지닌다고 볼 수 있다. 따라서 윤동주의 동시는 꿈의 세계나 환상을 통한 동심 세계

로서의 아동문학이기보다는 사회적, 정치적 여건 아래서 대응하려는
민족적 자각 의식을 담고 있다는 문학사적 의의를 지닌 셈이다.

그것은 그의 작품들이 보여준 민족의 생활 감정이 응축된 동심의 세
계 지향과 또한 고향과 가족 상실의 아픔을 통하여 민족의 동일성 상
실의 상징적 현실을 함축하고 있는 점에서도 드러난다. 이러한 고향과
가족 상실의 정서를 통하여 그의 동시 세계는 당대의 민족이 안고 있
는 삶 의식을 깊이 있게 투영하고 있는 점에서도 의의를 지닌다.

잊을 수 없는 별의 노래

―윤동주의 문학적 초상

1. 잊을 수 없는 별의 노래

죽는 날까지 하늘을 우러러
한 점 부끄럼이 없기를,
잎새에 이는 바람에도
나는 괴로워했다.
별을 노래하는 마음으로
모든 죽어가는 것을 사랑해야지
그리고 나한테 주어진 길을
걸어가야겠다.

오늘 밤에도 별이 바람에 스치운다.

―「서시」 전문

　이 시는 윤동주가 1941년 11월 20일에
쓴 작품이다. 연희전문 문과 졸업을 앞두
고 졸업 기념으로 시집 『하늘과 바람과
별과 시』를 펴내려고 그 동안 쓴 시를 자
필로 정리하면서 자신의 시정신을 함축하
여 이 시를 마지막으로 썼다. 죽는 날까지
하늘을 우러러 한 점 부끄럼이 없기를 잎
새에 이는 바람에도 괴로워했던 시인 윤
동주, 그는 우리 한국 현대시의 흐름 속에
서 영원한 별로 빛나고 있다.

민족시인 윤동주.

　별을 노래하는 마음으로 모든 죽어 가
는 것까지도 사랑했던 그는 '나'를 성찰하고, 우주를 사랑하고, 별이
바람에 스치우는 민족의 현실을 깊이있게 사랑했다. 그래서 그는 '나'
와 '우주'와 '민족'을 하나로 생각했다. 우리 시의 흐름 가운데서 '나'
를 사랑하고 '나'를 성찰하고 '나'를 부끄럽게 여기면서도 '나'한테 주
어진 길을 정직하게 걸어간 시인이 바로 윤동주이다.

　그는 우리에게 '나'를 찾기 힘든 세상에서 '나'를 찾는 법을, 부끄러
움을 모르는 세상 사람들에게 부끄러워하는 법을, 사랑이 없는 시대에
사랑하는 법을 깨우쳐 주었다.

　29세의 짧은 현실적 삶을 살았지만 그는 영원한, 잊을 수 없는 별의
노래를 우리에게 들려 주며 우리의 정신 한가운데 살아 있다. '나'를
잃어버리고 방황하는 젊음 앞에도, 길가의 바람에 흔들리는 잎새에도,
깊은 밤 잠 못 이루는 고뇌 곁에도 별의 노래를 들려 주고 있다. 그만
큼 그는 많은 사랑을 주고받으며 우리와 함께 살고 있는 셈이다.

　지금 그는 그의 시처럼,

　　내를 건너서 숲으로
　　고개를 건너서 마을로

　　어제도 가고 오늘도 갈
　　나의 길 새로운 길

　　민들레가 피고 까치가 날고
　　아가씨가 지나고 바람이 일고

　　나의 길은 언제나 새로운 길
　　오늘도— 내일도—

　　내를 건너서 숲으로
　　고개를 넘어서 마을로

—「새로운 길」 전문

　그는 오늘도 가고 있다. 그가 가는 길은 자신의 고뇌와 민족의 수난을 넘어서 나를 사랑하고 별을 사랑하고 민족을 사랑하는 자아의 공동체적 길이다. 나를 사랑하는 길이 곧 우주를 사랑하는 길이고 우주를 사랑하는 길이 곧 민족 수난의 역사를 넘어서서 내와 숲으로 마을로 돌아올 수 있는 삶의 길이라 하였다. 이 길은 언제나 새롭고 어제의 길이 아니라 오늘의 길이며 내일의 길이다.

　이 길은 그가 즐겨 걸었던 연희전문의 백양로 숲의 은빛 물결이 이는 길일 뿐 아니라, 나의 오늘과 내일로 뻗어 있는 길인 동시에 민족의 역사 앞에 열려 있는 길이었다.

　그는 미래에 살았다. 과거나 현재보다도 미래의 언덕을 향해 걸어 나갔다. 그가 지금 추억처럼 사라진 뒤에도 세월은 50여 년이 흘렀다.
1945년 2월 16일, 그의 별이, 삶이 역사의 마지막 페이지에서 사라졌
지만, 그는 지금 하늘에 빛나는 새로운 별이 되었고, 길이 되었다.

그의 별에도 봄이 왔다. 그의 무덤에도 이제 잔디가 파릇파릇 돋아났
다. 별이 바람에 스치는 밤에도 길이 되어 우리 앞을 걸어가고 있는 것
이다.

그는 별이 되어 우리의 밤하늘을 비추고 있다. 이제 그의 첫 페이지
와 마지막 역사의 페이지를 펼쳐 가면서 그의 삶과 시에 소중하게 담
겨 있는 정신의 우물을 퍼올려야겠다. 거기에는 우리 모두의 잊을 수
없는 추억과 사랑과 별이 있기 때문이다.

2. 아름다운 또 다른 고향에 가자

가자 가자
쫓기우는 사람처럼 가자

백골 몰래
아름다운 또 다른 고향에 가자.

—「또 다른 고향」에서

한 줌 재로 변한 윤동주의 유해가 북간도 고향으로 돌아오는 날, 흐
린 하늘이 금방이라도 눈발을 퍼부어댈 것처럼 잔뜩 웅크리고 있었다.
입춘도, 우수도 이미 지난 2월 말의 절기였다. 그러나 북지의 바람은
조금도 누그러들지 않은 채 아들의 뼈를 안고 돌아오는 아버지 윤영석
의 등을 매섭게 내리쳤다.

남의 나라 땅, 그것도 적국 일본의 하늘 아래에서 아들을 화장시켜야
만 했던 죄 많은 아버지였다. 그의 온 마음이 산산이 부서지고 있었다.

한·만(韓滿) 국경 지대인 두만강변에 이르자 아버지는 더욱 괴로웠
다. 이제 두만강을 건너면 아들은 다시는 조국 본토를 밟을 수 없을 것
이었다. 꽁꽁 얼어붙은 강줄기를 타고 올라오는 바람의 채찍이 한층
드세어지는 것 같았다.

윤동주의 유해가 온다는 이야기를 전해 들은 가족 친지들이 북간도
용정(龍井)에 있는 집에서 이백 리나 떨어진 두만강변의 상삼봉역(上三
峯驛)까지 마중을 나와 있었다. 윤동주의 서러운 뼈를 담은 유해 상자
는 아버지의 손에서 평소 동주를 극진하게 따르던 아우 윤일주(尹一柱,
전 성균관대 교수)의 품으로 옮겨졌다.

기차를 타고 강을 건너가면서 일주는 그날따라 두만강 다리가 몹시
도 길게 느껴졌다. 용정 집으로 가는 길도 멀기만 했다. 다른 가족 친
지들 모두 비통한 마음을 애써 삭이며 말없이 차창만을 바라보고 있었

용정의 동산에 윤동주의 묘비를 세우고 둘러앉은 가족들.

다. 용정의 정안구(靖安區) 제창로(濟昌路) 1의 20번지, 혼이 된 동주가
유해보다 먼저 가 있을 그리운 집이 거기에 있었다.

장례식은 눈발이 휘날리는 추위 속에서 조촐한 가족장으로 치뤄졌
다. 1945년 3월 6일, 용정 집의 앞뜰에서였다. 윤동주의 가족이 다니
던 용정 중앙장로교회 문재린(文在麟, 1896~1985. 문익환 목사의 부친)
목사의 주관으로 장례가 끝난 뒤 동주는 동산(東山)에 있는 중앙장로
교회의 가족 묘지에 묻혔다.

용정의 겨울이 풀리는 그 해 5월 초순, 어느 따뜻한 날을 기다려 가
족들은 동주의 묘역에 떼를 입히고 꽃을 심어 단장하였다. 그리고 단
오 무렵인 6월 14일에는 묘비를 세웠다. 묘비명은 '시인 윤동주지묘
(詩人尹東柱之墓)'―이때에야 비로소 윤동주는 '시인'이라는 관사를 받
게 되었다. 비문은 순 한문으로 다음과 같은 내용이었다.

아아, 본관이 파평(坡平)인 고 윤동주 시인, 어린 시절 명동소학을 졸업하
고 다시 화룡 현립 제1교 고등과에 들어가 배웠고, 용정 은진중학에서 3년
을 수학한 뒤 평양 숭실중학으로 전학하여 1년간 학업을 닦았다. 다시 용정
에 돌아와 광명학원 중학부를 우수한 성적으로 졸업하고, 1938년에 경성
(京城)의 연희전문학교 문과에 들어가 4년 겨울을 보내고 졸업하였다. 공부
는 이미 이루었으나 그 뜻 아직도 남아, 이듬해 4월에 책을 짊어지고 일본으
로 건너가 경도(京都)의 동지사대학 문학부에서 진리를 갈고 닦았다. 그러
나 어찌 뜻하였으랴. 배움의 바다에 파도가 일어 몸은 자유를 잃고, 배움에
힘썼던 생활은 조롱에 갇힌 새의 운명이 되었으며, 더욱이 병이 더하여
1945년 2월 16일에 운명하니 그때 나이 29세. 그 재질 가히 당세에 쓰일 만
하고 시(詩)가 장차 세상에 울려퍼질 만하였는데, 춘풍무정(春風無情)이라,
꽃을 피우고도 열매는 맺지 못하였나니. 아아, 애석하도다. 하현 장로의 손
자이며 영석 선생의 아들인 그대, 영민하고 배우기를 즐겨하며 신시를 좋아

하여 작품이 많았으니 그 필명을 동주(童舟)라 하더라.

당시 적국 일본 땅에서 옥사했다는 사실을 차마 밝힐 수 없었기 때문에 윤동주의 죽음은 "조롱에 갇힌 새"로 비유되었다. 누가 그를 조롱에 가두었던가? 그것은 바로 나라 잃은 이 시대의 역사가 아니었던가? 그렇기에 가족들의 서러움과 안타까움은 더했다.

며칠 동안을 동주의 할아버지 윤하현과 아버지 영석은 비면을 어루만지며 먼저 간 혈육에 대한 정을 달래어야 했다.

윤동주는 그렇게 해서 민족의 아픔이 고스란히 남아 있는 북간도에 묻혔다. 시인 정지용(鄭芝溶)은 이를 두고 "청년 윤동주는 의지가 약하였을 것이다. 그렇기에 서정시에 우수한 것이겠고. 그러나 뼈가 강하였던 것이리라. 그렇기에 일적(日賊)에게 살을 내던지고 뼈를 차지한 것이 아니었던가? (……)뼈가 강한 죄로 죽은 윤동주의 백골은 이제 고토(故土) 간도에 누워 있다"(『하늘과 바람과 별과 시』 서문)라고 했다.

뼈가 강한 죄―이것이 아마도 북간도의 찬 땅에 그 마지막 뼈를 묻은 윤동주의 죽음을 가장 적절하게 보듬어 주는 말이리라. 왜냐하면, 북간도야말로 망국의 한과 함께 조국 독립의 열망이 한동아리로 뭉쳐 있는 일제 치하 우리 민족운동의 본산이었기 때문이다.

그 땅에서 윤동주가 태어났기에 그의 뼈는 강할 수 있었다. 그리고 그의 뼈가 강했던 까닭으로 적의 땅 어두운 감옥에서 "시대처럼 올 아침"을 기다리며 의연하게 죽을 수 있었고, 그러므로 그의 뼈는 북간도로 돌아왔던 것이다.

육첩방은 남의 나라
창 밖에 밤비가 속살거리는데,

등불 밝혀 어둠을 조금 내몰고,

시대처럼 올 아침을 기다리는 최후의 나,

나는 나에게 작은 손을 내밀어

눈물과 위안으로 잡는 최후의 악수.

—「쉽게 씌어진 시」에서

이 민족의 어둡고 쓰라린 역사의 상처를 감싸안으면서 그 척박한 시대를 목메어 노래할 수 있는 한 시인을 탄생시킨 땅 북간도, 지금도 우리에게 그 땅은 어두운 시대의 희생양이 된 시인의 절창(絶唱)을 잊지 못하는 아쉬움의 땅으로 남아 있다. 너무도 순결하고 아름다웠던 한 시인의 혼의 울음을 간직한 채.

3. 명동의 추억

윤동주는 1917년 윤하현의 외아들인 윤영석(尹永錫, 1895~1962)과 규암 김약연 목사의 누이 김용(金龍, 1891~1948) 사이에서 장남으로 태어났다. 그의 집안은 그 당시 북간도 이주민들이 대부분 가난한 생활을 벗어나지 못하고 있었는데 비하여 할아버지 윤하현의 대에는 부자 소리를 들을 만큼 소지주였다.

동주가 태어난 것은 명동중학교 출신인 아버지 윤영석이 북경(北京) 유학을 다녀와서 명동중학교 교원으로 있을 때였다.

동주는 십여 세 때까지 해환(海煥)이라고 불리었다. '동주' 란 이름도 아버지가 지은 것이며 '東' 자는 '明東' 에서 따온 것이다.

동주가 태어난 명동촌의 집은 마을에서 돋보이는 큰 기와집이었다.

명동촌은 한가로운 농촌의 분위기와 신문화의 유입에 따른 이국적인 정경을 지닌 마을이었다.

그의 집은 '학교촌'으로 불리는 마을의 동쪽에 자리잡고 있었다. 명동학교로 들어가는 첫 집이었는데 주위에 가랑나무가 우거진 언덕 아래의 교회당 옆에 자리잡고 있었다. 그의 「자화상」에 등장하는 우물도 있었다. 그는 이 우물 주위에서 많은 추억의 시간을 보냈다. "우물 속에는 달이 밝고 구름이 흐르고 하늘이 펼치고 파아란 바람이 불고 가을이 있고 추억처럼 사나이가 있습니다"라는 시행처럼 그는 우물 속에 가득히 고여 있는 아름다운 추억을 길어 올리는 유년 체험을 깊이 간직하고 있었다. 바로 이 우물은 그의 비극적 자아의식을 투영하게 된 물거울이었다.

아홉 살 되던 해(1925) 4월 4일 윤동주는 화룡현 명동촌의 명동소학교에 입학하였다. 이 명동소학교는 당시 동만주의 정신적 지주이던 외숙 김약연이 설립하여 운영하고 있었다.

명동촌은 기독교적 신앙과 우국 지사들의 투철한 민족의식이 융합되어 점차 민족운동의 본거지로서 그 성격을 굳혀 갔다. 명동촌의 이러한 민족정신의 분위기와 더불어 그 정경 또한 매우 정서적인 그리움을 물씬 자아내는 마을이었다.

명동은 여러 작은 마을이 하나의 집촌으로 형성되어 있었다.

그의 「자화상」과 「십자가」「슬픈 족속」「또 태초의 아침」 등의 시들이 자아내는 정서는 이러한 명동촌의 기독교적 배경과 자연의 아름다운 정취와 깊은 관계를 맺고 있다.

윤동주가 입학한 명동소학교 또한 민족 의식이 강한 학교였다.

명동은 특히 항일운동의 중심지로서 민족적 분위기가 깊게 깔려 있었다. 조국을 등지고 쫓겨온 사람, 나라를 다시 찾기 위하여 단장의 슬픔과 결의를 품고 찾아든 애국 지사들, 침략자의 착취와 박해에 생존

윤동주의 기독교 사상과 민족주의 사상의 정신적 배경이 된
명동소학교 졸업식 기념 사진(1931. 3. 20).

권을 빼앗긴 헐벗은 겨레가 새로운 삶의 길을 찾아 모여든 곳이었다.

윤동주는 명동소학교 4학년 때(1928) 무렵, 서울에서 발간되던 아동 잡지를 구독해 볼 정도로 문학에 재질을 보이고 있었다. 그의 고종 사촌이며 동갑내기 형인 송몽규(宋夢奎, 1917~1945)와 함께 『어린이』, 『아이생활』이라는 아동 잡지를 구독하여 돌려보았다.

5학년 무렵(1929)에 송몽규, 김정우 등과 함께 등사판 문집 『새 명동』을 발간할 뜻을 품기에 이르렀다. 이 무렵에 썼던 동요·동시들의 작품을 이 문집에 발표하였다. 그리고 김약연으로부터 본격적으로 사사하며 한학을 배우기도 하였다.

명동소학교 시절의 이러한 민족적인 분위기는 동주의 시 「슬픈 족속」과 「바람이 불어」에서 정서적인 바탕을 이루는 이미지로 나타나 있다. 명동의 자연 정경과 민족주의 색채가 강한 사상적 분위기, 그리고 기독교적 신앙 체험은 그의 의식 속으로 수렴되어 시적 사상으로 윤색되었다.

4. 어머니, 시인의 노래를 불러 봅니다

1931년 3월 25일 명동소학교를 졸업한 윤동주는, 송몽규 · 김정우와 함께 명동에서 이십 리 동남쪽의 중국인 도시 대납자(大拉子)에 있는 화룡 현립 제1소학교 6학년에 편입하여 일 년간을 다녔다.

어머님, 나는 별 하나에 아름다운 말 한마디씩 불러 봅니다. 소학교 때 책상을 같이했던 아이들의 이름과 패(佩), 경(鏡), 옥(玉), 이런 이국 소녀들의 이름과, 벌써 애기 어머니가 된 계집애들의 이름과, 가난한 이웃 사람들의 이름과, 비둘기, 강아지, 토끼, 노새, 노루, 프랑시스 잠, 라이너 마리아 릴케 이런 시인의 이름을 불러 봅니다.

—「별 헤는 밤」에서

대납자의 중국인 소학교에 다닐 무렵 명동을 중심으로 한 북간도 일대에는 공산 · 사회주의 사상이 팽배하였다. 이러한 공산주의자들을 피하여 만주 전역에 걸쳐 산재해 살던 중류층 이상의 한인들은 모두 용정으로 옮겨 갔다. 이에 따라서 명동중학도 그 운영권이 교회로부터 일반 사회의 유지들의 손으로 넘어갔으며, 그 후 학교가 완전히 폐교되기에 이르러 학생들은 전원이 용정 은진중학에 편입되었다.

1931년 늦가을엔 윤동주의 집안도 농토와 집을 소작인에게 맡기고 용정으로 이사를 하였다. 용정은 명동에서 북쪽으로 약 삼십 리 떨어져 있는 인구 십만여 명의 소도시였다. 캐나다 선교부의 제창병원(濟昌

病院)이 있었고, 선교사들의 집이 네 채가 있었다.

1932년 4월 윤동주는 용정의 은진중학교에 입학하였다. 은진중학은 캐나다 선교부가 경영하는 미션계 학교로서, 한때 시인 모윤숙(毛允淑), 목사 이태준(李泰俊)이 교편을 잡고 있던 명신여학교와 한언덕에 자리잡고 있었다. 그때의 사람들은 학교가 있는 이 언덕을 영국 언덕이라고 불렀다.

이 지역은 만주국이 건국되기까지는, 일본 헌병이나 중국 관헌들의 허락 없이는 마음대로 들어갈 수 없는 치외법권 지대였다. 그러므로 우리 한인들은 이 언덕에서 태극기를 휘두르며 애국가를 마음껏 부를 수 있었다. 은진중학교에서도 학교의 행사 때나, 심지어는 학교 조회를 애국가 제창으로부터 시작하였다.

윤동주의 가족이 용정으로 옮겨 와 자리잡은 곳은 용정가(龍井街) 제 2구 1동 36호였다. 집은 20평 정도의 초가집이었다. 용정으로 옮겨 온 아버지 윤영석은 인쇄소를 경영하였으나 별로 성공하지 못했다.

1935년 봄에 은진중학교 4학년생으로 진급한 윤동주는 그 해 9월 1일 가을 학기 평양의 숭실중학교 3학년으로 편입하였다. 숭실학교는 1897년에 선교사 배위량이 평양부 신양리의 자택에서 열세 명의 학생을 모아 놓고 시작된 학교였다. 그후 1908년에 대한제국 학부로부터 정식으로 '대학'의 인가를 받은 대학부와 중학부를 갖춘 관서 제일의 신교육 기관이 되었다.

숭실중학교 시절 첫 객지 생활을 시작하게 된 윤동주는 문학적인 면에서 새로운 전기를 맞이하게 된다. 18세의 감수성 예민한 청년 윤동주는 숭실중학교의 7개월 동안 무려 15편의 시 작품을 쓴 것이다. 당시 백석의 시집 『사슴』을 도서관에서 종일 베껴 가면서 시적 언어에 대한 새로운 감각과 사상을 불어넣는 창작 수련에 열성을 쏟았다.

숭실중학이 신사참배 거부로 폐교당하자 1936년 4월 용정의 광명학원 중학부로 편입했다.

광명중학교에 재학했던 2년 동안에도 그는 많은 양의 작품을 썼다. 1936년 4월에서 연말까지 시 12편, 동시 16편을 썼으며, 1937년 한 해 동안에는 시 15편, 동시 6편을 썼다. 이 중에서 동시 5편은 당시 연길에서 발간되던 어린이 잡지인 『카톨릭 소년』에 발표되었다. 「병아리」(1936. 11) 「빗자루」(1936. 12) 「오줌싸개 지도」(1937. 1) 「무얼 먹고 사나」(1937. 3) 「거짓부리」(1937. 10) 등이었다.

5. 그의 동시 세계 : 민족 현실의 사실적 투영

동주는 1930년대 우리 문학의 대표적인 작품들을 두루 읽었고, 사상적인 내용에까지도 그 범위를 넓혀 갔다.

그리고 아동문학에 관계되는 책들을 읽으면서, 천진난만한 동심의 세계를 통하여 우리 민족의 현실을 인식하려 한 점은 주목할 만한 일이다. 그것은 일제하의 우리 아동문학이 다분히 민족적인 정서를 고취하려는 민족문학으로서의 성격이 두드러졌기 때문인데, 동주의 아동문학에 대한 관심이 그러한 인식에서 시작되었음을 시사하고 있다.

그의 많은 동시들에서 당시 어두운 현실 속에 살아가는 우리 민족의 모습이 매우 사실적으로 그려져 있는 것은 '꿈이 아닌 사실적 생활이 그려져야 한다' 라는 그의 문학관에서 비롯된 것이었다. 자신의 작품인 「굴뚝」 「무얼 먹고 사나」 「버선본」 「빗자루」 「오줌싸개 지도」 「편지」 「병아리」 등 많은 동시들에서도 민족의 소박하고 순수한 정서가 사실적으로 표현되어 있다.

  산골짜기 오막살이 낮은 굴뚝엔

몽기몽기 웨인 연기 대낮에 솟나,

감자를 굽는 게지 총각애들이
깜박깜박 검은 눈이 모여 앉아서
입술에 꺼멓게 숯을 바르고
옛이야기 한커리에 감자 하나씩.

산골짜기 오막살이 낮은 굴뚝엔
살랑살랑 솟아나네 감자 굽는 내.

—「굴뚝」 전문

바닷가 사람
물고기 잡아먹고 살고

산골엣 사람
감자 구워먹고 살고

별나라 사람
무얼 먹고 사나.

—「무얼 먹고 사나」 전문

빨랫줄에 걸어 논
　　요에다 그린 지도
지난밤에 내 동생
　　오줌싸 그린 지도

꿈에 가 본 엄마 계신
별나라 지돈가?
돈 벌러 간 아빠 계신
만주땅 지돈가?

—「오줌싸개 지도」 전문

헌 짚신짝 끄을고
나 여기 왜 왔노
두만강을 건너서
쓸쓸한 이 땅에

남쪽 하늘 저 밑에
따뜻한 내 고향
내 어머니 계신 곳
그리운 고향 집

—「고향집」 전문

위의 동시들은 대부분 1936년에서부터 1938년에 씌어진 것으로 명기되어 있다. 이 당시 아동문학은 국권 상실 시대의 모든 근대적 예술 활동이 그러했듯이 민족·사회적 자아의 발견을 통한 민족 현실의 삶의 정서와 밀접한 관련 아래 있었다. 이러한 아동문학사적 관점에서도 1930년대의 아동문학이 민족주의적 성격을 함유하고 있듯이 윤동주의 동시 역시 그러한 성격의 기초 위에서 쓰여졌다. 그가 구독하여 읽었던 『어린이』『아이생활』 등의 아동문예지도 국권 상실하의 민족적 슬픔을 달래고 억압된 감정을 해소하는 내용의 민족 정서가 담긴 동요, 동시들을 발표하였다. 그러므로 윤동주의 동시관도 그러한 민족적인 색채를 담지 않을 수 없었다.

따라서 그의 동시 창작은 동시를 통하여 순박하고 티없이 맑은 동심의 세계를 그려냄으로써 어린이를 향한 인간적인 사랑의 정신과, 민족의 비운 속에서도 순수한 동심 지향(童心志向)의 의식적 태도를 통하여 어두운 시대에 대한 정신적 대응을 순진무구한 동심의 세계에서 찾으려는 정신의 소산이었다.

후배 장덕순의 회고에 의하면 1936년 무렵 『어린이』 잡지에 「오줌싸개 지도」라는 동요를 발표하고 이 작품을 장덕순에서 읽어 주었다고 한다. 그 내용은 요에 오줌을 싼 지도의 이야기로서 작품을 읽고 난 후 둘 다 오랫동안 웃었다고 한다. 그때 장덕순은 '오줌을 싸고도 부끄럽지 않아서 글까지 쓰고 또 자랑까지 한다' 라고 속으로 생각했다. 그러나 그때의 동주의 웃음은 "오줌 싼 어린이답지 않게 의젓했고, 티없는 호수의 잔잔한 무늬처럼 아름답기만 했다"고 술회한 바 있다. 그만큼 그는 어린이의 세계를 시적 아름다움으로 성공시켰다.

이와 같이 동주는 유년 시절부터 동심의 세계를 시적 차원에서 바라보았으며, 이러한 인식의 훈련은 그 후에 독서와 산책을 통하여 내면적으로 정리되어 갔다. 그는 방학 때면 반드시 고향으로 돌아와 그의 집과 마을, 그리고 그 지방의 풍물, 친구들에 이르기까지 모든 것을 시적 대상으로 시적 훈련을 쌓아 나갔다.

6. 나의 길, 언제나 새로운 길

윤동주가 연희전문학교에 입학한 것은 1938년 4월 9일이었다. 광명중학 5학년을 그 해 2월 17일 졸업하고, 고종 사촌 송몽규와 함께 연희전문 문과에 입학한 것이다. 동주의 문과 지망은 그의 아버지 윤영석과 심한 대립 끝에 이루어진 선택이었다.

윤동주는 1938년 3월에서 1941년 12월 연희전문을 졸업할 때까지 약 33편의 작품을 썼다. 그만큼 연희전문 시절은 그의 시적 편력에 중요한 의미를 지니는 기간이었다. 연희전문 시절에 씌어진 작품을 들어보면 「서시」 「자화상」 「십자가」 「또 다른 고향」 「간」 「별 헤는 밤」 「소년」 「슬픈 족속」 등 그의 작품 중에서 가장 널리 애독되고 있는 시들이 대부분임을 알 수 있다. 그러므로 연희전문 시절은 윤동주 문학의 개화기라고 할 수 있다.

연희전문의 민족의식이 깔린 분위기 속에서 기독교 정신과 더불어 자유 사상을 익힌 그는 마음껏 민족의 얼을 시적 상상력으로 승화시킬 수 있었다.

1938년 입학한 해에는 「새로운 길」 「사랑의 전당」을 창작하는 등 본격적인 창작 수업에 정진하였다. 2, 3학년 때에는 학창 생활과 학과 수업에 몰두한 나머지 몇 편의 작품밖에 쓰지 않았으나, 그의 대표적인 역작들은 대부분이 이 무렵에 쓰여진 것이다.

이 무렵의 그의 시들이 민족적인 분위기를 안으로 담고 있으면서 자연의 아름다움과 인간 정신의 준열한 신념까지 표상하고 있는 것은 연희 전문 재학시에 그 문학적 수련이 치열했음을 보여준다.

그는 학교의 산길이나 서강 들녘을 거닐면서 아름다운 자연의 움직임을 시적 상상력으로 끌어들여 내향화했으며, 기숙사의 천정 얕은 다락방, 혹은 교정의 잔디밭을 그의 창작의 산실로 삼고, 일상적인 생활의 영상들을 그의 준열한 시정신 속으로 집결시켰다.

특히 연희전문 시절에 그는 은빛 물결을 이루는 백양로의 터널을 지나 언더우드 동상 앞을 즐겨 걸었다. 이 길을 거닐면서 그는 같은 반의 시인 유영과 함께 당시 교수들의 강의와 연희전문에 얽힌 전설과 기담을 주고받았다. 교수들이 가르치는 민족의식, 기독교 정신, 그의 시선이 닿는 모든 풍물, 이런 것들이 그의 의식 속에 용해되었다.

그의 시 「새로운 길」은 이 무렵의 정서를 담고 있다.

　　　나의 길은 언제나 새로운 길

　　　오늘도— 내일도—

　　　내를 건너서 숲으로

　　　고개를 넘어서 마을로

—「새로운 길」에서

이 「새로운 길」은 그가 1학년 때인 5월 10일에 쓴 시다. 후에 연희전문 문과에서 발행한 『문우』지에 그의 「자화상」과 함께 발표되었다. 이 시에 담긴 서정적 분위기와 같이 윤동주는 연희전문 주위의 정경을 시화했다. 박창해는 그의 사색적인 생활을 다음과 같이 증언한 바 있다.

"봄이 되면 개나리, 진달래와 더불어 이야기를 나누고 여름이 되면 느티나무 아래에서 나뭇잎과 대화를 하였습니다. 가을이 되면 연희동 논밭에서 결실을 음미하며 농부들과 사귀었습니다. 겨울에는 연희 숲에서 나무 사이를 거닐며 깊은 사색에 잠기곤 하였습니다. 혹시 남의 눈에 띄는 일이 있어도, 시상을 그리고 있는 것으로 생각하여 주고, 아무도 그를 건드리지 않았습니다. 동주는 일 년 사철을 겨레를 위한 사색의 시간으로 보내는 것이었습니다."

7. 잎새에 이는 바람에도 나는 괴로워했다

윤동주는 언제나 그의 주위에 있는 모든 것을 사랑하였다. 그의 이러한 사랑의 태도는 직설적으로 겉에 드러나는 것이 아니라 항상 따뜻한 인간적 그리움과 내면적 깊이를 담고 있었다. 그는 주위의 작고 보잘 것 없는 일에서부터 우주의 삼라만상에 이르기까지, 이웃과 동포와 우주를 향하여 상승적 상상력을 통하여 모든 것을 사랑하였다.

그의 「서시」에서 두드러지게 상징되어 있듯이 그는 "모든 죽어 가는 것"까지도 사랑의 품속으로 끌어들였다. 이러한 이웃과 사소한 사물, 동포와 민족에 대한 그의 사랑의 정신은 휴머니즘적인 인간애와 민족주의적인 동포애를 담고 있었다. 이러한 그의 사랑의 태도는 그에 대한 많은 회상의 글들에서 모두 일치되고 있다.

그는 방학을 맞아 용정에 있던 집으로 돌아오면 농사일에 직접 일손을 거들었고, 소도 먹이고, 집 단장이나 집안일을 스스로 찾아 일하였다. 누가 시켜서가 아니라 집안 어른들이 일하시는 것을 옆에서 보며 그대로 책만 읽고 앉아 있을 수 없는 그의 따뜻한 마음에서였다.

그가 연희전문에 다닐 때 여동생 혜원과 주로 많은 편지를 나누었다. 당시 고녀생이던 그녀의 편지를 꼼꼼히 읽고 번번이 붉은색의 펜으로 문장을 다듬고 틀린 글씨를 고쳐서 회답과 함께 되돌려 보내 주곤 하였다. 그만큼 그는 동생들에게 자상한 사랑을 베풀었다.

그는 또 당시 소학교 4학년이던 동생 일주에게 교과서에 나오는 북두칠성과 북극성의 위치를 마당에 나가 밤하늘을 가리키면서 요령있게 가르쳐 주기도 하였다. 그때의 일을 윤일주는 '여름 저녁의 시원한 바람, 어린 나를 안다시피 하던 그의 체취, 별을 가리키던 그의 손가락 등 모든 것이 그립다'고 회상한 바 있다.

가족에 대한 사랑과 함께 그는 또 산책을 매우 좋아했다. 방학이 되어 고향집으로 돌아와 집안일을 돌보면서도 그는 매일같이 마을 주위의 산길이나 들길을 산책하면서 길가의 조그만 풀꽃들이나 주위의 아름다운 정경을 정서적으로 익혀 나가고 있었다. 이 무렵의 그의 정서적 인식이 「아우의 인상화」에 잘 그려져 있다.

　　붉은 이마에 싸늘한 달이 서리어
　　아우의 얼굴은 슬픈 그림이다.

　　발걸음을 멈추어
　　살그머니 앳된 손을 잡으며
　　"늬는 자라 무엇이 되려니"
　　"사람이 되지"
　　아우의 설운 진정코 설운 대답이다.

　　슬며시 잡았던 손을 놓고
　　아우의 얼굴을 다시 들여다본다.

　　싸늘한 달이 붉은 이마에 젖어
　　아우의 얼굴은 슬픈 그림이다.

—「아우의 인상화」 전문

　「아우의 인상화」는 이 무렵 동생 일주와 집 주위를 산책하면서 느낀 젊은이의 내면적 고뇌와 유년적 이미지를 잘 조화시킨 작품이었다. 윤일주 교수의 회고에도 이 무렵의 그의 따뜻한 인간애와 어려운 시대를 살아가는 시대적 고민이 「아우의 인상화」에 형상화되었다고 한다. 다음의 글을 보면 이를 알 수 있다.

　1938년 9월, 그러니까 첫 방학 뒤에 쓴 그의 시 「아우의 인상화」 속의 그와 나의 대화는 실제 있었던 일로 회상된다. 이렇게 구체적인 사례가 아니라도 그의 시상의 대부분은 그의 산책길에서 자연을 관조하면서 마음 속에서 우러나고 다듬어진 것이 아닌가 생각된다. 그의 산책길의 옷차림은 삼베나 옥양목의 한복 차림이었고, 손에는 책이 쥐어 있지 않은 때가 없었다. 사각모나 연희전문 학생들이 잘 쓰던 미국식 맥고모에 곤색 학생복 차림도 참 잘 어울리었다. 그는 은연중에 멋을 부리기도 하였으나 무엇이나 그의 몸에 걸쳐지면 맵시가 나는 듯하였다. 그는 일본에 대한 적개심이 강하여 '하오리'나 '유까다'를 입은 조선 사람을 보면 메스껍다고 외면하였고 친구들이 일본 말로 이야기하여도 애써 우리 말로 대하곤 하였다.

8. 아아, 젊음은 오래 거기 남아 있거라

일본으로 건너간 윤동주는 1942년 4월 2일에 동경의 입교대학의 영문학과 선과 1학년에 입학했다. 입교대학의 학적부에 의하면, 윤동주의 본적은 조선 함경북도 청진군 부포항 67번지이며, 주소는 '신전구 원락정 4-3 평송영춘'이다. 이 주소는 당시 동경 한인 YMCA 회관에 방 하나를 얻어 투숙하고 있던 숙부 윤영춘의 주소를 빌린 것이다.

황혼이 짙어지는 길모금에서
하루종일 시들은 귀를 가만히 기울이면
땅거미 옮겨지는 발자취 소리,

발자취 소리를 들을 수 있도록
나는 총명했던가요.

이제 어리석게도 모든 것을 깨달은 다음

오래 마음 깊은 속에

괴로워하던 수많은 나를

하나 둘, 제 고장으로 돌려보내면

거리 모퉁이 어둠 속으로

소리 없이 사라지는 흰 그림자,

흰 그림자들

연연히 사랑하던 흰 그림자들,

내 모든 것을 돌려보낸 뒤

허전히 뒷골목을 돌아

황혼처럼 물드는 내 방으로 돌아오면

신념이 깊은 의젓한 양처럼

하루종일 시름없이 풀포기나 뜯자.

—「흰 그림자」 전문

위의 「흰 그림자」는
동경 시절의 첫번째
작품이다. 4월 14일,
입교대학 입학 후 열
이틀 만에 쓰여졌다.
유학생의 고독함이 행
간마다 배어 있는 이

동경의 입교 대학 시절 여름방
학에 귀향한 윤동주(1942년).

잊을 수 없는 별의 노래 283

일본 경도의 동지사 대학.

「흰 그림자」는, 당시 한국 유학생들이 어떠한 심정으로 하루하루를 살아가고 있었나를 말하고 있다.

윤동주는 1942년 여름 방학이 끝난 후 경도의 동지사 대학으로 편입하게 된다. 동지사대학 학적부에 의하면, 윤동주는 1942년 10월 1일자로 문학부 문화학과 영어영문학 전공(선과)이었다.

윤동주가 왜 동지사대학으로 옮겼는가는 그 이유가 분명하지 않다. 입교대학 시절의 고독과 향수에서 벗어나고자 했던 것인지도 모른다. 경도에는 사촌 송몽규가 있었던 것이다. 송몽규는 윤동주에게 있어서 단순한 사촌형인 것만이 아니라, 어릴 때부터 강렬한 민족 의식을 공유한 '동지'였다. 또 연희전문 출신의 다른 학우들도 경도에는 꽤 있었다.

윤동주는 경도로 옮겨 와서 좌경구 전중고원정 27 무전 아파트에 주거를 정했다. 좌경구 북백천 동평정정 60번지 청수영일의 집에 있던 송몽규의 하숙집과는 도보 10분 이내의 거리였다.

무전 아파트는 1936년에 세워진 목조 2층 건물이었다. 여기에는 한국인 학생연맹의 사무국이 있었고, 한국인 하숙생과 그들을 찾아오는 한국인 학생들이 많았다. 이 무전 아파트 자리에는 지금 경도예술단대가 들어서 있다.

윤동주가 경도 시절에 쓴 작품들은 지금 남아 있지 않다. 1943년 7월 일본 경찰에 체포될 때 모두 압수당하여 유실되었기 때문이다. 그러나 이때도 역시 동주는 시작을 멈추지 않았다. 다음의 윤영춘의 술회를 보면 당시의 윤동주의 시적 정황을 가슴 깊이 느낄 수 있다.

그해(1942년) 겨울 섣달 그믐날, 귀가 도중에 나는 교오또에 들렀다. 밤 늦게 거리에 나가서 야시장의 노점에서 파는 오뎅과 삶아 놓고 파는 돼지고기와 두부, 참새고기를 실컷 먹었다. 그날 밤 집에 돌아와 밤이 깊도록 시에 대한 이야기로 일관했다. 독서에 너무 열중해서 얼굴이 파리해진 것을 나는 퍽이나 염려했다. 6도 다다미 방에서 추운 줄도 모르고 새벽 두 시까지 읽고 쓰고 구상하고…… 이것이 그날 그날의 과제인 모양이다. 그의 말을 종합해 보면 프랑스 시를 좋아한다는 이야기와, 프랑시스 잠의 시는 구수해서 좋고 신경질적인 장 콕토의 시는 염증이 나다가도 그 날신날신한 맛이 도리어 매력을 갖게 해서 좋고, 나이두의 시는 조국애에 불타는 열성이 좋다고 하면서, 어떤 때는 흥에 겨워서 무릎을 치기도 했다.

그 다음날인 새해 첫날, 우리들은 비파호로 산책을 떠났다. 교오또의 그 높은 봉을 케이블카에 앉아 넌지시 넘어서 비파호에 이르렀다. 풍경이 하도 좋아 내가 연방 감탄사를 섞어가며 떠들어도 동주는 이에 대한 반응이 더디었다. 시 한 편이 되어 나오기에 전심령을 집중시켜 부심하고 있다는 것을 그 당장에서 나는 알았다.

윤동주는 이 당시 이미 문학과 인생에 대한 존재론적 철학의 세계를 갖추고 있었다. 또한 민족에 대한 사랑이 충만되어 있었다. 따라서 동주는 송몽규, 그리고 당시 제3고등학교 학생이던 고희욱 등과 함께 일제의 압정과 민족의 장래에 대하여 깊은 대화를 나누었다.

그 대화 내용은, 후일 그들이 체포되어 취조를 받을 적에 작성한 취

조문에 상세하게 드러나 있다. 일본 『특고경찰월보』(1943)에 '재 경도 조선인 학생 민족주의 그룹 사건 책동 개요'라는 제목으로 게재되어 있다.

9. 천재 시인의 죽음

동주는 1943년 여름 방학을 맞이하여 귀향 날짜를 간도의 집에 전보로 알렸다. 그리고 소화물을 부친 후, 역에서 출발을 기다리고 있었다. 그러나 바로 그때, 한 남자가 앞을 가로막으며 동주의 손목에다 수갑을 채웠다. 그가 고우로기라는 일본 형사였다.

1943년 7월 14에 동주는 체포된 것이었다. 송몽규는 7월 10일에 이미 검거되어 있었다. 1943년 12월 6일에 검찰국으로 송환되어 1944년 2월 22일에 기소되었다.

재판은 분리 진행되어서, 윤동주의 재판은 1944년 3월 31일에 있었고 송몽규에 대한 재판은 4월 13일에 있었다. 적용 법률은 치안유지법이고 검사의 구형은 각각 징역 3년으로서, 동주는 '미결 구류 1백 20일 산입'이 지정된 '징역 2년'이 선고되었고, 송몽규는 미결구류 기간의 산입이 없는 '징역 2년'이 선고되었다.

윤동주가 체포된 후 숙부 윤영춘이 시모가모 경찰서 취조실을 찾았을 때, 윤동주는 책상 앞에 앉아서 자기가 쓴 한국어 시와 산문을 일본어로 번역하는 중이었다. 그 원고 뭉치는 상당히 두꺼웠다. 그 원고들, 그것은 아무래도 윤동주의 경도 시절의 것이었음이 틀림없다.

동주와 몽규 두 사람은 판결이 끝나자 곧 후쿠오카 형무소에 투옥되었다. 그러나 실제의 감옥 생활은 경찰서 유치장과 검찰국 유치장에서부터 시작된 셈이었다.

후쿠오카 형무소에 수감된 동주는, 1944년 6월 이래, 한 달에 한장
씩 엽서를 보내 왔다. 한 엽서에서는 '영화 대조 신약 성서(英和對照新
約聖書)'를 보내 달라고 부탁했다. 또 그의 아우 윤일주가 "붓 끝을 따
라 운 귀뚜라미 소리에도 벌써 가을을 느낍니다"라는 글을 써서 보내
었더니, 동주는 "너의 귀뚜라미는 홀로 있는 내 감방에도 울어 준다"라
고 적힌 엽서를 보내기도 했다.

그러나 매달 초순이면 꼭 당도하던 엽서가 1945년 2월에는 중순이
다 되어도 오지를 않았다. 집안 사람들은 모두 어찌된 일인가 하여 애
를 태우고 있었다. 그러다가 중순이 다 넘어서야 한 장의 전보가 날아
들었다. 천재 시인, 민족시인의 죽음을 알리는 비통한 전보였다. 이국
의 겨울 하늘 밑, 살을 에이는 추위가 엄습하는 형무소의 독방 속에서
동주가 숨져 간 것이다.

동주의 사망을 알리는 전보가 북간도 용정의 고향집으로 도착한 날

후쿠오카 형무소 전경.
민족시인 윤동주는 이 형무소의 차디찬 독방에서 외마디 절규와 함께 숨져 갔다.

은 1945년 2월 어느 추운 일요일이었다. 할아버지 윤하현을 비롯하여 가족들은 모두 교회에 나가고 동생 일주와 광주만이 빈집을 지키고 있었다. 오전 열한 시경 날아든 전보는 '2월 16일 동주 사망, 시체 가지러 오라'는 청천벽력의 비보였다.

이때 동주의 어머니는 건강이 좋지 않아 시골 친척집에 내려가 있었다. 마을 사람을 시골로 보내면서 동주의 사망 소식을 밝히지 말도록 당부하고 어머니를 모셔 오도록 했다.

막상 소식을 전해 들은 그의 어머니는 솟구치는 눈물을 삭이며 가족들을 대하였다. 이러한 어머니의 의연한 자세를 보고 안심한 가족들은 동주의 시신을 어떻게 옮겨 올 것인가 하는 걱정에 시달렸다.

아버지 윤영석은 장남의 시신을 찾으러 나서는 비통함을 가눌 길 없었으나 당시 신경(新京)에 머물고 있던 사촌 윤영춘을 데리고 안동(安東)을 거쳐 후쿠오카로 갔다.

윤영석과 윤영춘이 후쿠오카에 도착했을 때는 동주가 사망한 지 열흘이 지난 후였다. 그래서 이들은 죽은 동주는 후에 찾기로 하고 산 사람부터 찾아야겠다는 생각으로 조카 몽규를 먼저 면회하기로 했다.

면회 절차 수속을 밟으며 그들이 뒤적거리는 서류 속에는 '독립 운동'이라는 글자가 한자로 죄명에 기입된 것이 눈에 띄었다. 둘이 간수를 따라 옥문을 열고 들어서자 간수는 "몽규와 이야기할 때는 일본말로 할 것, 너무 흥분된 빛을 본인에게 보여서는 안 된다"는 주의를 주었다. 또 '시국에 관한 말은 일체 금지'라는 주의도 받고 면회실 복도에 들어섰다.

저 쪽 복도 끝으로 시약실(施藥室)이라는 표지가 붙은 방 앞에 푸른 죄수복을 입은 20대의 한국 청년 오십여 명 가량이 주사를 맞으려고 늘어서 있는 것이 보였다. 몽규도 그 줄 속에 들어 있었다. 반쯤 깨어진 안경을 눈에 걸친 채 면회실 쪽으로 몽규가 달려왔다.

윤동주가 옥사한 후쿠오카 형무소 정문.

　몽규는 피골이 상접한 초췌한 모습으로 "어떻게 용케도 이렇게 찾아왔느냐"는 인사의 말을 하는 듯하였으나 윤영석과 영춘은 그 소리조차 저 세상에서 들려 오는 꿈 같은 소리로 들렸다. 몽규는 입으로 무어라 말하는 듯하였으나 너무나 허기와 고문에 시달렸던지 말소리가 제대로 되지 않았다. 그래서 그들은,

　"왜 그 모양이냐?"

하고 물었더니 몽규가 간신히 답했다.

　"저놈들이 주사를 맞으라고 해서 맞았더니 이 모양이 되었고 동주도 이 모양으로……."

　몽규를 만난 그들은 그 길로 시체실로 찾아가 동주를 찾았다. 관 뚜껑을 열고 보니 몸은 상하지 않은 채였다. 구주제대에서 방부제를 써서 시신은 그대로 잘 보존되어 있었다.

　이들이 동주의 시신을 지키고 있는 동안 일본 청년 간수 하나가 따라

와서 그들에게,

"아하, 동주가 죽었어요. 참 얌전한 사람이…… 죽을 때 무슨 소린지 모르나 외마디를 높게 지르며 운명했지요."

하고 동정하듯 말했다.

이렇게 하여 스물아홉의 젊은 나이에 적국의 싸늘한 감옥에서 절규하며 윤동주는 순절한 것이다. 그의 유해는 후쿠오카의 화장터에서 화장된 후 한줌의 재로 그가 꿈에도 그리던 아버지와 조국의 품으로 건너왔다.

그의 사인은 아직 미혹에 빠져 있다. 일제에 의해 '뇌일혈'로 규정된 윤동주의 죽음의 원인에 대하여 의문을 제기한 사람은 아이러니컬하게도 일본인 고노에 에이찌이다. 그는 「윤동주, 그 죽음의 수수께끼」(『현대문학』, 1980. 10)에서 '이름 모를 주사'와 '구주제대 해부용으로 제공함'이란 단서에 주목하여, 윤동주가 일제의 생체 실험에 의해 희생되었을지도 모른다고 추정했다. 고노에 에이찌는 윤동주 등이 맞고 있었던 그 주사가 '생리적 식염수'일 수 있다고 주장하였다.

생체 실험의 목적의 하나는 혈장 대신 식염수 주사가 가능한가를 알려는 것이다. 이것은 전쟁 의학에 꼭 필요한 것이었다. 왜냐하면 전쟁에서는 자주 혈장이 부족되고, 수혈이 필요한 자에게 어느 정도의 대용 혈장, 즉 식염수를 주입할 수 있는가를 해명할 필요가 있었기 때문이다.

또 한 사람의 일본인인 이부끼 고도 역시 고노에 에이찌와 비슷한 의심을 품고 조사한 바가 있었다. 그는 1966년 일본 교정협회가 간행한 『전시 행형 실록』에 게재되어 있는 '형무소별 사망자 수 조사'(1943~1946. 1) 항목에서 근거를 찾는다.

거기에는 후쿠오카 형무소의 경우, 1943년에는 64명, 1944년에는 131명, 1945년에는 259명의 사망자 수가 통계로 나와 있다. 재소자 사

망률이 이처럼 급격하게 증가하고, 특히 전쟁 말기인 1945년에 259명
이라는 대규모 옥사가 있었다는 사실에 주목하여 그가 '생체 실험'에
희생되었을 가능성을 제기하였다.

시와 정서의 교육적 기능
—교과서 수록 시에 대하여

1.

8·15 광복은 우리에게 민족적 재생과 동일성을 회복시켜 주었다. 비록 그것이 타율적인 힘의 일부에 힘입어 이루어진 것이라 하더라도 우리 민족에겐 소중한 감격을 안겨준 새로운 역사적 재생의 계기가 되었다. 여기에는 그 동안 일제에 대항하여 민족 회복을 위한 치열한 정신적 투쟁이 원동력으로 작용하고 있었음은 두말할 나위 없다. 따라서 이 광복은 민족성 회복을 위한 정신적 투쟁의 승리일 뿐 아니라 잃어버린 민족어를 되찾고 민족적 삶을 부활시켰다는 중대한 의의를 지니고 있다. 광복 이후 새로운 정부 수립 과정에 있어 어려운 진통을 겪기도 하였으나 민족 교육이라는 교육의 새 장이 열렸다는 점에서 그 감격의 기쁨은 더욱 크다(이러한 사정은 40년대 전반기의 창씨개명, 우리말 사용 금지 등의 암흑기를 연상하면 그 기쁨의 의미가 뚜렷해진다). 이와 같은 광복의 민족적 상황 전환은 우리에게 민족의 정통성 확립과 주체성

정립이라는 과제를 안겨 주었다. 이를 위한 갈등과 화해는 80년대 후반에서 오늘에 이르기까지 계속적으로 표출되어 온 관심사였다. 특히 교육의 문제에 있어 이러한 관심은 지속적인 목표 설정의 지침으로 인식되어 왔다. 한 나라의 중추적 역할을 수행해 갈 국민 교육이라는 차원에서 보면 더욱 그 인식의 심도는 깊다고 하겠다.

광복 이후의 이러한 교육적 상황 속에 비추어 볼 때 국민 정신의 함양과 주체성 정립이라는 명제는 국어 교육, 그 중 문학 교육의 중요한 교육 목표로 인식되어 왔다. 그것은 광복 이후 현재까지의 국어 교과서에 수록된 문학 작품들이 지니고 있는 교육적 기능에도 여실히 드러나 있다.

문학 작품, 특히 시의 교육적 기능이 정서 함양에 있음은 문학을 연구하는 이론가들이나 문학을 직접 가르치는 문학 교사들 사이에서 빈번하게 인식되어 왔다.

이러한 인식의 바탕에는 시 교육을 통해서 민족의 보편적 정서와 전통적 삶 의식을 인지할 수 있도록 그 교육적 기능을 발휘해야 된다는 당위성이 인식되어 있다. 그러나 현재에 이르기까지 시 교육은 이러한 보편적 정서와 전통적 삶의 가치에 대한 인지보다는 작품에 대한 분석이나 단편적인 감정 이해와 습득에 치중되어 온 것이 우리의 문학 교육 실정이 아닐까 한다. 시 교육에 있어 우리가 깊이 인식할 점은 특수한 미적 감정보다는 작품 속에 흐르는 정서와 미 의식에 대해 즐거움을 느끼면서 인간의 삶 의식과 전통적 가치에 대해 자신의 감정을 일치시킬 수 있고, 또한 시 작품 속에 표출된 존재 양식을 스스로 발견할 수 있는 교육적 기회를 제공해야 된다는 사실이다. 한 민족의 교육적 기능의 표본이 되고 있는 교과서에 수록된 시들에 대한 관심과 이해도 이러한 논의의 전제 위에서 검토될 필요성이 있다고 하겠다. 그러면 광복 이후 교과서에 수록된 시들의 흐름과 성격을 살펴보고, 이들이 지닌 문학 교육의 기능과 의의를 가늠해 보는 데 이 글의 의도로 만족하고자 한다.

2.

광복 이후 교과서에 수록된 시들이 지닌 주된 주류는 크게 세 흐름으로 대별할 수 있다. 그것은 (1)자연 친화적 정서를 통한 자연과 인간의 재발견에 관심을 둔 시, (2)민족과 조국에 대한 도덕적 정서 함양을 위한 시, 그리고 (3)시의 본질적 미학을 기초로 한 순수 서정 형태의 시 등이다. 이러한 시들의 흐름은 민족과 자연, 그리고 인간에 대한 따뜻한 이해와 사랑을 주제로 하고 있다는 점에서는 매우 긍정적으로 판단된다. 그러나 그 이면에는 인간의 개성과 사회, 그리고 역사적 삶이 갖는 시의 사회적 의미 탐구에 대한 시적 기능이 결여되어 있음을 지적하지 않을 수 없다. 인간의 삶의 구조는 그가 살고 있는 사회의 구조와 매우 밀접하게 관련되어 있다는 사실을 상기할 때 더욱 시 교육 기능의 다양성은 절실하게 인식된다. 또한 주제의 방향성은 교과서 시들이 갖는 정서적 성향과 학생들의 정서적 성향과의 심리적 간극이나 괴리를 가져올 위험을 내포하기도 한다는 점에서도 유의할 필요가 있다. 특히 정서적으로 예민한 교육 세대들에게는 문학적 삶 의식과 자신의 삶 의식의 간극 현상에 대해 심리적인 상처를 받을 수도 있을 것이다. 따라서 개인적 삶 의식을 통한 사회와 역사에 대한 인지적 기능을 지닌 시의 주제들에 대한 관심도 폭넓게 수용될 수 있어야 하리라 믿는다. 이러한 이해의 바탕 위에서 교과서 시들의 주된 흐름들에 대해 그 시적 특징을 살펴보고자 한다.
　먼저 자연친화적 정서를 바탕으로 하는 시들을 통하여 자연과 인간에 대한 이해나 감정이 어떤 형상으로 표출되어 나타나고 있는가를 살펴보자. 이러한 주제 의식을 바탕으로 하는 시 그룹은 다음과 같다. 김광섭의「비 갠 여름 아침」「마음」, 김기림의「향수」「봄」, 김동명의「바다」「파초」, 김소월의「진달래꽃」「엄마야 누나야」「산유화」「산」「금잔디」, 김광균의「언덕」「설야」, 김동환의「산 넘어 남촌에는」, 김광림의「산」, 김윤성의「언덕」, 김달진의「샘물」, 김억의「보슬비」, 김영랑의「모란이 피기까지는」「돌담에 속삭이는 햇발」, 김상옥의「멧새알」, 김용호의「눈오는 밤에」, 김상용의「남으로 창을 내겠소」, 노천명의「촌경」「사슴」, 박두진의「도봉」「해」「숲」, 박성룡의「풀잎」, 박목월의「청노루」「윤사월」「나그네」, 박재삼의「가을 한 때」, 박팔양의「봄」, 번영로의「봄비」, 박화목의「낙엽」, 신석정의「산수도」「소년을 위한 목가」「그 먼 나라를 알으십니까」, 서정주의「국화옆에서」, 이은상의「봄」「고향생각」등, 윤동주의「별헤는 밤」, 이육사의「광야」, 유치환의「봄소식」, 이수복의「봄비」, 이희승의「박꽃」, 임화의「들」, 이태극의「낙조」, 이호우의「초원」등, 이병기의「가을」등, 조병화의「해마다 봄이 오면」, 장만영의「잠자리」, 정한모의「가을에」, 정지용의「고향」, 정인보의「이른 봄」, 이병기의「박연폭포」, 조운의「가을 구름」, 장만영의「달·포도·잎사귀」등이 그것이다.

이상과 같은 시인들의 작품들이 공통적으로 함의하고 있는 시적 세계는 자연의 정경이나 계절 감각, 그리고 인간의 향수를 포괄적으로 담고 있는 데 그 특징이다. 이러한 주제의 선택은 인간의 근원적인 삶의 터전으로서 자연을 인식하고 있음을 보여준다. 자연에 대한 이러한 근원적 인식은 여러 가지 형상으로 나타난다. 자연과의 일체화된 감정 형태와 자연의 상실과 거리감에 의한 향수와 동경 등의 감정 양상이 그것이다.

나의 마음은 고요한 물결
바람이 불어도 흔들리고,
구름이 지나가도 그림자 지는 곳.

돌을 던지는 사람,
고기를 낚는 사람,
노래를 부르는 사람.

이리하여 이 물 가 외로운 밤이면,
별은 고요히 물 위에 뜨고,
숲은 말없이 물길을 재우느니,.

행여, 백조가 오는 날.
이 물 가 어지러울가,
나는 밤마다 꿈을 덮노라.

—김광섭의 「마음」 전문

어느 머언 곳의 그리운 소식이기에,
이 한밤 소리 없이 흩날리느뇨?
처마 끝에 호롱불 여위어 가며,
서글픈 옛 자최냥 흰 눈이 내려.

〔…중략…〕

한 줄기 빛도 향기도 없이
호올로 차단한 의상(衣裳)을 하고

흰 눈은 내려 내려 쌓여

내 슬픔 그 위에 고이 서리다.

—김광균의 「雪夜」 1 · 4연

맑은 햇빛으로 반짝반짝 물들으며

가볍게 가을을 날으고 있는

나뭇잎,

그렇게 주고받는

우리들의 반짝이는 미소(微笑)로도

이 커다란 세계를

넉넉히 떠받쳐 나갈 수 있다는 것을

믿게 해 주십시오.

—정한모의 「가을에」 1연

    이들 세 편의 시들은 자연과 인간의 정서적 교감이 시상의 중심 내용으로 되어 있는 대표적인 것들이다. 다른 수록 작품들이 지닌 서정의 형태도 이와 유사한 구조를 지니고 있다.

    김광섭의 「마음」은 그의 초기시의 특징을 나타내는 작품이다. "나의 마음은 고요한 물결"이라는 자연적 대상과의 은유적 표현을 통하여 자연의 형상과 시인의 감정을 일체화시켜 자연과 인간의 심리적 교감을 형상화하는 데 성공하고 있다. 이러한 심리적 교감은 자연 질서 체계를 인간의 정서적 체계로 환원하여 자연과 인간에 대한 이해를 인식하게 하는 정서적 기능을 지닌다. 따라서 이 시를 읽음으로써 독자들은 자신의 심리 상태를 자연의 흐름 속에 일체화시켜 현실적 관계에서 체험할 수 없는 감정 체계를 체험하게 된다. 이러한 체험은 자연과 인간에 대한 내적 연계를 확인하고 이해함으로써 인간의 존재 방식에 대한

시와 정서의 교육적 기능   297

이해와 성찰을 가져다 주는 미적 효능을 지닌다.

김광균의 「설야」도 눈 내리는 정경을 통하여 그리움과 고독감에 휩싸인 시적 자아의 감정을 감각적 표현으로 그려내고 있다. 시적 자아의 고독한 감정을 자연적 교감으로 형상화함으로써 자연과 인간에 대한 심리적 공감대를 형성하는 데 성공한 작품이라 하겠다. 김광균은 자연을 시적 대상으로 하여 인간 감정의 내면적 정황을 재현해내는 데 성공한 모더니스트였다. 이 「설야」도 눈 내리는 광경을 통하여 인간 내면의 고독한 정감을 이입시켜 인간 감정을 객관적으로 재현하려 한 그의 시적 특징을 그대로 함축하고 있다.

정한모의 「가을에」에 나타난 자연 인식은 자연 질서 체계를 통하여 자아의 재발견과 지실성의 추구라는 시적 주제로 표상되어 있다. 그의 「가을에」에 응축된 진실된 자아와 세계 인식은 그의 시 세계를 형성하는 중심축으로서 인간에 대한 이해와 인간성 회복을 위한 끊임없는 추구를 담고 있다. 이와 같은 그의 시적 주제는 진정한 자아 발견을 통해서 세계에 대한 진실된 이해와, 인간의 삶에 대한 절대적 자아 인식에 이르는 과정을 보여준다. 이 시를 읽는 독자들은 이러한 진리에 이르는 구도의 길을 통하여, 세계내에서의 인간 존재에 대한 자기 확인과 삶의 진실성에 일체화됨으로써 진정한 인간성의 가치가 무엇인가를 깨닫게 된다.

이러한 김광섭, 김광균, 정한모의 시들이 자연과의 정서 교감을 통하여 자연과 인간에 대한 진정한 이해를 내면적 주제로 형상화한 데 비하여 자연과의 일정한 심리적 거리를 유지하면서 이에 대한 향수와 동경의 정서를 그려내고 있는 시들이 있다.

나의 고향은

저 산 너머 또 저 구름 밖,

아라사의 소문이 자주 들리는 곳.

나는 문득
가로수 스치는 저녁 바람 속에서
"네애미 네미" 송아지 부르는 소리를 듣고 멈춰 선다.

—김기림의 「향수」 전문

산새도 날아와
우짖지 않고,

구름도 떠가곤
오지 않는다.

인적 끊인 곳
홀로 앉은
가을 산의 어스름.

호오이 호오이 소리 높여
나는 누구도 없어 불러 보나,

울림은 헛되이
빈 골 골을 되돌아올 뿐.

—박두진의 「도봉」 1~5연

계절이 지나가는 하늘에는
가을로 가득 차 있읍니다.

시와 정서의 교육적 기능 299

나는 아무 걱정도 없이

가을 속의 별들을 다 헬 듯합니다.

가슴 속에 하나 둘 새겨지는 별을

이제 다 못 헤는 것은

쉬이 아침이 오는 까닭이요,

내일 밤이 남은 까닭이요.

아직 나의 청춘이 다하지 않은 까닭입니다.

— 윤동주의 「별 헤는 밤」 1~3연

　　이 세 편의 시들 외에도 자연과의 심리적 거리를 두고 자연에 대한 동경과 귀의 의식을 보여주는 시들이 다수 있다. 이들은 그러한 시적 태도를 보여주는 많은 시들 가운데서 임의로 뽑아본 것들에 지나지 않는다.

　　김기림의 「향수」는 고향을 그리워하는 시적 주제가 명증하게 나타나는 작품이다. 현대 사회의 복합적인 현사을 주지주의적인 관점에서 이해하려 했던 그의 시 세계와는 다소 거리가 있지만, 시의 제목에도 언표된 바대로 향수의 감정을 산뜻하게 느낄 수 있다. 교과서의 시들에 나타나 있는 고향을 소재로 한 시들의 감정 세계도 대부분 이러한 범주를 벗어나 있지 않다.

　　박두진의 「도봉」에서의 자연관은 김기림의 「고향」의 향수 의식과는 매우 다른 태도로 나타나 있다. 식민지 현실 아래서 민족적 삶의 당위성을 위협받았던 당대 상황을 박두진은 자연이라는 공간 속으로 환치시켜 현실의 억압과 고통을 형상화하고 있다. 「도봉」에서의 "산새도 날아와/우짖지 않고//구름도 떠 가곤/오지 않는다"라는 시적 표현도 그러한 상황의 문학적 언술을 내포하고 있다.

박두진의 자연적 표상이 현실의 상황적 진술을 함의하고 있는 반면에 윤동주의 자연관은 우주적 상상력을 통한 자아 확인과 그리움의 대상으로 인식되어 나타난다. 윤동주의 이러한 대상 인식은 시대적 현실과 마주침으로써 부끄러운 의식으로 나타난다. 이 부끄러움의 미학적 표현은 그의 시 세계를 형성하는 중요한 의식 현상이다. 그의 시가 현실적 상황에 정면으로 대응하지 않고 우주적 상상력을 통하여 현실의 아픔과 고통을 극복하려 한 시적 태도 또한 이러한 부끄러움의 미학적 인식 속에 함의되어 있다고 하겠다. 「별헤는 밤」에서의 시상의 전개도 "가슴 속에 하나 둘 새겨지는 별"을 헤아리면서 추억과 사랑과 동경의 정서적 자기 확인을 추구하는 과정을 시적으로 형상화하는 데 성공하고 있다.

이상과 같이 자연 교감의 정서를 담고 있는 교과서 수록 작품들은 독자들에게 자연과 인간에 대한 정서적 이해를 기초로 하면서, 동시에 식민지 현실이 개인적 심리 상태의 전이된 세계를 통하여 자신과 시대, 자신과 내면적 자아와의 호흡을 함께 느낄 수 있는 정서적 기능을 지니고 있다.

3.

다음으로 자연과 인간의 정서 교감을 통하여 인간의 존재에 대한 재발견을 정서적 기능으로 삼고 있는 시 의식과 함께, 조국과 민족에 대한 도덕적 정서 함양을 위한 목적 의식의 시들이 있다. 이와 관련된 시들로는 다음과 같은 것들이 있다. 김기림의 「우리들의 팔월로 돌아가자」「새나라 송」, 김광섭의 「해방의 노래」「조국」「나의 사랑하는 나라」, 김동명의 「우리말」, 김종길의 「설날 아침에」, 김춘수의 「부다페스트에서의 소녀의 죽음」, 모윤숙의 「국군은 죽어서 말한다」, 박두진의 「3월1일의 아침」, 이은상의 「조국에 바치는 노래」, 유치환의 「원수의 피로 씻는 지역」 「식목절」, 양주동의 「대한의 맥박」 「선구자」, 이동주의 「내 새마을」, 이호우의 「38선」, 정완영의 「조국」, 정인보의 「3·1절 노래」 등이 그것이다. 이들 시들이 지니고 있는 시적 세계는 대부분 기념시 성격을 비롯하여 조국에 함양의 국민 의식 고취에 그 주제가 집약되어 있다.

> 압박과 유린과 희생에 묻힌 삼십 륙 년.
> 피를 흘리면 신음하며,
> 자유를 찾으며, 해방을 원하며,
> 우릴들은 얼마나
> 움직이는 세기의 파동 속에
> 뛰어들려 하였던가?
>
> 〔…중략…〕
>
> 이제,
> 오래 고민하는 시대는 가고,
> 환희에 넘치는 세대가
> 열렬한 입술을 열고,
> 부르짖으며 행동하나니,
> 만물은 감격하여
> 우리와 함께 웃고 노래하고 춤춘다.

—김광섭의 「해방의 노래」 1·5연

산 옆 외딸은 골짜기에
혼자 누워 있는 국군을 본다.
아무 말, 아무 움직임 없이
하늘을 향해 눈을 감은 국군을 본다.

누른 유니폼, 햇빛에 반짝이는 어깨의 표식.
그대는 자랑스런 대한민국의 소위였고나!
가슴에선 아직 더운 피가 뿜어 나온다.
장미 냄새보다 더운 피의 향기여!
엎드려 그 젊은 주검을 통고하며,
나는 듣노라, 그대가 주고 간 마지막 말을.

—모윤숙의 「국군은 죽어서 말한다」 끝부분

다뉴브 강에 살얼음이 지는 동구의 첫겨울
가로수 잎이 하나 둘 떨어져 뒹구는 황혼 무렵
느닷없이 날아온 수 발의 소련제 탄환은
땅바닥에
쥐새끼보다도 초라한 모양으로 너를 쓰러뜨렸다.
바쉬진 네 두부는 소스라쳐 삼십 보 상공으로 튀었다.
두부를 잃은 목통에서는 피가
네 낯익은 거리의 포도를 적시며 흘렀다.
〔…중략…〕
싹은 비정의 수목들에서보다
치욕의 푸른 멍으로부터
자유를 찾는 네 뜨거운 핏속에서 움튼다.
싹은 또한 인간의 비굴 속에 생생한 이마아지로 움트며 위협하고 한밤에 불면의 염염한 꽃을 피운다.

부다페스트의 소녀여.

—김춘수의 「부다페스트에서의 소녀의 죽음」 첫 · 끝부분

　김광섭의 「해방의 노래」는 일제의 억압 아래서 민족적 삶의 회복과 광복의 기쁨을 직설적으로 토로한 시이다. 이 작품에서는 민족의 광복을 위해 오랫동안 민족적 의지를 결집시켜 온 정신적 투쟁의 역정이 격정적으로 응집되어 있다. 독자들은 이 시를 통하여 민족 광복의 기쁨을 함께 느낄 수 있는 동시에 민족의 자존과 주체성 회복의 역사적 의미를 인식하게 된다. 따라서 김광섭의 「해방의 노래」에 의도된 민족 광복의 주제 의식은 광복 이후의 국민 의식의 교육적 지표와도 긴밀하게 연관되어 있는 셈이다. 광복 후의 문학 교육에 있어 민족의 주체성과 전통성 회복의 민족적 자각은 바로 이와 같은 지난 역사를 통한 철저한 민족 의식의 함양이라는 교육적 당위성을 지닐 수밖에 없었다. 이러한 교육적 당위성은 조국 예찬, 국토 예찬, 민주 시민으로서 지녀야 할 도덕성 등을 시적 주제로 선택되어 나타났다. 이러한 문학 교육의 주제적 당위성은 모윤숙의 「국군은 죽어서 말한다」에서도 그 주제의 범위를 크게 벗어나 있지 않다. 이 작품은 6 · 25전쟁 때 모윤숙이 피난을 가지 못하고 숨어 지내던 격전지 경기도 광주 근처의 산골짜기를 헤매던 중에 죽은 국군의 시체를 발견하고 즉흥적으로 지은 것이다. 이러한 작시 상황에 따라 이 시는 매우 즉흥적이며 격정적인 호흡으로 일관되어 있다. 이 시가 죽은 국군에 대한 연민과 추모의 의식이 시상으로 진행됨에 따라 점점 격정적으로 표출되면서, 독자에게 전쟁에 대한 비극적 인식을 감동적으로 전달하게 되는 것도 이러한 현장 체험이 격정적으로 일관되어 나타나 있기 때문이다. 전쟁의 비극적 현장 체험을 통한 이러한 '낭만적 애국주의'의 주제도 문학 교육의 제도

권 안에서 매우 중요한 교육 목표로 인식되어 왔다. '낭만적 애국주의'
의 주제를 통하여 전쟁의 비참함을 체험케 하고 전쟁에 대한 비판적
인식을 독자에게 전달함으로써 국가 수호와 평화에 대한 국민적 합의
를 결집할 수 있는 교육적 성과를 가져올 수 있기 때문이다. 따라서 전
쟁시로서의 「국군은 죽어서 말한다」는 반전 의식의 고양이라는 목적성
을 아울러 띠고 있다.

　김춘수의 「부다페스트에서의 소녀의 죽음」도 헝가리의 자유 수호를
시적 소재로 삼고 있으면서, 우리의 분단된 현실 상황에서 자유의 소
중함을 비유적으로 암시하고 있다. 소련군의 헝가리 침입 때 희생된
소녀의 죽음을 자유 수호를 위한 화신으로 표상하면서 공산주의에 대
한 이데올로기적 비판과 함께 자유의 소중함을 시적 주제로 제시하고
있다. 김춘수의 시적 세계와는 상당한 거리를 유지하고 있는 이 「부다
페스트에서의 소녀의 죽음」이 갖는 문학 교육적 수용도 우리의 분단
현실이 갖는 상황과 긴밀한 의미 체계 아래 그 정서적 기능을 수행하
고 있다.

　김광섭의 「해방의 노래」, 모윤숙의 「국군은 죽어서 말한다」, 김춘수
의 「부다페스트에서의 소녀의 죽음」 등 일련의 기념시적 성격과 연관
되어 있는 이들 작품들은 국민 정신의 함양과 자유 수호의 교육적 주
제 의식이라는 정서적 한계를 뛰어넘지 못하고 있다.

　　4.

　이상의 자연과의 정서 교감, 민족·국가 의식 함양 등의 교육적 당위
성이 강조된 주제들과는 달리 시의 미적 구조에 입각한 작품도 교과서
수록 시의 한 주류를 형성하고 있다. 이들 시들도 엄격하게 앞에서 논

의한 주제의 당위성에서 완전히 벗어나 있다고는 볼 수 없으나 그런 대로 인간 존재의 삶에 대한 본질을 관심있게 표출하고 있다는 점에서 그 특징을 삼을 수 있겠다. 이와 관련된 대표적인 시들은 김광섭의「생의 감각」, 김동명의「파초」, 김소월의「초혼」, 이병기의「난초」, 한용운의「복종」「알 수 없어요」「님의 침묵」, 조지훈의「승무」, 노천명의「사슴」, 박두진의「해」, 김광균의「사향도」, 김영랑의「모란이 피기까지는」「돌담에 속삭이는 햇발」, 서정주의「국화옆에서」「귀촉도」, 유치환의「깃발」「바위」, 윤동주의「새로운 길」「서시」, 이육사의「광야」「청포도」, 김춘수의「꽃」「분수」 등이 그것이다.

님은 갔습니다. 아아 사랑하는 나의 님은 갔습니다.
푸른 산빛을 깨치고 단풍나무숲을 향하여 난 작은 길을 걸어서 차마 떨치고 갔습니다.
황금의 옥같이 굳고 빛나던 옛 맹세는 차디찬 티끌이 되어서 한숨의 미풍에 날아갔습니다.
〔…중략…〕
아아 님은 갔지마는 나는 님을 보내지 아니 하였습니다.
제 곡조를 못이기는 사랑의 노래는 님의 침묵을 휩싸고 돕니다.

—한용운의「님의 침묵」첫·끝부분

한 송이의 국화꽃을 피우기 위해
봄부터 소쩍새는
그렇게 울었나 보다.

한 송이의 국화꽃을 피우기 위해
천둥은 먹구름 속에서

또 그렇게 울었나 보다.

—서정주의 「국화 옆에서」 1 · 2연

이것은 소리없는 아우성
저 푸른 해원을 향하여 흔드는
영원한 노스탈지아의 손수건
순정은 물결같이 바람에 나부끼고
오로지 맑고 곧은 이념의 푯대 끝에
애수는 백로처럼 날개를 펴다.
아아 누구던가
이렇게 슬프고도 애닯은 마음을
맨처음 공중에 날 줄을 안 그는.

—유치환의 「깃발」

앞의 예시된 시들 중에서 이들은 미적 구조를 중요시하는 순수 서정시의 예로 골라 본 것에 지나지 않는다. 이들 시들은 교육적 당위성에서 다소 벗어나 시적 구조와 통일성을 유지하고 있다는 점에서 그 특징이 있다.

한용운의 「님의 침묵」은 일제 식민지 현실과 연결시켜 그 의미를 찾아볼 수도 있으나 그러한 의도적 주제 의식보다는 우주의 생성 원리라는 철학적 의미와도 관련되어 있다. 한용운은 이별의 자율적 만남을 성취하기 위한 투철한 인식을 통해 현실의 모순을 극복하고자 하는 시적 태도를 보여주고 있다.

서정주의 「국화 옆에서」도 존재의 생성 원리에 그 시적 발상이 비롯된 작품으로서 삶의 인고와 원숙미를 느끼게 하는 작품이다. 이는 서정주의 초기시들이 인간의 생명과 육감적인 미학을 통하여 인간 존재의 근원을 인식하게 하는 정서적 체계와도 깊게 관련되어 있다. 서정주의 「국화 옆에서」에서 인간 존재의 근원을 통한 미 의식의 표출과 함께 유치환은 삶의 의지적 표현에 시적 관심을 집중시켜 왔다. 그의 「깃발」은 이러한 생의 의지적 표현이 인간 본성과 인간 존재의 양식에 대한 인식을 바탕으로 하는 작품이다. 따라서 유치환은 인간 존재의 양식에 대한 인식을 바탕으로 하는 작품이다. 따라서 유치환은 인간 존재의 허무적 인간 조건을 통해 생명에 대한 강한 애착과 연민을 표출하면서 인간주의적 존재 의식을 형상화하고 있다.

한용운·서 정주·유 치환 등의 작품과 함께 윤동주의 「서시」, 김춘수의 「꽃」 등도 미학적인 구조 특성을 보여준다. 윤동주의 「서시」는 "죽는 날까지 하늘을 우러러/한점 부끄럼이 없기를/잎새에 이는 바람에도/나는 괴로워했다"는 시행 속에는 시대 현실에 고뇌하는 사회적 자아가 근원적 자아와의 갈등을 보여주면서 자신의 삶을 성취시켜 가는 정신적 자세가 확립되어 있다.

김춘수의 「꽃」도 존재의 의미를 찾아가는 시상의 전개를 보여주면서 그 본질을 밝히는 시적 인식을 보여주는 작품이다 "내가 그의 이름을 불러주기 전에는/그는 다만/하나의 몸짓에 지나지 않았다"는 존재의 인식 과정에서 "내가 그의 이름을 불러주었을 때/그는 나에게로 와서 꽃이 되었다"는 존재의 본질을 조명하는 존재론적 시적 인식이 주조로 되어 있다.

이제까지 45년 광복 이후, 오늘에 이르기까지 교과서에 수록된 시들을 중심으로 그 시적 흐름과 성격을 개괄적으로 살펴보았다. 그 결과, 교과서에 수록된 시들의 주제가 우선 자연과의 정서적 교감을 통하여 자연과 인간에 대한 정서적 이해를 바탕으로 하고 있음이 드러났다. 그리고 조국과 민족 의식의 함양이라는 도덕적 당위성을 보여주는 주

제 의식도 있었다. 또한 시의 미학적 구조에 충실하면서 존재의 발견
이라는 순수 서정시의 위상도 중요한 시적 특징으로 개관할 수 있었
다.

　이러한 수록 작품의 주제 의식들은 문학 교육적 당위성과 깊은 관련
하에 있었다. 그러나 독자에게 당위성을 강조할 때 독자들이 갖는 심
리적 반응 또한 한정될 수밖에 없다. 따라서 이 글의 결론적인 자리에
서 문학 작품에 대한 정서적 반응의 적절성 여부를 중심으로 수록할
것이 아니라, 현실적 삶 의식과도 관련된 작품도 고려하여야 할 것이
라는 점을 상기해 두고자 한다.